U0943242

紫桦林

朱阅平　著

中国铁道出版社有限公司
CHINA RAILWAY PUBLISHING HOUSE CO., LTD.

图书在版编目（CIP）数据

紫桦林 / 朱阅平著 . — 北京：中国铁道出版社有限公司，2020.5

ISBN 978-7-113-26636-3

Ⅰ. ①紫… Ⅱ . ①朱… Ⅲ . ①中篇小说 – 小说集 – 中国 – 当代 ②短篇小说 – 小说集 – 中国 – 当代 Ⅳ . ① I247.7

中国版本图书馆 CIP 数据核字（2020）第 020690 号

书　　名：紫桦林
作　　者：朱阅平

责任编辑：付巧丽
装帧设计：闰江文化
责任印制：赵星辰

出版发行：中国铁道出版社有限公司（100054，北京市西城区右安门西街 8 号）
印　　刷：中煤（北京）印务有限公司
版　　次：2020 年 5 月第 1 版　2020 年 5 月第 1 次印刷
开　　本：700 mm ×1 000 mm　1/16　**印张：**17　**字数：**200 千
书　　号：ISBN 978-7-113-26636-3
定　　价：48.00 元

序

刘照如

初识朱阅平是在电话里，以音识人觉得他年老体虚，声音明显中气不足，低涩而虚滑，像一个饿了三天的老人。

很快在济南趵突泉南门，我见到了真实的他，迎面走来的是一个年轻的彪形大汉，走路干净利落，说话心直口快。彻底颠覆了我在“音”中的认知。

在后来交流中得知，他不但工作量超大，而且还是个工作狂。由于工作的属性，他每年采编各类书籍 100 万字以上，这样的任务让他八小时满负荷工作，还占用了大量的业余时间。他以牺牲十几年所有的双休日和所有的午夜前的睡眠为代价，编写完成了一本本当地历史文化的研究书籍。在他目前发表、出版的 750 万字的作品中，文学只占 200 万字，其余的都是历史文化内容。

晚上三个小时睡眠之外的时间，他差不多都是在工作岗位上度过的。他曾经和我估算了一下，用 10 年计算，硬是又多干出近 8 年的工作。也就是 10 年干了 18 年的活儿。

他在被工作占去的业余时间中，再挤出一丁点儿可怜的时间，为自己的梦想，独自摸索着写点东西。

所以身体极度透支，导致体虚中气不足，声音绵软。

多年前，他曾经两次到济南听我的小说课。他那时刚刚尝试写短篇小说，作品中有自己追求的东西。于是我对他格外用心。阅平能吃苦，做事又专注，进步很快。我对他充满了期待。

虽然后来联系不多，但我一直关注他。他在几年间发表了 40 多篇中短篇小说，还上了几个大刊，得了一些奖，我替他高兴。

朱阅平的小说视角常常对准普通百姓和特殊群体，力图让这些在底层的人抗争苦难，改变命运，拥抱幸福。

短篇小说《瞭》发表于《山花》2014 年第 10 期。小说通过对一个留守儿童“羊粪蛋儿”几个生活细节的描述，写出了他在对父母的思念中乐观向上的内心世界。小说结尾写到，爷爷把羊粪蛋儿抱到门前的土堆上。后来，羊粪蛋儿终于等到了生日蛋糕！这是一个故事的继续，抑或开始，是一个好的短篇小说该有的品质。

进入河北省 2015 年小说排行榜的短篇小说《秧歌老太》，发表于《中国铁路文艺》2015 年第 10 期。小说看似描述了一桩普通的婆媳矛盾，实则讲述了一个震撼心灵的战争年代的爱情故事。

深厚的阅历，成就了朱阅平不凡的思想和执着的行事风格。这些品质对于文学创作有着难得的帮助，促进他能够把“风度”切入小说。

首先，他善于观察和思考生活，会发现别人没有看到的层面。越是看不见的地方，就越可能隐藏着文学，是文学的价值所在。看人的眼光要有新视角、看事要有新发现，才是真正的创新。这就是对人的生活和人的经验的重新理解。

他的获奖短篇小说《串门儿》，从乡村沿袭至今的串门儿这一生活常态中，他发现了乡村和乡愁的深层内涵，以及历史的车轮碾压乡愁的轰隆声。

独处需要“本事”，焦虑的人无法独处。为什么不能独处？因为害怕过独处的生活，不能自己和自己吵架或相处，不能自己剖析自己。这就让小说有新的巨大的可挖掘领域，我们只需认识那个“沉默”的区域，就能发掘一个又一个文学的宝藏。朱阅平行事独立，喜欢独处，他的一些小说似乎是在“独处”里找到的。比如发表在《天津文学》上的《寻刀》等。

把小说、散文、诗歌结合在一起写，是杰作！他的小说，追求的就是这种风格。在创造自己的句式，找准自己领地的同时，也在不断探索各种叙事方法。这也是一个作家的必经之路。他坚持走着。

作家首先的身份是读者，要将文学本身、生活认识、创作水平这三项有机契合。少有创作和阅读时间，是朱阅平创作的短板，但这短板是容易接长的。一些与生俱来或后天历练的文学品质，不是每个人靠努力就能拥有的。

祝愿阅平有大把的阅读和创作时间，期待他的快速成长。

目录

CONTENTS

01

中篇小说

短篇小说

03

小小说

紫·桦·林

01

中篇小说

南　下

愣四一声悠扬高亢的山歌把太阳扯出半个浮肿的胖脸，一股朝霞般亮红的口水顺着山脊流溢到沟底。牧羊沟村起身最晚的就属太阳了！它总是在人们一早干活干累的时候才懒洋洋地起身在山脊线。用愣四的话说，长长的南山梁就是太阳家的院墙，他一唱山歌，太阳就慢吞吞地爬在院墙上慢吞吞地听……

二排长望着南山梁心里空落落地痛，南下这个不省心的孩子，失踪已经七天了……

一

八十岁的二排长是村里最老的古董，老脸紫黑如一块腐朽的棺木。他走路时常常进入瞌睡状态，村里人看到就会说，二排长又在问路了！问路就是问去阴曹地府的路。不过“二排长”可不是什么绰号，当年他真的是四野的一个骑兵排长，他曾经一马刀把一个鬼子的脑袋劈成两半。

牧羊沟就塞在北山脚下的一个山旮旯里。一条深山沟可劲儿地伸到山脉深处，在一个绕弯儿的地方，弯出一片阳光暖暖的阳坡。这里避风更避人，每一座石头黄泥糊成的屋子，每一堵山石干砌的院墙，都散发着临时搭建的气息。说明当年建村的人压根就没想着在这里长住，应该是战乱年代躲到这里的。村子依山而建，土石结构的院落从沟底一直乱石堆一样胡乱堆到半坡。七十年代一支部队在这里驻扎，当年的新兵是晚上进村，看到亮到半空的灯火激动得不能入睡，趴在被窝里打着手电筒给妈妈写信：妈妈，我们的军营在一个小城里，这里的高楼十几层呢。第二天新兵走出营房，眼前爬满一围一围乱石圈一样的院落，怎么也没能围住他长流的泪水。

原先村子有四十户人家，现在只剩下十几户了，不是在坚守什么，而是没有一丝出走的能力，只能窝在这山缝儿里死耗着。牧羊沟离最近的村主任住的村子有十里山路，离县城一百多里。

太阳被山风吹了一天，脸上没了亮鲜，灰头土脸地隐没在后山了。疯子润花手持一把五股钢叉急匆匆地跑过乱石翻滚的街道。一泡新鲜的牛粪让她摔了个大马趴，钢叉丢出老远。她爬起来继续奔跑，嘴里嘶哑地哭喊：抢孩子的来了——抢孩子的来了——

润花原本也逃离了这个穷得让人喘不上气的村子，跟随丈夫在广州打工，有一段时间找不到活干。一天傍晚，在河边，她三岁的儿子被人从身边抢走，疯了的润花就又回到这里。

夜，每天都和润花前后脚跑出来……

二排长站在院子里，目光越过破土屋顶上瑟瑟瞎晃的茅草，在屋后黑黢黢的山上寻找自家的白猫。昏花的老眼里只有昏暗，他喊：白瓜——白瓜——

白瓜是他给猫起的名字，白瓜在当地是幽默的意思。他给孙女起名叫南下，但总是祈祷，别跟了他们的父母，南下是南下了，可南下了十几年还是个农民工。

白瓜始终没有回应。南下不见了，白瓜也不回来，二排长的心吊上冰块，凉凉地疼。他摸索着进了屋。为了省电，外屋没拴灯泡。刚挪了几步，猪在院子里急哼哼地喊他。哦，忘了喂猪了！村子里所有活的东西都有自己的窝，但没有一头或一只是圈养的，小到猪羊鸡狗兔，大到牛马驴骡人，都是随意在山上和沟里尽情地海吃和疯跑。只有猪这种东西自己在野外吃不饱，每天晚上溜达回来讨饭吃。

他赶紧摸黑从外屋的一个破铁锅里，用半个铁瓢掏起几天前焖熟的土豆，盛到旁边的一个缺边儿胶皮盆里。猪闻到香味，追进屋哼哼着用嘴拱着他的屁股。他骂："你这饿死鬼转胎的东西，一天就干吃 这一种活，咋总也吃不饱?"猪一边吃一边哼哼着狡辩着。他在猪屁股上轻轻地拍了一巴掌："还说错你了?"猪不再哼哼，吧唧吧唧地吃起来。

二排长终于可以仰躺在炕上了，庄户人的最高境界是十亩地两头牛，老婆孩子热炕头。他经过一生的奋斗，现在只剩下前半句里的一丁点儿了。年过花甲的他没了养牛的力气，十亩坡地却是力气活。种地这营生，在二排长眼里俨然成了烟民的烟，酒鬼的酒。前年儿子回村过年时，把十亩地全都转包给了李贪官，他知信儿后，硬是咬牙又要回五亩地自己种。虽然村里的土地都是不打粮的坡梁地，可总能收下自己和南下的口粮吧！再说，不种地整天独自一个人出来进去的还不闷死?

他起身往身下垫了块褥子。看来又瘦掉了几斤肉，都铺了两张褥子了，枯骨还是硌得干皮疼。他再次躺下自语：现在是只剩五亩薄地凉炕头了！

白瓜这时轻手轻脚地回到屋里，一个高蹿就悄无声息地上了炕。先伸出爪子去炕头试试，发现冰凉凉的，就轻轻一跃上了旁边二排长的肚子。长长的身子团成一个圆，两只前爪抱紧脸，闭眼呼噜呼噜地念起经来。二排长认定这是他的白瓜在为他祈祷，祈祷儿孙们都能在城里过上城里人的日子。因为他坚信，城里人过的日子才是人过的日子！这一刻是二排长最感幸福的时刻，只有在这时，他才发现人在老年还是值得继续活着的！

这时，月亮就准时地坐在南山红石崖顶的那棵落叶松下了。南下也在看月亮吧？她又在哪里看月亮呢？

那天，还是乡派出所的小刘在炕席边儿找到南下留下的字条，上面短短的一句话：爷爷，我想我娘！我去找娘了！

那天，他从下午一直等到天黑也不见南下放学回家，去求李贪官给南下的班主任打电话询问，李贪官掏出手机就往屋后的山上跑，又攀上一块石狼一样的大青石。这里是离村子最近的能接收到手机信号的风水宝地。班主任说南下按时离开学校回家了！那一刻他跌坐在李贪官的脚上。李贪官把他扶到路边一块石头上坐好，说，二排长你可别倒下！那样我们该照料你呢还是去找南下？他一听马上支棱起来，说，我没事，求你们赶快去找南下吧！她才十岁，这十二里山路呢！李贪官说你别急，我这就召集全村人去找。

李贪官从屋里取出一个二踢脚炮仗，点着后地上一声天上一声，震得山谷和崖壁咣咣的仓皇回应，一时二踢脚变成八踢脚了。很快全村人陆续聚拢来。

第一个跑来的是手持五股钢叉的润花。她家住在沟底，她跑起来双手攥着两米长的钢叉，不够灵活，腰和屁股就得费劲地扭，顺着盘山石路跑到李贪官跟前时累得说不出话来，只是用钢叉对着李贪官的脸不停地指戳，吓得李贪官连连后退。

第二拨出来的是三辣狗和他的老娘。三辣狗拄着杏树做成的龙头拐杖，扭着身子，哆嗦着双腿，吃力地走着。最吃力的还是他的嘴，竭力调动着腮帮子的肌肉，把嘴唇拢成要说话的口型，同时抽动僵硬的舌头，艰难地把嘴唇和舌头协调好一次，才能吐出一个字。平时说完整一句话需要别人很好的耐心，现在就只剩一种呜呜喔喔的怪叫，就这也不能叫得连贯。他的老娘干瘦的脊背驼到九十度，要搀着残疾的儿子还需扭着脸向上看，也就吃力得要命。三辣狗原本在一个金矿打工，老板让他睡在仓库里，就又省下值夜班的工钱。一天深夜，一股刺鼻的怪味儿把他熏醒，他刚要下床，不想摔在床下。好不容易爬到门外，已经不能站立了。老板把他送到医院，丢下三千块钱就离开了。三千块钱只能治疗成现在的样子。他的老娘早几年就靠他抚养了，不想儿子一下又回到儿时学步的样子，等于自己再将儿子抚养一次。不同的是，这次儿子永远不会“长大”，而自己早已并且还在急剧变老。“多会儿是个头啊！”是驼背老娘说得最多的话。

第三拨跑来的是牛儿和他的妈妈草花儿。牛儿出生时爹远在南方打工。牛儿满月时正值秋忙，田里的庄稼都熟得掉皮，你不收自有收的，乌鸦、山雀、田鼠每天在嬉闹间就会糟蹋一百多斤粮食。草花儿坐在炕上，望着黑压压满天飞的乌鸦心里也灰暗到极点。只要发现有一群乌鸦向自家地的方向喊亲唤友地哇哇飞去，心里的火就烧得两眼冒火星。她让伺候月子的母亲喊来愣四，塞给愣四两颗煮鸡蛋，说，四儿还去姐地里放鞭炮吧！愣四龇牙点头。时间长了，乌鸦也就对那一带的庄稼地有所顾忌。老话讲：八月秋忙，绣女下场！草花儿在牛儿出生不满一月就下地干活了。她这一下地奶就不上来，牛儿就瘦成鼠儿了。一天夜里，牛儿突然发高烧。李贪官是村里唯一的有车族，他用两轮摩托车驮着草花儿母子连夜到三十里外的乡医院。乡医院还真有值班的，但不会打针，只会打扫卫生。好不容易才把医生喊来。天亮时牛儿的高烧终于退了，可牛儿的胡话从那时一直说到现在。牛儿傻了。

村里十几户在家的老人和妇女也都陆陆续续地出来了。二十几个老弱病残，这就是牧羊沟所有的公民了。用李贪官的话说：我们都是进攻城市的残兵败将，退回村里独自疗伤。

润花看看人到齐了，就站在大家面前，把钢叉枪一样立在身子右侧，破着嗓子喊：整队整队！大伙习惯地站好一队。润花接着喊：稍息！立正！向李贪官看齐！请李贪官讲话！

李贪官说，大家又一次听润花的命令，很好，这样对她的病有好处，你们会有好报的。现在最急的是南下丢了，放学没回家，大伙看看谁能帮着去路上找找？

愣四、润花抢着要去。草花儿说，他们俩去咱们也不放心，我也去吧！李贪官说，还是我去吧。几个腿脚还硬实的老人说，我们也去。李贪官他们从村子走到学校，又沿路返回，一问南下还没回家，就报了案。

月亮骑上一棵树梢了。白瓜被二排长咳嗽惊醒，从他的怀里跳下来，冲着他喵喵地叫着。他说白瓜你睡吧，我睡不着……

二

月亮骑上一处楼角了。福泉拽了拽三秀的衣角，三秀说，你回去睡吧，我睡不着。

福泉是南下的爹，三秀是南下的娘。

福泉和三秀这几日几乎没合过眼。自从老家李贪官打来电话，说南下去找他们那一刻，心就被鹰抓到了空中。在焦急和不安中计算着南下到他们打工这个城市的日子。那个日子终于来了，可南下却没有出现。那天，福泉和三个工友在火车站等，三秀和几个姐妹去汽车站接。两伙人一直从早上六点等到第二天早上六点，才在福泉的一声低叹和三秀的几声号啕中撤离。福泉和三秀买上北归的车票，沿途往回找。他们分析南下应该是坐火车，因为火车票要比汽车票便宜很多。他们一程一程的买票，每到一站都要用半天的时间在车站四处打听南下的踪迹。就这样一直找回到县城。当在县城问遍车站的那一刻，三秀瘫在地上再没了一丝的力气，她觉得喘气比她在工地往十八层楼上背沙子都费劲。

九月下旬的北方，绿色中蜕出些许浅黄，暖风吹出一丝淡淡的秋凉。那些阔大的叶子开始饿得面色焦黄，遇到稍微大点的凉风就再也抓不住赖以生存的树枝，凄凉地掉下去。三秀的身边就围着这样一群树叶，它们在风中瑟瑟战栗着，和三秀的心颤抖成同一个频率。三秀匍匐在车站广场边上一棵白杨树下，几天的沿途寻找，她没吃过一顿热饭，没睡过一个整觉，没洗过一次脸。车厢地板上的土，候车大厅地上的土，候车大厅外台阶上的土，滚到头发上、脸颊上、衣服上，并经过长时间的揉搓，已经同三秀融成一体。她的浑身上下成为一种颜色，是灰黄灰黑之间那种乞丐的颜色。

一个灰头土脸的妇女，匍匐在车站广场一角的一堆枯叶上，惹得好心人不断地驻足观看。想给些零钱却不见放钱的器具，便又转身离去。福泉不甘心又四处打听了一圈，转回三秀身边，把三秀从枯叶堆里拉起来。三秀趴在福泉怀里放声大哭：南下找不到了！南下找不到了……福泉扯出里边还比较干净的背心，默默地为三秀擦着越擦越流的哗哗的泪水，自己的两颗泪珠重重地摔出眼眶碎在脚下。

直到三秀再没了哭的力气，福泉把三秀搀到候车室的长椅上，说，你先躺一会儿，我去公安局问问消息。

接待福泉的是个小眼警察，他说，我们跟南下的学校要了孩子的照片，已经向全国发了协查通报，下面只能是等了。福泉吃惊地望着小眼警察，嗫嚅了半天，终于鼓足胆量，说，咋能只剩下等呢？公安局不就是破案的？孩子丢了咋不去找？小眼警察也吃惊地望着福泉，大哥你咋这么想呢？发协查通报就是最好的寻找方法。我们这几个人大案还不够人手，哪有人去到处瞎找？再说我们也没有出去的经费，要不你拿点儿？

福泉用手指指自己的鼻子，两眼牛蛋一样瞪着小眼警察，让我出路费？而后吓得掉头就走。自己和三秀每天一个烧饼都还断顿两天了，哪里去找路费？可人家不相信咋办？别再把啥的协查通报撤回来吧。想着，慌忙停住走到门口的脚步，又几步返回，动作麻利地把身上所有的兜翻出来让警察看，哽咽着说，不是我不出路费，我们都两天没吃饭了……

警察被福泉吓得不轻：大哥，大哥别激动，我没和你要路费，只是一种讲话方式。我们明天就去找孩子行吧！

福泉哭了！听到警察的话就像当年自己弄丢了心爱的松鼠，娘对他说：没事儿孩子，娘给你把它找回来。小眼儿警察从身上掏出一百元钱给他，先吃点儿东西，回家吧！

福泉两眼有黏糊糊的钩子伸出来，死死地搭在那张崭新的百元大钞上，肚子也乘机咕咕噜噜地教唆他。他的膀子一动把自己惊醒了，好在手还没有伸出的动作。他不能要这钱，要了这钱人家不再用力找南下咋办？于是他说他县城有亲戚。说完人就跨出了门。

长椅上，福泉把三秀的头抱起来放在自己的大腿上，说，别愁了，全国的警察都在帮咱找南下呢！三秀扑棱坐起来，真的？福泉点头说，真的！三秀说，福泉我好饿！三秀知道福泉没对她说过一句假话。

看到三秀精神了，福泉心里竟然也敞亮了许多。也不全是假话啊，警察是说向全国发了协查通报的！三秀又说，福泉我饿了。福泉抬起头瞅瞅只有几个等车人的空落落的候车大厅，想着去哪里找个和警察说的“亲戚”来。

他说，我去找点吃的，你等我。

傍晚的小城正是下班的时间，大街上，汽车、摩托车、自行车、牛车、马车、驴车和行人抢着走。各种汽车气急败坏的鸣笛声，赶车的老农对牲口的吆喝声敲击着大街上所有人的耳膜。福泉自从南下打工后很少回家乡，这县城下班时的繁荣还是第一次遇见。他夹杂在嘈杂的车流中，感觉自己挣扎在波涛翻涌的激流里，随时都会被吞没被淹死。他未能融入这股激流，而这仅仅是离牧羊沟很近的县城。他打工的那座城市更是没有他的立足之地，包括精神、自尊都野鬼一样游荡在城市边缘的上空。

一个警察挡住了他泪水茫茫的眼。这个警察喊他一声，接着又喊了一声。这次他听清楚了，是喊他“福泉哥”。愣怔中认出是村里李贪官的大儿子李斌。

老婆饿了两天了，需要马上吃饭；南下丢了七天了，需要赶紧寻找。福泉想都没想平日里惶惶守护的那点可怜的被环境挤扁的自尊，在看清是李斌的刹那，张口就说：李斌，借我五百块钱！这次该着李斌傻了，福泉哥出啥事儿了？福泉忍了一下泪水，南下丢了！

福泉两口子连夜回家看了看老父亲，第二天就又返回南方打工的菜园子。三秀病倒了，福泉每天背着她到五里外的一个小门诊去输液。输到第四天高烧刚退，三秀就死活不再去输液，说好了就没必要多花钱。

晚上，外出做工的人陆续回到了菜园子。这个菜园子还真像梁山好汉张青的菜园子，不过这里的主人不是张青，而是十字坡上的孙二娘！张青三年前和一个女房客偷情，被妻子孙二娘逮着，一顿暴打之后把他“流放”了。张青净身出户，这二十亩的菜园子就归她一人掌管。孙二娘叫张大妹，大伙都叫她张姐，后来打跑了男人就喊她孙二娘。

菜园子是个南北走向的长方形，孙二娘又在北边的两个地角盖了两间各十平方米的简易房子。这样，就有六间房子分别占据了菜园子的两头和中间，既出租了房子又看了园子，还没占丁点土地。房子就建在水渠沿上。为了省材料，还挖下一米的地下室。人工嘛更是谁租谁干活，进风漏雨的也别找人家孙二娘，因为房子是你自个儿搭的。每间房子住四个人，上下铺，余下的空间是做饭的地方。床的宽度不能弯曲着身子睡觉。为了防止半夜掉下床，睡前都要用带子把自己系在床上，像战马的肚带。以至于肚带的材料和颜色都成了房客们炫耀收入的一件法宝。每个床位每月 60 块，像福泉和三秀这种夫妻占一间的本应该收 240 元，但孙二娘说出门在外分开就出事，收二百吧！菜园子里还有一对夫妻——来自青海的徐寿和蒋蓝。这样，菜园子就共有房客二十人，除了福泉和徐寿，余下的都是女客。

福泉屋里的家当除了那只做饭的电饭锅和碗筷，余下的都是捡来的，或是用捡来的东西做成的，床板是用捡来的木板钉的。由于是半地下室，他们用捡来的保温砖把床支得高一些。福泉给人搬家时，好心的老太太送他一个旧衣柜，算是家里最像样的家具了。

三秀捡来几个编织袋和几个破包装纸箱，先把编织袋铺在木板床上，可以隔挡地下的潮湿，然后撕开包装纸箱，把高低不平的木板床铺得平一些，上面才是每天都需拿到外面晾晒的被褥。遇到连阴天，屋里潮湿得都能把木头拧出水。

徐寿和蒋蓝夫妻俩过来看望三秀，他们给三秀带来了吃剩下的两根油条，还买了一瓶饮料。徐寿说，你们明天印些寻人启事，我晚上顺便贴在街上！蒋蓝说，是啊！贴上几百张，我管的桥西区保证广告贴到孩子找到。

一个河南人雇徐寿半夜去大街上刷写办证和贷款电话。巧的是，妻子蒋蓝是城管雇的，洗涮这些小广告，都是晚上的一份兼职，还都负责桥西区。俩人就每三天出去一次，徐寿去写，三天后蒋蓝去刷掉。如果徐寿白天干活累了，蒋蓝就去替他写广告，过三天自己再去刷。这样，徐寿写得就少，怕累着蒋蓝，因为第二天还得干活呢。但又不能不写，不然蒋蓝会失去这份兼职。如此一来，他们的辖区双方的雇主对他俩的工作都很满意。

福泉说那得印多少张？要花多少钱？徐寿说就拣人口流动多的地方贴，像火车站、站牌、广场、小区门口什么的，有二百张足够，最多也就一百块钱吧！三秀歪了福泉一眼，只要是找南下，就别计较钱了！我们以后省吃俭用卖力挣吧。

孙二娘走进来，说，你们这两天不干活还尽花钱了，晚上有活做不做？福泉说做。孙二娘就从背后变出一把锄头，给我锄菜吧，老价钱，一亩三十块。三秀说给我也找把锄头来。孙二娘说，你行吗？别再累得病又严重了可划不来。三秀说我能锄多少算多少，累了就回来。

王美丽在屋外喊孙二娘，孙二娘说喊啥喊！进来说。王美丽进来立在门口不说话，不停地抹眼泪。孙二娘就火，挤出两眼尿就好过了？说，啥事？王美丽哽咽着说，我，我想给你锄地。孙二娘软了口气，我知道你难，可他们两口子这不是遭难了吗？王美丽就又抹着泪转身走了。福泉看到她刚才抹泪就把用铅笔画的眉毛抹得粗细不均，左眉中间没了痕迹，右眉在印堂处多了一个不规则的黑圈儿。王美丽是这里年岁最大的房客，今年已经六十岁了，在打工市场上根本没有雇主拿正眼瞅她，常常是一个星期都找不到一点活干，每天待在家里吃老本儿。每到这时，她每天就吃两个烧饼。或是找那些小的饭店帮忙打个下手，挣顿饭吃。

月亮站在他们的头顶了，可白天的地热还有余温，福泉和三秀光着脚走进菜地，没必要弄脏鞋子和袜子。北半部种的是韭菜、白菜和生菜。福泉霸住四垄锄，三秀霸住两垄锄。猛抬头，发现前边立着一个人，细辨是王美丽。王美丽迟疑了一下还是走过来，说，三秀妹子，我替你锄吧，等你好利索再锄咋样？

三秀知道王美丽一定又是很久没找到活了，急得没了主张才和她抢这点活，还要顾面子找理由。三秀看看身边的福泉，福泉没敢看王美丽那双常年空洞无助的眼，现在这双眼里一定还有乞求。他把锄头递给王美丽，然后回屋从床底又拉出一把大锄，回到地里才说，一起做吧！

王美丽扭头蹲下去锄地，三秀知道是怕看到她流泪。王美丽感谢上帝，终于有活干了，很快就把福泉和三秀落到后边。一开始圪蹴着锄，后来就跪着锄，再后来想站起来，可试了几次没能站起。她想喊三秀来扶她，可只是嘴动了动没有发出声音。她就跪在那里把头杵在地上，像是一个头磕下去，就不能再站起来。攒了好久的力气，才又重新试着站立，手脚并用，大汗淋漓，最终只是把屁股撅起老高，腿和腰都使不上劲儿，又扑通跪在哪里叽叽歪歪地哭了起来。

福泉过去扶她，人是站起了，可怎么也立不住。这次福泉没能躲开王美丽乞求的眼神。福泉，别说出去，我的腿关节炎很严重了，传出去我更找不到活干。那样我就真没活路了！

福泉说，嗯！

南下的腿也摔坏过，别再犯了毛病吧！三秀突然也哭了。

福泉说，嗯！

三

南下的腿也摔坏过，别再犯了毛病吧！二排长担心着。他摸着酸痛的膝盖坐在自己钉做的小木凳上。小木凳下是绿茵茵的萝卜地，他左手揉着膝盖，右手拿着锄头在锄萝卜地。锄好周围手臂和锄头能够得着的地方后，欠起屁股慢慢往前挪一下小板凳，再去锄身边的土地。

这是一个干热的正午，太阳是一筐燃烧的辣椒，钉在头顶一动不动，烧得哧啦啦响，空气被烤得似乎已经凝固。汗水顺着二排长的脸颊、脖颈往下淌，溢满了皮肤上的褶皱。

他太老了，不能像壮年农民一样长时间地圪蹴在地里，把一垄垄青苗骑在两腿中间锄地，他坐板凳锄，他实在是蹲不住。

时至后秋，这里的萝卜和土豆却正是快速成长的季节。老话说：地冻天凉，土豆萝卜才长。

汗水渐渐地流干，嗓子像当年战场上被炮弹炸过的焦土，在干裂的缝隙里冒着烟。他抓起身边的军用水壶晃晃，没有声音。顿了顿，用锄头挖出一个水黄的萝卜，提着萝卜缨子，按着膝盖慢慢站起身子，艰难地挪动脚步走出萝卜地，用萝卜缨子擦了几下萝卜上的泥土，随后平展展地仰躺在地畔上，把还带着泥的萝卜放进嘴里慢慢地咀嚼着。他还有四颗牙可以咬得动萝卜。咬多碎不打紧，他只是想润润嗓子。

天上没有一丝能够遮挡太阳的云彩，偶尔一群山雀飞来，几点阴影从他身体的两步外快速飘过。一只鹞鹰盘旋了一阵，突然停在半空，可惜那扇阴影还在对面的坡上呢。

一行大雁成人字形从北边飞来，在他的头顶又排成了十字架，在蓝色的天空下缓缓飘过。它们每年也南下，家里的老弱病残留在北方能活着过得了这个冬天吧？南下的营盘有吃有喝吧？二排长坐起身子，浑浊的目光掠过南山黑蛇一样的山脊线，遥望那个十字架飞进那片灰蒙蒙的天。

“嘎——嘎——”声音无助而凄凉，二排长的心一揪一颤，一只离群的孤雁追赶过来，呼唤着前面的亲人，一声短一声长。

二排长有泪水流出的感觉，但没有泪水流出眼眶，他的眼近日总是干涩地疼。他目送孤雁追过南山，方向是对的，他的心才略有宽慰。嘴上说，只有老天爷能救你了。

南梁上转过一片白点儿，虽然模糊，但二排长知道那是李贪官的羊群。乡村干部来过很多次，说什么禁牧，这里的草场更是疯长。李贪官虽然成了贪官，毕竟还是带着个官字的，他在这里偷偷地养了二百只羊。乡村干部知道却不管，觉得一个局长回家就够倒霉的了。他倒霉了都比一般百姓强。

二排长骂自己咋又想这些没用的，又没吃你家的草。很快一个人影出现在羊群后面，不用瞅也知道是李贪官，他疾步向一块坡地走去。顺着李贪官走的方向看到地里蹲着一个人，二排长数了数地块，知道是草花儿的土豆地。李贪官走到草花儿跟前也蹲了下去。一会儿两个人站起来一起走进地边的一片柳树丛中。二排长闭上眼，唉！草花儿也是苦命人……

傍晚，润花手提五股钢叉追出村口的时候，迎接她的除了黑夜还有一个让她呆愣半天的人，一个手提皮箱的男人，她自己的男人。“润花，润花。”丈夫熟悉的呼唤使她清醒了很多。润花丢掉钢叉去接男人手里的皮箱，回来了？

嗯！你吃饭没有？

记不得了。

走，回家我给你做粉条吃！

真的？润花孩子一样的跳着笑。粉条是她最爱吃的东西，但她更爱吃自家男人做的粉条。自从回到村里，一年多了没吃过。这时村里全部的七条狗都跑到村口，它们可劲儿摇着尾巴，用嘴一下下地轻触着男人的脚尖、鞋跟、裤脚，围着他前呼后拥，跑前跑后地忙乎着、快乐着，讨好着这一年来难得一见的进村人。

村里人也都放下手里的碗跑出门来。虽然稀罕也只是远远地站在自家的门口，逐个向经过门口的润花夫妇热情地打着招呼，直到目送他俩进了院子隐进屋子，才带着祝福的微笑各自回屋。那群狗却还在润花家的街门口嬉戏着不愿散去。

草花儿拉着牛儿进了屋，牛儿嚷着要去润花家，说客人有好吃的。草花儿说，咱明儿个去，润花姨给牛儿留着呢！牛儿又闹了一阵就倒在炕上睡着了。草花儿给牛儿盖好被子，发现没什么可做。孤独就山一样压得她浑身发软，又水一样淹得她喘不上气。只是呆呆地坐在炕的一角，好像稍微一动，就会停止了呼吸和心跳。她很羡慕疯子润花，他的男人一年之后回来看她了，润花今晚该多幸福啊！自己比润花回村早两月零三天，该死的男人也不懂得回来看看自己和牛儿。

草花儿呆坐着，苦想着，哭泣着，这些她都是在无意识状态下进行的，她不知道她的精神也到了崩溃的边缘。草花儿忽高忽低、时断时续的哭泣声传到邻居李贪官的家里，李贪官的妻子不由得也是一声接一声地哀叹。李贪官在炕上翻来覆去地“贴烙饼”。由于翻得频繁，妻子觉出不对劲儿，说，没见过你为一个女人这么难受过，咋了？看上草花儿了？李贪官便不敢再动，说，你想啥呢，这不看草花儿可怜吗？你当初嫁我最看重我的不就是善良？妻子听了一挺身坐起来，是啊！好得没法提了，当局长的时候谁勾搭你都上钩。说着也呜呜地哭了起来。李贪官又开始在那里贴起了烙饼。

妻子哭了一会儿，说，要不过去看看草花儿吧，草花儿太可怜了！

李贪官再次停止了翻动，抬头盯着妻子发愣。妻子说，看啥，不是早几年就看腻了？李贪官说，你是不是也和润花一样疯了？我都成正儿八经的羊倌了，你还刨出早就埋了的事情自己生气？妻子说，我没说疯话，我也是女人，你在外面那些年我也是这样，我知道草花儿的苦处。李贪官相信了妻子的话，但却更加傻愣。妻子生气地拉了他一把，还愣啥？你还有人性吗？

李贪官被妻子拉起来。李贪官心怦怦地跳，你是不是认为我和草花儿有那关系？这、你这是让我去做啥事啊？

啥事？草花儿只要不变成润花，做啥事都是积德！

李贪官的心稍稍平静。他没再说话，夜色里摸摸索索地穿着衣服。妻子顺手把灯开了，你这是去救人，跟找南下一样，有什么怕人看到的？再说又是我让你去的，还不亮亮地穿衣服，光明正大地去？

你，你自己这么认为，人家草花儿咋想的你知道？人家是不是需要救？就算需要，不见得稀罕咱这种救法。你觉得没啥，人家草花儿也许把面子看得比天都大，你这不是害人家嘛！

我铁定草花儿需要！穿好衣服就去吧，磨磨叽叽的装啥正经人。当年在县城找女人比受惊的兔子还快！现在手下就剩一群母羊了。

李贪官最怕有人揭他的伤疤，气得跳下炕蹬上鞋就往外走。在外屋丢下一句话，你可别后悔！妻子听了心里不由得一颤，伸手去抓衣服，但又慢慢放开。

李贪官出了屋，坐在自家门口一块碾盘石上，摸出纸烟点着吸着。草花儿这时停止了哭声，可能是自己刚才开门的声音惊动了她。他脚下的房子就是润花家，现在还亮着灯，看来俩人还没吃饭呢。他环顾村子，星光下院落都笼罩着些许神秘，零星的几户人家那点微弱的人气，被深山老林略带恐怖的幽静气氛挤压得没了多少气息。再把目光转到头顶的几家时，发现二排长门前的石头上蹲着一个人，李贪官心一惊，幸亏没有直接进草花儿家，不然被二排长看个清楚。

二排长可能看到李贪官发现了他，站起身把孤单瘦弱的身影消失在夜色里，南下的失踪把老人击垮了，几天下来就瘦了一圈。愣四、三辣狗和他娘都已经睡下了，各家的狗也回家尽着自己的义务。只有村东水泉沟水塘里的青蛙在不倦地吼着。在这静寂的山野，也只有这点声音嘈杂出些许村庄的感觉。

自家的门响了，妻子站在身后。咋的？在这里要赖皮呀！我，我还以为你早进去了！

看看！后悔了吧！

妻子在他的脖子上一把狠扭，谁后悔了？走，我送你进去！

头前带路？

带就带！说着在他的脖子上不挪地方又扭一把，抬脚推门就进了草花儿的院子。草花儿家的小花狗摇着尾巴堵在门口，妻子用手一扒拉把狗甩出老远。推门不动，妻子来到窗前低声喊草花儿。草花儿听出来就问，是嫂子呀！有事儿？开门吧，进去再说。说完把李贪官拉到门口转身走了，走到院子中间又返身回来，在他的脖子上又狠劲地扭。李贪官站着比她高，她有些用不上力，临了说，一会儿回去再算账！这才一步三回头地离去，随手把街门关上。

李贪官忽然紧张起来，正要去追妻子，门开了，草花儿看到李贪官一愣，探出头瞅瞅他身后问，嫂子呢？

进去说吧！

草花儿听了李贪官的解释又哭，我咋被一个女人这么可怜呢！哭了一会儿抬头问，是不是嫂子知道咱们的事儿了？李贪官说她不知道，我开始也这么想，后来感觉是真的。草花儿把李贪官拉上炕，把头埋在他的怀里又流起泪来。少顷草花儿抬起头，盯着李贪官的眼睛，发现一双眼眸在黑暗中亮亮的。李哥，咱们以后可以自由地在一起了？

你说呢？

嫂子太好了，我不想这么对她！

那，那我们以后还是在山上吧。

草花儿突然紧紧地抱着李贪官哭，好久才慢慢地说，李哥你走吧，咱们以后还是别见面了！

李贪官哆嗦了一下。受过高等教育的他没想到竟能在深山荒野之中遇到草花儿这样的女人，他不自觉地松了环抱草花儿的臂膀。草花儿嘴里还在叨叨着李哥你走吧！可双手却越来越抱紧李贪官。李贪官开始有窒息的感觉，可他不忍心说出来，就这么被草花儿窒息着……

就在李贪官快要被憋死时，草花儿才终于松开双臂。走吧李哥，谢谢你！谢谢嫂子！你们是我的亲哥嫂！

好妹子，早点睡吧，明天还得上山锄地呢！李贪官找不出安慰的话，想着马上离开才会让草花儿不再激动和哀伤。

李贪官回到家里，屋里黑着灯，他摸索着开了灯，发现炕上没有妻子。急忙转身出来，妻子坐在院里的窗台下冲着自己傻笑，咋这么快？没干那事？

嗯！

草花儿不方便？

她说谢谢你，认我们做了亲哥嫂！

妻子愣了一下，哭了。

回家吧！

你回吧，我再哭一会儿。

李贪官转身进屋，妻子就不再抹眼泪，任泪水哗哗地往下淌，感觉拥积在胸中的女人的苦难始终也流不完。

啊——

一声惨叫在山谷的午夜是那样的骇人，首先反应的是村里的七条狗，一阵狂吠更给人一种大难临头的恐惧感。李贪官冲出屋子，看到呆立在窗下的妻子才略略放心，急问：哪里的声音？妻子战战兢兢地说，像是润花家！

李贪官顺手在院里抄起一把铁锹，说你先回屋吧，跑到门口又甩下一句：

手里也拿点家什！

李贪官由于没睡下，他是第一个冲进润花家的，过后好长时间都忘不掉看到的那一幕：润花男人平躺在炕上，润花的那把五股钢叉深深地插进他男人的胸膛……

公安局的人是第二天早上进村的。他们其实半夜就出发了，只是山大沟深走错了路，去了牧羊沟山背后的野鸡洼村。到了野鸡洼几个警察直骂牧羊沟人咋在这里建村。翻山过去吧，在森林里迷路更麻烦，再返回到沟口，从沟口再进牧羊沟，就等于又得跑几个小时的路。几个人一商量，还是沿路返回，这样虽然晚些但能确保四个小时后能到。

李贪官家成了临时办案的场所，一来他是报案人，二是村里数他家的房子宽大。警察的头是刑警队的张副队长，和李贪官都是熟人。张队长问：你进润花家时润花在做什么？

在院子里坐着。

你确信他男人当时已经死了？

嗯！我打算拔出钢叉救人，试试没了鼻息就没再去拔钢叉。

其他人都在你之后多长时间去的现场？

大概三五分钟吧！

有人能证明你是在听到润花的叫声后去的她家吗？

李贪官生气地跳了起来：啥？怀疑我？

张队长笑了，李局长别生气，兄弟这是在为你澄清嫌疑。

李贪官苦笑着，也对啊！你问问我的邻居草花儿，如果她当时没睡着，一定听到我跑出门的声音了。

一个警察出去了，李贪官一脸的疑惑说，润花是个疯子，谁会帮她杀她男人？

张队长递上一支烟依旧笑着说，你也别紧张，这也没什么，我们也是职业习惯，该调查的都得调查。

李贪官有不屑漾在脸上，也不能瞎调查啊！常人都不这么想，还警察呢！

张队长嘿嘿地笑。

这时去找草花儿的警察回来了，趴在张队长的耳边轻声说了句什么。张队长问润花现在的情绪怎么样？警察说放松了许多，问问她吧！

在润花没来之前，张队长请求李贪官代他们先询问一下，免得润花看到穿警服的人紧张而犯病。润花进来后，张队长带着警察都进了里屋。李贪官让润花坐在炕沿上，他的妻子给润花端来一碗水。润花咕咚咕咚地灌进肚子，又把碗伸过来要水。一连喝了三碗才把碗拿在手里，两眼瞪着碗发愣。

李贪官轻声地问，润花吃了吗？

没吃！润花眼没离碗。

夜个儿你男人给你做啥好吃的了？

润花听到他男人抽搐了一下，做，做粉条吃。

最后谁去你家打你男人了？

他没打我男人，掐我了，还抢我的孩子。

李贪官心说还真有人，忙接着问，你看清是谁？

润花哭了，黑夜看不清，把我掐醒的，我知道是来抢我孩子的，想把我掐死好抢我的孩子。

你男人就和那人打架？

我忘了我男人在不在家，我推开那个坏人，跳下炕就拿钢叉叉了坏人。润花说着抱着头哭了。

坏人跑了？

让我叉到炕上了，天亮就变成我男人了。哇——润花放声号啕。

张队长从里屋出来让李贪官的妻子把润花送走，又问李贪官，润花的钢叉常在炕沿边放着？

听我妻子说，润花睡觉时钢叉是顺着放在身边的，她说怕还有人来抢她的孩子。他男人回来了，放在炕沿边也说得过去。

张队长点点头，随后问，村里还有谁没询问过？

李贪官想了想说就剩愣四了，是个傻孩子，他的父母常年在外地打工，他和奶奶在村里，去年他奶奶也去世了，我们联系不到他的父母，帮他把奶奶埋了，他就自己冷一顿热一顿地吃，粮食是村里给的，他有时也到我们各家吃上几顿。

傻得厉害吗？张队长听着村里的这些人不由得直皱眉。

不太厉害。

愣四上山去找獾子窝了，直到傍晚才饿着肚子跑回村子，被二排长发现喊到李贪官家。他看到警察在屋里转身就走。二排长喝住他，回来，怕啥？愣四最怕二排长，乖乖地回来站在炕沿下，低着头看着自己鞋尖探出头的脚丫。

张队长问，你就穿这鞋在山上跑了一天？

嗯！

饿不？

饿！山菜吃得不管饱。

吃过这东西吗？张队长拿起一筒罐头在愣四眼前晃了晃。

能吃？

张队长苦笑，说明这对愣四没有诱惑力，说这是牛肉罐头，我想听你讲昨天晚上你都做什么了？说的对就给你吃，说假话不给！

愣四说我先拿在手上再说，张队长说行！

愣四说，润花男人回家了，我去要好吃的。大伙一下来了精神，但没敢打扰愣四。愣四却不说了，端详手里的那筒罐头，在手里来回转着，找能够打开的地方。张队长只得细声引导，你晚上去润花家要好吃的了？

他们给了我一包饼干。

你出来的时候他们在做什么？

吃饭！

大伙伸长的脖子又无力地缩回来，记录人员也放下了笔，一个警员出去解手了。张队长望了望窗外，眉头锁出一朵丑陋的花。

半夜我想吃又去了。

屋里所有的目光蚊子一样叮在愣四的嘴上，却看不到嘴边的绒毛和吃山野菜留下的绿汤。他们的神志都用在耳朵上，急切地等待着那嘴唇张合出有价值的声音。

他们睡下了，插着门，进不去。

听到他们说话没有？

听到了，等了半天才说话。

说啥？

润花，别怨我心，心，心狠。

还有呢？

有声音，咚咚的，他男人喊了，声音吓人，我跑。

……

一个月之后，村主任来了一趟牧羊沟，带回刑警队的消息。刑警队后来去了润花男人打工的城市侦察，得知他在那边早和一个一起打工的女人同居了，他回来就是要和润花离婚的。到了乡政府，有人告诉他润花没有其他监护人，这婚不能离，他就对润花下了毒手。当然还有对润花屋里的勘察和润花脖子上的掐痕等证据，全村有正常思维的几个人都信。

只是润花的疯病更严重了。不久，牧羊沟人对晚上的到来就再没有多少意识了，润花不再准时地提醒大家夜晚的到来。一天，她提着钢叉和夜晚一起冲出村口，就再也没有回来……

每次润花如临大敌地手持钢叉在傍晚准时冲出村子的场景，都是对村里人莫大的安慰，说明一个安静祥和的夜晚开始了。现在的傍晚安详而平静，却总让人觉得有啥事还要发生。于是，愣四那与朝阳一同升起的嘹亮的山歌，成了大伙一夜的祈盼了。

太阳出来一点点红

拿着镰刀出了家门

二排长在愣四的山歌中爬上了南山，遥望南下上学的方向。南下失踪多少天了？两个月了！二排长对着初升的灰茫茫的日头回答自己。

四

南下失踪多少天了？两个月了！三秀站在劳动市场上对着初升的灰茫茫的日头回答自己。

福泉去河南找南下了。三秀说，南下必须找，路费必须挣。咱俩分工，我挣钱你找人。三秀在一户人家做保姆一个月，刚被辞退，原因是人家的孩子要学英语了。需要每天和孩子用英语简单交流的保姆，再简单三秀也不会，就回家一边等家政公司的通知，一边每天到劳动市场等现活。最近几天，劳动市场上找活的人多雇主却很少，三秀连续三天都是白白地在桥边站一天。

这天正午，终于有一辆小车开进来。大伙苍蝇一般扑围上去，前面的都挨着车了，后边的还在往前挤，以至于里边的人推不开车门，在里边指手画脚地骂。几个壮汉挤到车门前，撅起屁股用力往后靠着拥挤的人群，一个妇女被挤得双脚离地，双手在空中惊慌地划拉着，像一个求救的溺水人。

车门终于能够打开了，车里人满脸愤怒地钻出来，大声喊：再挤我就走！大伙瞬间安静。刚才为开车门挤过来的两个大汉凑上笑脸，一个黑脸一个黄脸，笑起来很假，刚才是我们帮你开车门的，雇我们吧！

“知道我要做什么就雇你们？我造航母你做得了吗？”

“你真造我们就做得了！”

嘴利索也不能在这里逞能啊！黄脸汉子在黑脸汉子说话的嘴上拧了一把，黑脸汉子不吱声了。

雇主说我要十个壮工，往山上抬电杆。黑脸汉子马上说，我们十二个人一起去吧。雇主说行，工钱每天一百元。黑脸汉子说，你说了算！你说地方吧！北郊山上，每天车接送。

交易谈成，其他人就悻悻散去。雇主正要上车，头刚钻进车里，还在外边的屁股被人轻拍一下，他拉出头返身看，又围上一堆人，为首的是个红脸汉子。

他低声对雇主说了一个数字。雇主点头说，好，马上对先前谈好的黑脸汉子说，你们人太多，我不雇了。黑脸汉子早看到有人在捣鬼，怒冲冲地过来指着红脸汉子嚷，人家都谈妥了，你从哪里钻出来的？红脸汉子挡开刺刀一样杵在眼窝的手指，骂，连你爹也不认识了？黑脸汉子就一拳挥了过去，红脸汉子也一拳还回来，身后的弟兄们一拥而上混战在一起。

突然有人喊：还傻打啊？人家早走了！大伙一看，雇主的车早不在了，于是都停了手。他们各自还保持着刚才混战在一起的位置，双方混杂在一处。有的就地蹲下揉还在疼的胳膊或腿，擦嘴角流出的鲜血，有的伤不重，或者根本就没挨着一下，只是把身体展展地躺在地上，你挨我的头，我枕着你的腿，让身心有个短时间的放松。双方谁也没再说一句话，他们懒得争那些毫无意义的谁对谁错。他们是为生存而战，对错不是他们有心情考虑的事，抑或他们只是为压抑而战，释放一下而已。

三秀不忍再看那些和福泉一样的汉子们垂头丧气地自我疗伤，转身离开劳动市场，沿着马路向前走。她的目的仅仅就是走，往哪里走她不管。一辆辆小车从他身边神气地嗖嗖飞过。一个小伙子走得好好的，突然旁边的一家服装店发出节奏欢快的音乐，他的双腿便随着音乐一扭一扭地走，仿佛世界就他一个人；两个姑娘下面穿着超短裤，上面一件上下都露的小背心，挎着红色的包，嬉笑着超过她，拐进一个商场。这个商场很大，大的三秀路过几百次了都没勇气走进去。这个城市真的不是她三秀的，不是他福泉的，不是菜园子里那些房客的，不是现在大概还躺在劳动市场上那些汉子们的。那么为什么还要来？三秀以前也想过这个问题，每次都有不同的回答。今天她回答自己：就为能像两个姑娘那样穿衣，那样走路，那样走进大商场！

前面是一座大桥，三秀慢慢地上了桥。突然前面一阵骚动，只见两个警察在拉一位站在桥边的女孩儿，看样子像跳河的。女孩儿立住不动了，和警察说着什么，警察就松开了拉她的手。不想女孩突然起跑，警察拔腿猛追，女孩快跑到桥头时眼看要被警察追上，便一纵身跳了下去。周围一阵惊呼，很快三丈高的桥下传来一声惨叫，但三秀听着却是一个男人的声音。她随着众人寻路下到桥底，所有下来的人都被眼前的景象晃得眼花缭乱。只见在桥头的桥孔下，一床紧挨一床的被褥铺了一地，很多住在这里的人都围着那个姑娘。走近才知道是围着三个男人，三个还躺在被窝里的男人。从空中落下的女孩落在了这三个人身上，女孩没多大事情，其中一个男人伤得不轻，抱着肚子哇哇地叫，汗珠在脸上流一堆，冒一堆。警察把女孩儿和三个男人都拉到医院去了。过路的人们也都匆匆散去。三秀没走，她觉得在桥洞安家省好多房租呢。可惜听口音他们不是自己的老乡，不然和福泉搬到这里多好！她问身边一个瘦小的大嫂，这都快中午了，咋不出去找活？

大嫂是南方人，三秀只能听个大概的意思。她说她们是贵州人，在这个桥洞里住了两个多月。原是一个老板去老家雇的她们，可到现在始终等不到开工的消息。要命的消息一个接着一个的来。开始是雇她们的老板失踪，后来是发包的公司也被查证是个皮包公司，就是说，也许根本不存在这么个工程。

三秀心酸地望着这些比自己还命苦的人。大约有十几个妇女的铺盖也夹杂在几十个男人们中间，甚至一块隔板、一个布帘都没有。在这里没有了男女之间的羞涩，还能活着等到有力气可卖，才是他们最关心的事情。三秀看到里边还有两个幼儿，看到三秀走近他们，一个跑到妈妈的身后，一个撩起脏兮兮的被子钻了进去，留一个小口望着外面的三秀。泪水和尘土和成的泥糊满了小脸，只有那双眼睛瞪着两汪清澈。不像他的妈妈，满面愁容的脸上有着一双焦灼和迷茫的眼。三秀心里才稍稍有些安慰。南下此时的眼睛也这么安静该多好啊！

家政公司打来电话，说有一个五十岁的徐女士要雇一位照顾她家小狗的保姆，月薪三千元。三秀听到钱的数目当时就说行。电话那头说，你可想好了，城市的宠物绝对比你妈尊贵，你真的有养宠物的经验？三秀听了没生气，她知道人家说的是实话，就说，我上次做保姆的那家主要工作就是伺候狗。

徐女士家住在和平路的一栋别墅里，距离三秀住的菜园子十五站地。等见到徐女士才知道来时数站点是多余了，因为徐女士问了三秀一些该问的，就说你就住在我家吧！徐女士的狗是一条“贵妇人”，名叫娜娜。徐女士从卧室里抱出来时三秀觉得像母女。不过徐女士的确很有品位也很善良，她说我在的时候娜娜由我带，我不在时娜娜归你管。

一天，徐女士带回一个很标致的男青年。以前徐女士每次回来总是先问三秀，娜娜今天都干吗了，今天没问，而是和男青年翻弄着一个皮包，不停地抱怨：你说现在那些普通人都买路易威登了，我也不知道该买什么牌子才能表示我对你的在乎！这是普拉达包，2 400 美元！男青年说我就是个普通人！徐女士说，我包装你。男青年嬉笑着说，金纸包土豆它不还是土豆？徐女士把包塞到男青年怀里说，你总比狗有素质吧？你看我养的狗多尊贵？说着才喊三秀：把娜娜抱出来让她哥哥看看。说着被自己的玩笑逗得嘎嘎直乐。徐女士的声音像男人。

男青年第三次来家时，带着一包刚买的新被褥。他要在这里住下。徐女士对三秀说，你来了有二十天吧？三秀说是十九天。徐女士从包里拿出一沓钱递到三秀手上说，就这些吧！明天不用来了，你现在就可以走了。三秀把钱装好，和两人道别走出别墅。寻到一个厕所，进去数刚才徐女士给的工资，一共是 5 300 元，她激动地握着钱，感谢老天爷再一次向她睁开眼！

三秀没有直接回菜园子，而是给福泉打了电话，让他在当地办一张卡。她给卡上打去 5 000 元，才步行回菜园子。一是能省下两元钱，二是心情不错，想在街上走走。但愿福泉能用这钱尽快找到南下！她觉得这天上掉下的 5 000 元有某种暗示，南下也许会有好消息了……

菜园子的邻居徐寿和蒋蓝站在一个站牌下喊三秀。三秀走过去，发现蒋蓝两眼像腐烂的桃，就拉着她的手问为什么哭。蒋蓝双手攥着三秀的手就又咧嘴，任由泪水在哭花的脸上弯弯曲曲地流。三秀就用目光问徐寿。徐寿叹了口气，说前几天蒋蓝去了一家袜子厂打工，可是每天下班在厂门口都要被搜身才让出来，今天蒋蓝抱怨了几句，就被一个保安打了一巴掌。我去找他们说理，他们说那个保安没上班，也不让我进工厂。

那还去那里上班吗？三秀为蒋蓝擦着眼泪问。

还去干啥？

以后咋办？

再找活呗，能咋办？徐寿茫然地望着远方的高楼。又问，你呢？

三秀说我也刚刚又失业，准备回菜园子呢。徐寿欲言又止的样子，三秀问你有路子？徐寿说我们走着说吧。穿过一条马路，人少了许多，徐寿说今天让我贴广告的老板说有一种活，工资特高，但是有风险，我怀疑是运毒品。

放在以前三秀听到这话一定吓得听都不敢听，自从看到徐女士那种富人的生活后，她从心底有一种裂变，只是她自己还没有意识到这种变化。她问特高能有多高？徐寿低声说一个月能挣一万！三秀站住。徐寿疑惑地问，你敢去？

嗯！

徐寿和蒋蓝呆呆地注视着三秀坚定的脸，半天蹦出一句话：我们也商量好了。

三秀差点急哭，你们？咋能两个人都做？

蒋蓝搂住三秀瘦弱的肩膀，说，他去做，我留下带孩子。说着心疼地回头看了徐寿一眼。徐寿在蒋蓝的背上轻轻拍了一下。三秀说徐大哥你真好！徐寿苦笑，说这也是没办法，总得给孩子挣点钱吧！等有了钱，被抓住判个死罪也值了。咱如果本本分分地干活，一辈子也挣不到这里的一套楼房钱。早死早不受罪，孩子也有个好的生活。孩子小，只有蒋蓝带着才好，将来嫁个好人。顿了顿又说，我们定的是孩子永远姓徐！

蒋蓝又哭了。

三秀的眼里也有泪水在不停地转。

一块云从头顶飘过，顺便泼下一瓢雨水，又毫不停留地飘走了。又一块乌云飞过来，撒一张疏疏的雨网，也匆匆离去。给几个流泪的人留下一片流泪的心情。

又一股秋雨落下……

让三秀和徐寿怎么也没想到的是，十天后，他们第一次运毒品就被警察抓住。他们分析失败的原因是谋得太狠，再往深里挖就是穷抽筋了，当时老板再三提醒说少带点，多了容易被发现，他俩不听。

警察在审问三秀的时候，三秀问警察，找到她的南下没有。警察在网上查了查告诉她还没找到，三秀就哭，说你们为什么不找孩子找我？警察轻声说，南下和你我们都找，只是先找到你了！

三秀继续哭诉：你们早些天找到南下，呜呜——福泉就不用去找了，也就不用花那么多的钱，我就不用给人运毒品了，呜呜——

一个女警察冷漠地说：你是被人骗了吧，不是自己找上门去运毒品是吧？

三秀抹了一把眼泪生气地说：哪里有人骗了，都是钱逼的，自己找的活路！

女警察依旧冷漠地说：你根本就不知道老板运的是毒品，抓住你才知道的是吧？

三秀说：怎么会不知道呢？我就是奔着毒品去的！怎么会不知道呢！

三个警察无奈地对视了一下，三秀看到那个女警察抹了一把眼泪，她为什么哭了？三秀不知道。

窗外大雨瓢泼……

五

窗外大雨瓢泼……

二排长坐在炕头背靠着行李，望着外面一根根麻绳一样的雨柱伸到云里。

雨好大啊！南下在家里还是在野地？在野地有避雨的地方吗？记得自己教过南下看云辨雨的本事，应该能提早寻下避雨的场地。南下在的地方不见得也下雨，唉！这雨还是停了吧，万一南下那里也下呢？公安局咋也没个信儿？全国那么多警察，咋就连个孩子也找不到？

当年在大青山，全连被鬼子追散，连长丢了，战士们第二天就在大草原上把连长找到了。那还是个到处是鬼子，天天刮白毛风的冬天啊！现在咋就找不到个孩子啊！想着，一股急火从心底直冲脑门，二排长只觉得脑仁儿里有嗡嗡的声音像鬼子的飞机飞过，接着又吱吱的像鬼子的炮弹飞来。

二排长心里烦，就走出家门。与他打个照面的李贪官听他独自叨叨，南下别哭，我们走，看野猪去……

李贪官心里一阵酸楚，嘴里喃喃地祈祷，可别又疯一个啊！

二排长走出老远，李贪官忽然想起什么，急忙追上去扯着他的衣服问，你带炮仗了没有？真的碰到野猪咋办？二排长从衣兜里掏出三个二踢脚，又装了回去，继续往前走。

村西的老虎沟没有老虎，从去年却来了两头野猪，一头是花花儿的，三百多斤，一头黑色的，有五百多斤。春天拱开土地吃地下刚种的籽，秋天是什么庄稼都吃，一夜就是一亩多。

从村里到老虎沟自家的萝卜地，前几年约有一个小时的路程，今年他需要走两个小时。二排长的身子骨老朽了。到了萝卜地，坐在地边的一块山石上喘气，好不容易把气喘匀，又感觉饿了。摸摸身上忘了带干粮，就抬手掐一条野谷穗放在手里搓。吹掉手里的糠皮，一把金灿灿的谷粒泛着阳光在手里晃眼。他低头舔了一小口，送进嘴里慢慢地咀嚼。仅剩的四颗牙怎么也咬不住小且滑的谷粒，最后没了耐性的他就把它们全咽了下去。接着再舔一口，在嘴里都嚼湿了就咽下去。最后手心里只剩七粒了。这七颗谷粒都藏在了手掌几道很深的裂口里，二排长舔了几次都没舔出一粒来。他环顾四周，一根儿干硬的草茎直立在脚下，几线米黄色的干叶坚守在茎上，一只红色的蚂蚁在叶上急急忙忙地寻找着出路。他伸手折了一节，先丢在草丛，让上面的那只红蚂蚁离开草茎。看着蚂蚁上了一朵蓝蓝的山菊花瓣，才拿起草茎，抓稳了，用另一头去挑手掌裂纹里的谷粒。挑出一颗把嘴巴凑上去，吱溜一声吸进嘴里，再挑出一颗，再吸。七颗谷粒全部吸到嘴里，再细细地咀嚼，最后连同嚼出的口水咽下去。

肚子总算有些安慰了，口又渴。二排长扶着石头站起来，说，南下，咱们喝水去，你转身向北二百步就是泉眼儿，咋不记得了？去年爷爷在这里锄地，你不是自个儿去泉眼儿给爷爷灌满一壶水？你还把一只水虫虫装进了壶里，害得我差点喝进肚子。嘿嘿！你可真马虎！

一群山雀飞过来，二排长看着飞远的山雀一脸的羡慕，山雀自有老天爷养活哦！不用劳动都能寻些东西喂肚子。忽的脸色一暗，南下挨饿不？想着心里一急，又看到南下从泉眼儿那边挓挲着双手跳跃着跑过来，就喊，南下别跑，看脚下——

天空一声尖厉的鸣叫，一只山鹰飞旋下来。二排长抬头看到太阳偏西了，伸伸胳膊抻抻腿，觉得还行，就用镰刀撑地慢慢立起来。南下，咱看看地去，不见野猪咱就回家。

二排长刚把双腿走活，就听到前面自己的萝卜地里有响动。他立住细辨，认定是野猪来了。说，南下，你就在这里等着爷爷，千万别动！说着把镰刀放在地上，从衣兜里摸出一个二踢脚，又摸出打火机拿在左手，而后慢慢地向萝卜地靠近。两只昏花的老眼瞪得发干，他眨了几下，终于看到野猪的脊背了，黑黑的，是那头最大的。

野猪自顾嚼着萝卜，没注意身后向它靠近的二排长。二排长点燃二踢脚的引线，打火机的声音惊动了野猪，它先是侧耳细听，再回头去看，看到一个人向它抛来一截东西。就在它愤怒的刚给四足使足劲儿要扑向二排长的一瞬，那截东西飞到它的头上，“啪——”野猪嗷的一声惨叫，掉头就逃。“咣——”二踢脚的第二声在不高的半空爆炸，野猪就更觉得逃命的正确，箭一般地消失在前边的一片桦树林里。

二排长又摸出一个二踢脚，看了看没舍得，就又装进衣兜，说，南下，跟爷爷回家。

李贪官立在村口，看到二排长回来才放心地迎过去，他很自然地担负着全村的治安保卫工作。用妻子的话是：好狗护三邻，你就做一条好狗吧，带着村里的七条狗保护我们！

愣四是第一个回村的，他在山上野了一天，饿了；牛儿和他的妈妈草花儿刚刚进屋；三辣狗和他的老娘今天哪儿也没去；其他的老人也陆续回家了。

李贪官一直把二排长搀到家里，看看没有半点熟食，就对他说，累了不想做就到我家随便吃一口。二排长说，还有南下呢，不做孩子吃啥？李贪官心里酸酸的，回自己家里端来几个馒头和一碗炒鸡蛋。二排长已经躺在炕上了，李贪官发现他出气呼呼喘喘的，一摸头，真的在发烧。他喊醒二排长，把饭菜放到他面前说，你先吃，我给你找点药去，你感冒了！

二排长说没事，南下吃了吗？李贪官说南下早吃饱了，你吃吧！二排长艰难地坐起来，还是李贪官帮了一把才坐稳。看着二排长吃着饭，李贪官才急忙回家去找药。等他再次返回来，二排长又躺倒在炕上了。李贪官摇醒他帮他把药喝下去，又为他盖好被子，感觉一会儿药起了作用就会好，就放心地回家了。

半夜，二排长渴醒，摸索着把李贪官给他喝药剩下的半碗水喝下去，感觉有了些劲儿。把枕头推高一些说，南下，睡着了？爷爷给你讲故事吧！今天给你讲一个新鲜的故事，以前怕你害怕一直没给你讲。刚才在梦里见到老连长了，爷爷给你讲讲爷爷杀鬼子的故事。

1943 年，爷爷编入骑兵大队的第二天，就赶上了打仗。那夜月黑风大，秋雨连连地下，从全大队挑选出的连爷爷共一百名突击队员，手提大刀，腰系手榴弹，悄悄摸进敌人的土围子。鬼子在大刀面前也就是面团，成了爷爷和战友们宰杀的绵羊，嘁哩喀嚓，哈哈……那年是冬天，爷爷随部队南下，三个月后到了广东，南下你睡着了没有？还在听吗？现在你爹娘打工的城市，就是爷爷当年打下来的，嘿嘿……

第二天，踏着愣四悠扬嘹亮的山歌，李贪官走进二排长的家。二排长还躺在那里，嘴笑得大张着。一摸，冰冰凉……

草古坝

梁一芸被局长流放了。

据说是一个县级地图上都找不到的自然村。局长说了三次，她愣没记住小村的名字。她对局长说：“是清朝的宁古塔吧！”

梁一芸摁住头在文化局辛苦工作五年，终于熬到提副科，不想考察的档口，单位突然调来一个外地大男孩。局长说：“小梁你要有信心，毕竟你是单位的老人，他刚来没有群众基础，大家一定会投你的票。”梁一芸想想也是，结果推荐的时候，全局 30 人参与投票，梁一芸只得了 7 票，这其中还有她自己一票，她投自己票时还犹豫一下，心想如果自己是满票，显然自己投了自己一票，多尴尬！

她怀疑局长暗中使坏，把局长捂在家里“讲道理”，局长说：“又不是我手把手帮人划票。”为此，局长好长时间都没搭理她。

突然一天，局长在走廊截住她，说：“你还是离开单位吧，反正你也不想看到单位这些人，眼不见心不烦。今年扶贫工作任务重，你去咱们帮扶村任第一书记吧。扶贫工作是当下的政治任务，你去了好好表现，争取明年提拔，再说有了扶贫的业绩，也没人再敢和你争了。”

一

小村叫草古坝，竟然占宁古塔一个古字，天意！

村支书叫古财，他从那蓬野草中一露头，梁一芸感觉是遇上了鼓上蚤时迁。瘦小精干脖子细的古财却是个大嗓门，拉着梁一芸的手一再渲染她的第一书记。弄得梁一芸心生愧疚，好像她是来夺权的。唉，如果担心我夺权的是个局长就牛了，那样老姨嘴里的高衙内就不嫌我官小了，哼！相亲还得副科以上？姑奶奶村姑一枚也不鸟你。

“哎呀梁书记，你是第一书记，这次我这土鳖支书总算有靠山了。”

“古书记好，我初来乍到，主要是配合您工作。”

草古坝村连耗子算上，充其量只是一个自然村的规模，生产队时也就一个生产大队，40 户人家。现在村里只住 10 户 21 人。由于距离其他村庄太远，所以破格升为行政村。

“我们村，哎！不，是咱们村，村子就是个私生子儿，姥姥不疼舅舅不爱，三姑四姨拿脚踹。嘿嘿，其实人家才懒得踹，七大姑八大姨都没那么长的腿，太远了。”

“村里该走的能走的有本事走的都走完了，现在村里就剩‘七个人八颗牙’！”

“你看看你看看，一眼就能瞜个透，咋还用那么转着圈瞅呢？村子就是吊在山头的石头村。估计是哪个先人为了印证‘人头有血山头有水’的古话，在这里建村，他还就真印证了。可他不想想刚够人畜饮水的水有什么出息?”

“都说要致富先修路，我们，不，咱们村还得再往前退两步，还差水，更差人。假如——我瞎猜啊——就算你给咱村带来一个致富项目，水呢？人呢?”

“我想咱村只有一个项目可做，就是出租给需要拍摄石屋、草房镜头的电视剧组，拍一次一万。一个长腿明星不是一次上百万吗？咱这么大一片，一次一万不多吧。不多是不多！可就是那些演员腿再长也爬不上咱这吊在山头的村子，再说人家也没必要费这事你说是吧!”

……

晚风随手扯起几片儿晚霞，随意把桃红调成橘红，哼着牧归的小曲，涂抹在村落的草屋石墙上，几个老人扶着橘红的门框眺望，橘红的脸上泛着橘红的光。

多美的一幅油画!

梁一芸真真儿地听到了油彩下那声厚重悠远的叹息!

她抬头凝视靠在门框上油画里的老人，老人笑得真诚。可她还是听到老人的叹息声。

梁一芸抬脚爬坡靠近老人，她要验证这声叹息，直到她被一墩芨芨草绊了一下，一个趔趄立在老人跟前，老人把微笑泼下来，灌进她的眼里。她依旧听得到那声遥远而临近的叹息。

老人见她要进家门，身子一斜，算是邀请。梁一芸转到老人正面说：“大娘吃饭了?”老人笑了笑，没有答这句过时的“国问”，向屋里点点头。梁一芸向老人回了一个尬笑。院子前后很窄，左右很长，是随山建屋的缘故。

“站住——”

一声断喝弹开她的目光，在这大山里恍惚有“此山是我开”的味道。

“哪来的生人不长眼，进家也不懂敲门?”

路不拾遗的农村，会有进家敲门的习惯？梁一芸边退边寻找门口的老人。心说大娘你得给我作证，我可没拿你家院里一粒羊粪。

骂声推开屋门，一个迷彩圆球在门框上挤了一下，嘣儿，弹到当院。间断了一下的骂声接续起来：

“哎哎哎！干甚干甚？”

“我，我是来入户调查的。”

“调茬？俺三年地里就没开犁，你调什么茬？”

“大叔，不是调茬是调查。”

“不用套近乎，喊我木旺。哪来的女骗子，年纪轻轻种地还是个行家，还懂个调茬？”

“啥？你的责任田都荒了好几年了？”

“咋？不信？我麻溜带你去瞅瞅，地里的荒草一年盖一层，这会儿，咋也有半腿厚。不过你一犁翻下去，埋在土里的荒草就是肥料。”

“再好的肥料你不种庄稼有啥用？”

“种一亩地赔 100 块，还搭上一年的工夫，我傻还是你傻！”

“你，为啥村里其他人都在种地？”

“你眼瞎啊！不看种地的几家，那都是吃喝外地儿女供着，种地只当锻炼身体了，不然窝在这连妖精都没有的荒山野岭，还不闷死？”

“这？”

“这啥这？你别岔话。刚才拉呱到种地上就没跟你说正事，俺家正在坐月子，你这簸箕大一双臭脚，咚咚地砸进院子，你看这坑，你看这坑，把奶水都踩没了，你不赔钱？”

梁一芸一拍脑门：“这习俗我也懂，可，可你家谁能坐月子？”

迷彩球一脸怒气：“你瞅甚？看你这张脸就不善。”一指猪圈说，“是俺家老母猪坐月子。这次好容易鼓捣出 7 个小猪仔，奶水本来就不多，被你这大脚一踩，还不得把猪仔都饿死?”

“可你家门上咋不挂个标记?”

“你眼睛喝了猪奶子？没看到那红布条?”

梁一芸回头，老人头顶门框上有红布条飘舞:“对不起！对不起！我第一天工作，太兴奋了，没看到。”

“工作？我看你是抢劫，抢劫了我的猪奶子银行。”

梁一芸一声哀叹:“也怪我没有介绍清楚。大叔你别气坏了身体更不种地了，我是咱村的第一书记，我要家家屋子都走遍，做你们每个人的穷亲戚。你是我走访第一天的第一户，你不能让我出师不利吧?”

木旺学着梁一芸叹口气:“你跑这来就有用了?”顺手从屋檐下搬过一个树根简单做成的凳子。

梁一芸一看是一件工艺品，没舍得坐:“大叔可是贫困户?”

木旺左脸惊右脸喜:“哎呀！看俺孩儿亲的，小妮子你是个甚官？说话算数?”

“算数!”

“真算数?”

“别说蒸算数，焖得也算数。”

“你们真是来帮扶我的?”

“你看我们哪里像是假的了?”

木旺一指自己鼻子:“我是贫困户?”

“你说这个啊！我们目前是摸底阶段，你是不是贫困户，调查后经过村民大会讨论决定，但不影响我们入户搞调查，我们要掌握全村每一个村民的生产生活情况。”

木旺往外推："滚去狼山喂狼吧。"

"大叔，你咋还想当穷人？不怕人笑话？"

"笑话？"老古人说，"钱是铜的，眼是红的，现在贫困户是金的，大家眼也是红的。"

"还有人眼红贫困户？"

"哎呀女根儿，天上下雨地下流，贫困户们是真牛，祖上没有积下大德，哪能修来贫困户？哎！不对吧，你说你是扶贫第一书记，你会不知道贫困户的好处？你别是假的吧？你是收古玩的？还是收大烟的？"

"你们这里有人私下种大烟？"

"哦！没有没有。想起来了，去年第一书记是个大男人。那个第一书记每周定打不饶入户两次，每次都让我们记住他的名字，说是如果有上面暗访组来问，要说出他的名字，一定要说他经常来。可我到现在也记不住他的名字。"

"不过他让我们排练的二人台小戏，我记住不少，尤其是唱贫困户好处的那段。"说着从窗台拿起一个扫帚头当扇子在地上扭起来：

健康扶贫政策好，五重保障全包了。

慢病大病有医保，教育扶贫更全套。

两免一补小学喜，三免一助中学笑。

就业扶贫最直接，公益岗位有工作。

农业扶贫有七项，贫困户们喜洋洋。

梁一芸一听来了兴致，她在上大学前，每年春节都参加村里的二人台小戏班。除了给乡亲们唱二人台，关键是到县城给那些单位拜年，踩着咣叽哐啷的锣鼓点在单位院里扭上几圈，就会有人满脸堆笑送上几百块大红包。一个春节下来，她能分到不少钱，足够她一个学期的学费。

梁一芸说："您扶贫政策学得不错，给大家做宣传员吧，让乡亲们都了解党和国家对百姓的关心。”

木旺说：“其实你们这些扶贫干部真不赖，见面三句话，两句是宣传扶贫政策。我今天最想知道一个政策，请第一书记清清楚楚讲明白。”

梁一芸高兴了：“想了解什么尽管问，我一定认真讲解。”

“俺现在一年没收入，算不算是贫困户？”

“这要入户全面调查，综合评估确保精准。”

“唉！小孩没娘，说来话长。俺一直在贫困户标准的边沿沿，去年收入往下一出溜，今年就是贫困户了。”

“你去年都靠什么收入？”

“地老大能靠啥？卖力呗，原想种白菜，太累还收入低。俺就雇人种菜籽，谁知春旱加夏旱，收入还不够工钱哩。”

“啥！你还真是懒将军，种个大田还雇人。”

“今年没雇。”

“咋地？学好了？”

“说起来真背兴，三沟六川问了个遍，因为工钱低，没人让咱雇。”

“呵呵，今年这‘地主’没当成，顺水想漂落成贫困户？”

“嘿嘿，当了贫困户，自然成‘地主’，长工是政府，短工嘛……”手指梁一芸，“就是你们这些扶贫干部。”

梁一芸摇摇头：“看来还真是一场攻坚战，对付你这懒将军还真难！”

“呵！还要和俺开战？俺爹临咽气的时候，还把去年的扶贫干部叫到炕头，一手拉着俺，一手拉着扶贫干部再三叮嘱：一定要俺成为贫困户，不然就瞪眼不咽气，扶贫干部就答应了。”

“政府的责任是无限的，而政府的能力是有限的。政府给政策，扶上马，送一程。前提是你得干，你不干就是死狗扶不上墙，没人能救得了你。今天先把这些米面留给你，咱们进屋好好谈谈。”

木旺点头哈腰一个劲地说：“感谢油！感谢米！感谢面！”

梁一芸一脸无奈：“咋地嫌少啊，这是我自己掏腰包给你买的。”

“啥？不都是政府给买吗？”

梁一芸愣了一下苦笑道：“大叔我怎么跟你说呢，扶贫政策是一大堆，但要精准落实，不是所有人都能享受。”

“白话大道理俺比你猛，关键看你们公不公。今年评定贫困户如果有一户不合规，我这个贫困户就去上访。”

梁一芸说：“你是不是贫困户那得调查清楚才能定。”

木旺一撇嘴，把扫帚头扇子一扔：“要么陪我猪奶水钱，要么……”

“要么什么？”

“嗨！我不好意思说出口，你还逼我。要么滚！”

梁一芸出大门的时候，木旺他娘还是斜了一下身子，她没注意老人是不是还在微笑，只是看到晚霞暗淡，天，快黑了！

二

今夜无月，梁一芸窝在牛车改装的床上。睡之前她还特意撩开床单猫腰看了，就是在墙上合适的位置挖两个半尺深洞，把两个车辕头插将进去，啪啪两块眼石抵在两个轱辘下，就是一张稳固的木床了，这床还大，她躺在上面总觉得“车”在动。唉！这山路，能去哪里呢？

梁一芸突然想到身下的车轱辘不是近代的造型，那一定是老倌车了。这么说盛行几百年的张库商道途经这里。

村子往上爬七百步，就是内蒙古高原的坝头。坝头对面的山脊线，一条在云雾间蜿蜒穿行的石龙就是明长城。

明朝270多年的历史中，对北部蒙古各部也实行安抚政策，因而曾几次开关设马市，马市地点主要在长城沿线隘口。

那一时期，今天的草古坝村一带成为蒙、汉之间的贸易交往通道，形成了张家口到乌兰巴托（库伦）的商道，史称张库大道，全程4300余里。当地人从清光绪年间开始拴“老倌车”跑蒙古。当时在这条大道上从事运输非常艰苦，每帮车队百辆左右，虽起早贪黑，每天只能走三四十里路程。去程货运以茶叶、绸缎、铁器等为主，回程以碱、盐、皮毛为主，往返一次需半年左右。

当地有句民谣：火车跑得快，出不了大境门；牛车走得慢，一年一趟大库仑。

身下的这辆老倌车，说不定就曾行进在4300余里的商道上，就曾停放在遥远的乌兰巴托大街上。想来现在不也是在沿途的草古坝客栈吗？自己就是荒漠古道上的那个女店主。

叮铃铃，铃声响起，驼铃？啊！不会吧。真的穿越了？恍惚间，梁一芸翻身坐起，窗外星光安静。再一听，铃声恢复到熟悉的手机闹铃声了。哦，9点30分，到了向县委组织部汇报在岗的时间了。

她点击手机上的“扶贫开发信息平台”，这是一款扶贫干部的管理软件。她准备刷脸证明自己在草古坝岗位上，却怎么也点不开。仔细一看手机没有信号，这才想起自从到了村里没接过一个电话。

她得回家，换一个手机卡，不然没法开展工作。总不能在山顶点狼烟吧。那么乡里村里都得派人守护狼烟，这还增加几个扶贫公益岗呢。嘿嘿，她想着睡着了，梦到自己骑着骆驼走在沙漠里，说是过了前边的小河，就到俄罗斯了。她还瞅了一眼驼背，上面驮着一个俄罗斯姑娘。醒来她还在想，这是拿什么换回这个俄罗斯姑娘呢？草古坝有什么东西值得走上张库大道呢？唉！又在为草古坝产业扶贫操心了。

梁一芸早上懒得做饭，跨上幸福 250 摩托车冲下高坡。“轰隆隆——”马达声不亚于大街上那些专门去掉消音设备的摩托车。这款摩托车早就成了收藏界的宠儿。据说这款车的第一批骑手大多牺牲在他们心爱的“坐骑”上了。这款车马力大、速度快，加上国内第一批普通骑手，没考驾照，没有经验，凭着喜好和胆大驾驶。大多是做生意用，驮羊、驮猪以及其他货物，没有一个不超载的。

梁一芸的这辆 250 摩托车，是舅舅留给她的。舅舅用它驮羊，舅舅驮着六只羊一不小心飞下沟。当时车还是八成新，舅舅出事后一直扔在他家的粪窑里。她扶贫到草古坝，发现舅舅的 250 摩托车是最好的交通工具。

一路上，一个骑着“文物”的少女，侧头、歪头和回头率爆棚，一路圈粉无数。那些开着各类轿车、货车、拖拉机、摩托车的司机，用目光纷纷点赞。

梁一芸整整“表演”三个小时，才算回到城里，这座五线城市里一个偏远老旧的小区有她 70 平方米的家。

城市的高楼足可以吊起几个草古坝村，喧嚣的车流，五彩的人流，让刚刚睡在石屋里老倌车上的梁一芸恍若隔世，犹如穿越时空或来到另一个平行世界。

刚到六楼，老妈就打开房门，自己的脚步声在一楼老妈就能听到。每次老妈都要嘟囔一句，一个女枝儿家，总是跺着脚走路。走路重是真的，不至于跺着脚走吧。开始她还叫唤几句，后来就当没听见了。

这些天唯一让她欣喜的事情出现了——赶上家里的饭点。她扑过去张嘴就吃。老妈赶紧端来一杯水，老爸放下筷子心疼的目光没离开她的嘴。

刚吃了七口，七口是老爸旁边唠叨的。电话铃声响起，几天没有听到熟悉的电话铃声，一看是标注骚扰的电话。她没有掐断，放在那里，把音乐当作一道可口的下饭菜。

梁一芸原有午睡习惯，这会儿只顾捧着手机和朋友们分享草古坝“风光”，几个闺蜜都掉了眼泪。一连串的问题通过网络扫射过来。她起先为自己顶盔掼甲、罩袍束带，还是被一支支利箭，噗噗噗地刺将进来。没办法，又换上“二战”时期的钢盔，现代的防弹衣。可还是有那么几个狙击手的存在。

“草古坝有蛇吗？”

“草古坝海拔多少？华北最高峰吗？”

“站在坝头能望到大草原？那里可是阴山的余脉？风吹草低见牛羊吗？”

“你在那里扶贫一年还是三年？一年艰苦的扶贫经历，回来能提副科？走的时候局长有没有口头许诺？”

“你上次为什么提副科没成功？咋得罪单位所有人了？是不是局长想对你潜规则你没就范？是不是单位人都怀疑你和局长有交易，弄得上下两头不得好？”

“草古坝为啥没有留守儿童？”

“你说的‘七个人八颗牙’，有两颗牙的那位老人是男的还是女的？多大年岁了？”

……

手机铃声再次响起，是局长。局长说：“组织部几次全县通报你不在岗。我打你电话说你不在服务区，你是不想为人民服务，不想为贫困户服务了吧？”

梁一芸说：“手机在村里没信号，为什么不用村委会固定电话查岗？”

局长说：“组织部不管那么多，你每天不上报工作，就视为脱岗。不过我后来得到了你的消息，说你入户调查竟然和村民对唱二人台，被人家赶出家门。”

梁一芸气得差点笑出声：“咋了？和群众打成一片错了？创新工作方法错了？这不是你动员我下乡时对我的谆谆教导吗？再说了谁说是因为唱二人台被人骂滚的？那是因为都想当贫困户，没有充分的调查研究我能答应？”

梁一芸想摔手机，没舍得！那是她为了做微商咬牙买的。自从做了第一书记，每天填表的时间都不够，发货不及时，客户都作鸟兽散了。

梁一芸干脆关机睡觉，只要在下班前醒来就行，去街上换张手机卡，也许草古坝会有信号。明天去组织部说明一下情况，再到乡里沟通一下，问他们是不是给村里多安排几个扶贫公益岗，用来点狼烟。狼烟总得有狼粪吧，还没听说村边的大山里有狼出没，那得通过县政协给县里写个提案，标题就是：关于加快造林工程，为狼群出现营造适宜环境，实现草古坝村烽火狼烟传递信息。哼！有固定电话不用，看来就等这狼烟工程了！

迷糊中，听到老姨问芸儿在哪里？显然是老妈喊来的。不用说又带来一打帅哥的照片。上次自己就和老姨探讨半天哪张照片用了美图哪张用了滤镜。

老妈说：“她睡着呢，等等吧！”老姨说：“睡觉是晚上的事我去喊她。”老妈说：“你先和我说说。”老姨说：“你看这小高长得多男人，他爸是一个主任。这孩子去年刚提了副科，是市政府的一个科长。就是不知道咱们芸儿几时能提副科，有没有个确切的时间？”

老妈说：“孩子这次都去下乡扶贫了，在最艰苦的地方做最艰难的工作，应该给个说法吧。”

老姨说：“等芸儿醒来好好问问她，如果提副科有希望，咱就安排两个孩子见面。”

又是那个高衙内，听着老姨去洗手间，梁一芸一个鲤鱼打挺翻身下床，在老妈的哎哎声中，冲破窒息的空气，逃出家门。

沿着河边“挺尸”半天，突然想起买手机卡，就近扎进一家手机大厅，买卡插上，刚将新手机号发了一圈好友，新号就哇哇啦啦地响起来。

“嗨！小主。你的新号不会是只告诉我一个人吧！”

“当然了！不然你咋是第一个打进电话的人呢。”

“晚上有约吗?”

“几时没紧着你约啊!”

“老地方!”

闺蜜俏俏早已点好她们爱吃的饭菜。梁一芸刚伸出筷子，被斜刺里杀出双枪一样的筷子叉住。抬头看到俏俏诡秘的微笑:“小主，今天给你带来一位老帅哥，你见不见?不见也得见，老帅哥估计已经在门口了。”

梁一芸回头看大门方向，一个老远的微笑飞过来。梁一芸高兴得只打俏俏的手，口里喊着:“老锅，老锅!”老锅是老帅哥的简称。

老锅心疼地端详着梁一芸:“这么几天就瘦了?”

俏俏说:“老爸偏心眼，我都胖成猪了你不关心。”

俏俏老爸是个研究国学的暴发户。梁一芸敬重他身上没有土豪的俗气。

土豪在吃饭之余一直询问草古坝的山形地貌、地理位置，饭毕才不经意地说:“你在那里是第一书记，如果需要投资，老锅愿意为你效劳。有什么荒山荒坡的，咱先承包上，等有大开发商占用，就是几百上千万的收入，目前不用你投资，到时分你一半。”

俏俏紧盯一句:“这样你就不觉得下乡委屈了。”

梁一芸想说什么又不知道怎么说，一口饮料喷出来。

俏俏一躲。

老锅从纸抽里抽出几张纸递了过去。

三

梁一芸胯下古版摩托，兜中新卡手机，再次出没在群山峻岭。这次扶贫工作队另外两名成员也已到岗。一名是本单位老陈，一名是规划局老郑。

因为局长再也发动不出第三人下乡扶贫，组织部只得全县调配。本单位老陈明年就能退休，家里也能走开。规划局老郑是一名司机，单位搞车改，车没了他自然“下岗”。闲着也是闲着，局长说去村里“闲着”吧。关于这句话老郑后来一直骂他们局长，因为到村里扶贫是他工作生涯最忙的一年。

组织部和乡里又催落实贫困户名额，要求三天之内上报，随后的工作很多，由于不能确定贫困户而不能往前推进。这三天头一天上午，都消耗在赶往村里的路上了。

梁一芸把 250 停在村委会大院，发现老陈老郑还没到，估计在乡里吃中午饭。一个大马趴扑上老倌车，放松一会儿身子，拿出笔记本就往外走。一路的颠簸没有胃口，再说得赶快落实贫困户。调查、研究、召开村民代表会，都需要时间。

她拍了一下老倌车，说:“你待着，小主去看望那‘七个人八颗牙’。”

上周是全面入户调查，问题全面也分散，意在对村民和村子有个较全面的了解。这次是带着目的入户。10 户 21 人，转一圈也就半个小时。

上周梁一芸辛苦 6 天才完成走访。问村民问题，回答用字极少，大多是“嗯!”生怕占了他们问你的时间。一旦有空可插，便把话茬子硬生生扎进来。他们一句也不问扶贫的事，一张嘴就把梁一芸问得一愣一愣的。每一句都像县城河边那些退休的老干部，都兼着国际观察员的职务。

“叙利亚哪方有原子弹?”

“特朗普和金正恩在新加坡都说了些啥?”

“孩子，最近几年三亚发展得是不是超过深圳了?”

梁一芸也拿不准，随口说:“没有吧!”

“那七斤半说三亚发展快。”说到最后才弄清，七斤半的孩子在三亚打工。

出村委会大门左拐就是七斤半家。自从木旺让梁一芸赔猪奶水钱，她再到村民家都要仔细观察。七斤半在院里用柳条编筐，嫩白的柳条在他糙黑的手指尖跳舞，嘴里和梁一芸拉着家常，不一会儿就开始收沿儿了，这才搭梁一芸进来时的话茬："我和老婆子种了七亩地，三亩莜麦、一亩土豆、一亩蚕豆、一亩豆角，一亩胡麻。我按不受灾给你算：莜麦一亩产 270 斤，每斤 1 块 8，三亩碰整也就 1500 块；一亩土豆产 2000 斤，6 毛一斤 1200 块；一亩蚕豆产 300 斤，2 块 5 一斤，750 块；一亩豆角也就 50 块，一亩胡麻也是 50 块。加起来你算算。"

梁一芸拿出手机算出 3550 元。

"嗯！这就是一年的毛收入，成本也不少，我们年岁大了，扶不正犁，也拽不动牛马，只能春天雇人种地，秋后雇人翻地。雇人种一亩 40 块，翻一亩 30 块，加起来 70 块。7 亩地就是七七四百九十块。化肥需要 700 块。星星点点的就不算了，你算算成本还剩多少？"

"还剩 2360 元。"

"嗯！你们定的贫困户收入标准线是多少？"

"3105 元。"

"那你自己说我算不算贫困户。"七斤半把筐也编好了，拿起镰刀把毛茬削掉，在地上摁了几下，柳筐就变得圆圆的。

一匹枣红草原马从坝顶哗哗啦啦飞跑下来，翻蹄亮掌、长鬃飞舞，犹如上了古战场。马背上没有古代武士执戟横刀，身后古长城上坐着一位老者，远远望去银须飘逸。

草原马到了村里，收住马蹄，步履优雅地走进一家院子。梁一芸看看银发老人没有回家的意思，就向老人走去。

老人屁股下的古长城，就横亘在沿高原南缘东西千里的大坝上，古时是中原与大漠的天然分界线。元人郝经《岭北行》诗云:“中原南北限西岭，野狐高出大庚顶(西岭指阴山余脉大马群山)。”战略意义不言而喻。燕、赵与北魏古长城曾先后蜿蜒其巅，清朝在坝头各主要坝口设栅栏、驻兵把守。

所谓坝口，是大坝长期遭受河流切割及风化剥蚀山体分割成数段而形成的山口与沟谷，为南北往来之途径。草古坝就是其中一个坝口，东西走向还有二十里板申图坝、七里黄台坝、十五里汗诺坝、七里镇虎台坝等。

银须红马草古坝。梁一芸想到的古诗是:“折戟沉沙铁未销，自将磨洗认前朝。”她走到老人跟前，才看到老人身后插着一把长刀，她认得是“二战”时期的日军指挥刀。

“大爷，你这可是文物了。”

银须一脸愠色:“哼!现在人眼里只有钱，这是战利品。”

起风了，老人的银须在风中律动。他说他是平北骑兵旅的排长。用手一指坝上草原深处:“那里就是我参军的地方，第一仗就在切奇脑包，敌人一个伪军骑兵团住在村子里，我们包围村子敌人就跑。一个冲锋过去，好多敌人就不跑了。”

“为啥不跑了?”

“想当俘虏呗。我看到一个敌人还在跑，感觉是个军官，就一直追下去。一枪打在他肩膀，掉下来摔个半死，一问还真是个团长。日本刀就是这个团长的。团长很壮实，一脸硬胡子，我还摸摸了他的胡子。”说着，老人摸摸自己的银须。

梁一芸再次讨好地说:“这刀一定是你最喜欢的了?”

谁知老人嘴又是一撇:“这算啥?”

“我，天安门，华北刀。”显然老人激动了。

梁一芸还是从偶尔卡壳的字中拼凑出一个画面:1949 年开国大典，老人和他们威武雄壮的铁骑兵方队走过了天安门广场。老人叫耿禄，他说国家每个季度都给他发钱，他不是贫困户。

村里突然有人吵架，一个婆婆晃着罗圈腿在跑，由于速度太慢，像一个慢镜头。后面一个大爷瘸着一条腿在追。耿禄没表情地笑。梁一芸顾不得多问，跳起来跑回村子。这时老大爷抓住婆婆的手腕了。老婆婆不依，全身一拽一拽地要走。

大爷气得一甩手："去去去、滚滚滚。找你的赵区长去吧，去和你的赵区长过日子吧。"

老婆婆一听愣了一下，立住，没立稳，双腿一晃一悠跌坐在地上，有些不知所措，掀起一片衣角，哆嗦着指头捏弄着，"我得走，我得走，鬼子的情报送不到，赵区长不知道咋办。区小队，区小队……"

梁一芸扶起老婆婆，和大爷一起搀着往回走。大爷说："老伴儿叫赵凤英，11 岁就是八路军的交通员。从前年开始，老想往山里跑，老说她的家在山里。开始以为她中了邪，家在山里一定是狐狸精什么的。还找大师做法，不管事。后来医生说是小脑萎缩，突然想起的都是她过去做情报员的事儿。"

梁一芸把老婆婆扶上热炕头，递过一杯热水，也给老大爷倒了一杯，俩人这么一折腾，累趴了，倒在炕上往匀里喘气。梁一芸安慰了几句转身出来，她必须在今天走访完所有村民。明天召开支委会、村民代表会，确定贫困户，后天一早报到乡里和县委组织部。

赵凤英是老党员，不会是贫困户。

古财指着一个大院说："这个老人参加过抗美援朝。"梁一芸说："这类功臣国家优抚政策也很多，也不是贫困户。"古财摇摇头，说："你进去吧，我去招呼老郑和老陈给你做饭。"

院里，摆着一架木制大飞机，机翼放一挺转盘机枪，也是木制的。黝黑的颜色说明有几十年历史了。

做晚饭时间，不该有的安静。

梁一芸从窗玻璃观察屋里，夕阳打在玻璃上，眼前是一片泛起的黄光。推门进屋，一个老人躺在炕上，屋子、炕席、行李、老人灰黑成一个颜色。老人没动，抑或醒了懒得动。梁一芸轻轻地喊了声："大爷你好！"

"你……好……"

"咋不做饭？您不饿吗？"

"饿！不想动。"

"那你想吃点啥？我给你做。"

"我想吃莜面三下锅。"

梁一芸母亲最会做这个。她说："你躺着我这就给你做。"梁一芸也是上大学时候才住进城里，农村的一切都熟悉，找水找面不用眼睛。

老人摸索着坐起，个头不下 1.9 米。"大爷你真高。"老人笑了："当年连长也这么说，然后就给了我一挺机枪扛。你是谁啊！北京来看长城的？"

"我是来咱村扶贫的，您老是机枪手！扛着院里的那种机枪？飞机是咋回事？你用机枪打下过美国鬼子的飞机？"

"啊！"

梁一芸一愣，他知道村里人，啊就是认同的意思，她只是瞎猜一句，没想到是真的。"飞机是不是像电影里一样，轰炸时飞得特别低，机枪也能够得着。"

"啥！我是从上往下打。"

"你也开着飞机？"

"嗨！我在山头，敌人飞机从山谷飞过。"

第一次听到这种情形，梁一芸相信这是真的。

梁一芸给老人端上热乎乎的莜面三下锅，弥漫的香味给灰黑的屋子增色不少。“大爷你真了不起，你是国家的功臣，现在每月能领多少钱？”

老人端起碗又放到炕上，好一会儿老人才端起碗稀里哗啦地吃起来，没再说话。

古财后来说老人叫张山，一次战斗中被炮弹震昏被俘。战争结束回到村里，整天绕着人走。

入户调查结束，情况汇总后，和古财平时掌握的数据基本一致。全村只有 3 户贫困户。村两委会上，大家都同意按名单上报。于是马上召开村民代表会。古财刚把贫困户名单宣布完毕，就有人站起来说：“七斤半咋能算贫困户呢？”

梁一芸说：“您对七斤半年收入 2360 元有不同看法？”村民说：“收入 2360 元？他就能吹牛，种点破大田，谁不知道旱地种大田作物，已经全靠除草剂和农药了，连续多年的种法，田土退化，土质板结、中毒，都快颗粒无收了，还挣钱？他七斤半是神仙，能收入那么多。”

“咋地？别看傻子一样看我，种地倒贴他也不是贫困户。你们又不是不知道，他在三亚做生意的儿子，每月给他的钱比县长工资都高。他每天过着地主一样的生活，还贫困户？”

这时又站起一个村民，他脸有些涨红，显然有些激动：“我说说，我不是自私的人，就是觉得你们办事有点太死性。我家年人均收入是 3115 块，比贫困户认定标准 3105 块多了 10 块，你们说我该不该是贫困户？”

大家吵吵叫嚷半天，大多数代表同意这两个村民代表的说法。眼看着半夜了，人有了困意，于是以古财为首的目光寻找梁一芸的眼神。梁一芸想了想说：“中央的提法是精准扶贫，我们要精准到每一件事情上，差 10 块的算作贫困户，那差 20 块的呢？该咋样就咋样，以文件和上级制定的标准执行。”

大伙摇头散去，古财最后一个站起来，说：“精准识别看似划出了是或不是的标准，但现实中的贫困衡量哪有是不是这么简单？村儿里的事可不是这么干的呀！”

四

贫困户认定在梁一芸的权威下确定了，总算按时上报到乡政府和县委组织部。不过在上报的时候，她还是把七斤半靠儿女接济过着富人生活的情况一并报了上去，想征求上级的意见，同时也通报了村两委和村民代表。梁一芸躺在老倌车上长长地舒了半口气。

因为报了一半意识到还没有脱贫方法，她跳下老倌车，准备去找老陈和老郑商量一下。走到门口才发现月光堆满屋子，是半夜。

草古坝是一个吊在山头的石头村，人均3亩土地，都是躺在阳坡的极贫极薄旱地，最厚的土地也就半尺深，靠种植大田致富指望不上。

种植蔬菜，土壤和水都不具备。村里的那点泉水刚够人吃，十年九旱的坝头气候，庄稼的日子都不好过，蔬菜一出苗就得渴死。

背坡有几万亩国有林，里边倒是黑土地，树下套种中草药是不是一条出路？梁一芸刚激动地坐起，马上又跌躺在老倌车上。就算是一条可行的致富路，可村里这“七个人八颗牙”，能有力气去种？

“唉！”她头疼得一夜未眠！

梁一芸走出院子，太阳蔫儿在中天，惨淡经营着自己的光，天空被哪个老人抹了几层浆糊，雾蒙蒙的不爽气。突然一声鸡鸣，让山村更觉疲惫，整个村子懒洋洋的，像一个丢了魂儿的怨妇，满脸秋蒿草色，没有一点生气。农村还在，但村子里的魂魄早已死去！梁一芸突然想给山村叫魂。

魂，都丢在城里了。

梁一芸没想到自己的意念会这么强烈，自己刚想叫魂，城里的魂就呼啦飞回来一个连。

首先发现异样的是老骑兵耿禄的草原马，老爷子一直当战马养着，生活习性都按过去骑兵部队的样子。

枣红马立在长城的敌台上一声嘶鸣，村里的人畜耳朵都支棱了一下。草原马又一声嘶鸣，跑下敌台，径直奔回村子。

耿禄搂着马脖摸摸马的耳朵。那马仰头又是一声鸣叫，两眼警觉地望着山下的路。围拢的人们顺着山路望去，只见山弯转出一群人来，等后边的全部出现，足足有一百多人。

这一连人马移动神速，沿途的鸟兽一群一只都惊飞奔散。人离村子越来越近，人群中隐隐浮动着某种杀气。

抗战时期交通员赵凤英说:“看着像当年鬼子扫荡。”

木旺说:“书记要不集合民兵吧?”

古财一撇嘴:“全村就我最年轻，还是因为傻没跑出去。有枪也没人拿得动。”木旺说:“我也刚 45 啊！我不也傻吗。”古财说:“你不傻！你跑出去了你老娘不饿死也得喂了狼。”

一连人马总算攻上了草古坝，男男女女穿着时尚，满脸的自信都洋溢到脚面上了。

几个“连长”一样的人吵吵着，让一部分人回家看老人，一部分人去大队部。他们还称村委会叫大队部，说明有的至少十几年不回村了。

这时七斤半站出来:“虎子，山山，你们咋都回来了?”

一连人马呼啦围过来，爹、大爹、大舅、大姨夫、爷爷、大爷爷、大舅爷、大舅姥爷……

七斤半“嗯嗯！”“哎哎！”“啊啊！”同时答应着，又问：“你们咋都回来了？”

为首的男子应该是七斤半的长子，他拉住七斤半的手：“爹不是说新来的扶贫书记把你的情况报上去了，要去掉你的贫困户资格吗？咱们这么大的户，咋能受这窝囊气？”

七斤半瞄了梁一芸一眼，急得直跺脚：“哎呀孩子，我就那么一说，不是还没去掉吗？再说这也不是打架的事，你叫回这么多人这是要造反吗？”

梁一芸听到造反这个词，只想笑，这里的人还在用很多老词。但是面前的情形哪里笑得出。躲吧，作为第一书记，跑了也太丢人了。不跑吧，让这些人给揍一顿，残了也就残了，这要是毁了容，这，这可咋活呀！

她把求救的目光看向古财。

古财这时正在和人握手：“你别瞎闹，堂堂一个大企业老总，咋干这么没素质的事呢？”

那人笑得慈善：“古书记说得是，咱不能做没素质的事，就是回来问问到底是咋回事？谁是扶贫第一书记？”

梁一芸跨前一步，感觉自己像当年的刘胡兰：“我是梁一芸，请问您有什么事？”

突然人群中蹿出一个小伙子，冲着梁一芸喊：“你聋啊！听说是你想去掉俺爷爷贫困户？俺爹素质高，俺可没素质。”说着抬手就是一耳光。“啪！”响在梁一芸的脸上。像一声枪响，人群霎时安静、村庄安静、山谷安静、坝头安静、内蒙古高原安静……

梁一芸僵直，倒不是因为疼，疼痛早被屈辱淹没。打人的小伙子也被安静的场面吓住。他看了看自己的手，在低头的一瞬，只觉一股强风扑怀，脚下一飘，就滚到坡下。他看到身边梁一芸比他先爬起。梁一芸一声怒吼，又扑了过来，小伙子吓得掉头就往山外跑。

梁一芸想，我还有脸在村里待啊！就一直追了下去……

小伙子跑不动了，斜插着上了山。梁一芸在岔口站了几分钟，抹一把额头的血，检查一下身上的伤，顺着大路向前走去……

一村人傻了眼，古财带着老陈和老郑沿路追下来，喊回了打人的小伙子，又追出十几里，不见梁一芸的身影。

老陈提出向单位汇报，老郑说："这也算工作失误，万幸没有演变成群体事件。最好先不要上报，刚才古书记不是安抚了那些人吗？他们也保证不再闹事。"

老陈说："人家是答应，可现在我们三个都出来了，村里几个支委也都上了年纪。如果他们再闹起来咋办？"

老郑立住，看着古财说："你要不回村吧，一定安抚好那帮人，有什么问题可以坐下来谈，不要闹事，尤其是不要去县里闹事。"

古财正要回返，后面一阵脚步声，一连人又马杀将过来。到了近前还没等问，有人拉着那个小伙子说："山山的胳膊摔断了，这个责任谁负？"

果然，小伙子胳膊用两根领带吊在脖子上。老陈撩起袖子发现真的肿了，说："赶快去医院吧，这么多人去了也帮不上忙，你们先回村，我们带，带，哦，山山去医院。"

有人说："这么多人村里也住不下，我们把老父亲也接上了。"这时七斤半满脸惭愧地走出来，点点头说："我们都去县城住几天。"

走到平处，几辆小车，两辆大巴停在那里，一群人上了车，摇摇晃晃地开出山谷了。

古财、老陈、老郑傻在山谷间，夕阳在山顶一闪，就淹没了。一只山鹰用力扇着翅膀，把最后一点夕阳也扇到云天了。

黄昏像红酒，颜色都让人泛迷。三个人不知所措，这帮人住在县里，一溜达就能找见县政府，去信访局是最好的结果了，别管去哪里，都是扶贫单位的罪过，如果正好遇到省里暗访组，这，这可完了。

昏黄中，响起老陈的声音：“不能再瞒了，赶紧向单位和乡政府汇报吧。”这次没人反对，古财给乡长打电话，老陈给局长打电话。

电话里返回来两通臭骂。俩人摁断电话，对着山谷开骂：“都什么思维啊！不解决问题骂个头呀？”

古财说：“管他呢，反正是汇报了，有指示咱就按照指示干，没指示咱就等指示。”

“嗯！”

三人发泄一通，蓦然想起梁一芸还没找到，急忙再次拨打梁一芸的电话。还是没人接。古财想拨乡长电话，刚才汇报忘了说梁一芸还没找到，让他从乡政府派些人手帮着找找。想到乡长刚才那顿臭骂就没动。老陈建议同乡派出所说一声，听听他们意见。三人对视了一下，都同意。

三人继续沿途寻找，时不时喊几嗓子或拨通梁一芸的手机。同时询问单位她要好的同事打听她家里电话。最该去的地方就是家和单位了，因为山山骨折，梁一芸也一定受伤，乡医院、派出所说没有，县里医院好几家，一家一家地找需要时间，现在也只能尽人事求天佑了。

古财手机响了，一个陌生号码，接通了竟然是梁一芸。梁一芸说自己回家才发现手机不见了，可能是抱着那个人滚下山坡时掉的，让古财帮着找找。她现在市里第一医院，肋骨有点小伤，养几天就回去了。古财想说我们还在山谷里找你尸体呢，压住火气没蹦出来，就说：“那你养着吧，那个人的胳膊断了，那一连人马攻到县里，去不去上访天亮就知道了。”

电话里没了声音，过一会才说：“那我明天一早先和局长汇报一下，好有应对方法。”古财说：“你们局长早知道了。”

梁一芸没再说话。

“呔——”

一只猫头鹰在树头一声断喝，把几个人吓了一跳，都觉得夜风很凉，说：“回吧，人没事就好。”

梁一芸躺在医院病床上，远没有躺在草古坝老倌车上睡着安心。她一夜未眠，像等待判决的犯人，估计连上诉的权利也没有。天亮了才有点迷糊，刚迷糊一会儿，医生带着护士查房。她嗯嗯啊啊地应付了医生询问，蒙头想补个回笼觉，对面病友的手机响了。梁一芸猛地掀开被子，她觉得这电话是找自己的。昨天她用病友的电话给古财通过话。果然病友说：“小妹妹是找你的。”

局长在电话里克制着情绪说：“小梁你身体咋样？能回一下县里吗？”怕梁一芸说不能，紧接着就说，“能回就回来一趟，下午你再回去，行吗？”

梁一芸问：“那帮人告状了？县政府还是信访局？”

局长说：“我就担心你说的这些，起大早去医院看望人家。人家说事情说简单也简单，让那个母夜叉第一书记来当面道歉就算了事。我说你也住院了。人家不信，那个山山说你追他的时候像个强盗，看那架势多亏他跑得快，不然让你逮住小命肯定交代了。”

也不等梁一芸回答，局长继续说：“你能回来就回来一趟，这事弄大了就不是小事，对你将来发展没好处。你说呢？”

梁一芸说：“我这揍相能有什么发展啊？扶贫工作没小事，我懂。我这就回去。”

局长说：“那我在县人民医院等你。”局长舒了一口气，舒了一半电话就断了。

县医院，梁一芸捂着肋骨向山山稍稍弯了一下腰，说了声“对不起”。山山端详着梁一芸：“哎呀妈呀！昨天我还以为回家走错了地方，草古坝成了十字坡呢！仗着我练过咏春拳，不然现在早成了你的包子馅了。”

山山这么一说，局长带头哈哈大笑，气氛缓和了。

山山说：“能加你微信吗？”

梁一芸看着这个平生第一次被打的仇敌，咬咬牙说：“可以啊！就是我手机掉在草古坝了，等回去我加你。”山山紧追不放：“你说你手机号我现在加你，你回去通过一下。”局长说：“好啊，我给你小梁的手机号。”

等山山说加上了，梁一芸马上说：“那我先回医院输液了，你也好好养伤。”她是转着身说的，话音刚落她已经出了病房门。

老姨站在医院门口四处张望，发现梁一芸扭着跑过来。“芸芸你的伤咋样？听你妈说你回县里了，那个小高今天也在县里，你的副科有信儿了吗？要不见见，假装偶遇？”

梁一芸问：“你咋来的？”

老姨说：“开车。”

“送我回家！”

五

八路军交通员赵凤英突然被惊醒，她抓住老伴的被角说：“咋的，鬼子进村了？扫荡了？”

老伴儿说：“哪有鬼子啊！”

“赵区长他们撤走了？”

“八路军二十团打过来了，把鬼子打跑了。”

“哦，那我得给赵区长送信儿去……”

草古坝的村民们被街上嘈杂的人声惊醒，都在想怎么没听到鸡叫呢？

晚上九时，梁一芸他们接到明天检查草古坝的消息，县、乡、村干部、驻村扶贫工作队、单位帮扶责任人，全部向草古坝开拔。因十里山路不能通车，所以赶到村里已是凌晨。各部门加起来一共 21 个人，等同于目前村里的人数。村里贫困户是三户，也就是说每户可派去七个人帮扶。这时，听说抽签抽到了草古坝，乡里又从邻村抽来工作队帮忙。这样一来，大街小巷窜来窜去的全是扶贫干部。

三户贫困户都发了脾气。

他们以为半夜敲门最多是问询个什么情况，扶贫干部经常入户嘘寒问暖，生怕他们突然就又有了什么难事，这都早已习惯。每逢节日扶贫干部还自己掏钱给他们买食物，他们打心眼里感激。可每次来时就那么几句话："大娘你记着我叫啥了吗？如果有人来问，您一定要说出帮扶干部的名字，经常来，如果问您家收入，享受了哪些扶贫政策，您就让人家看墙上贴的这些收入表……"

今夜不是问问情况，安顿几句遇到检查的咋说，而是让他们大半夜的都起床。

"大爷快起床吧，我们给您送来新被褥和新衣服了，你们穿上看看合身不？"

"啥？新衣服？半夜三更的给我们送装老衣裳的吧？这晦气！"

窗外县乡干部、村干部、扶贫干部轮流做工作，这三户才唠唠叨叨地起床。有干部嘀咕："这些人不懂好坏，我们还大半夜的没睡呢，十里山路扛来这一大堆东西，困死累死又能向谁发牢骚？"

"快别说了，让人听到不给开门，白磨牙是小事，布置不好不能通过检查是大事。"

梁一芸也在父亲的陪护下赶到了草古坝。

刚才在村委会，乡长组织召开简短会议，所有干部分成两队，一队深入贫困户布置房间、打扫院落，另一队在村委会对扶贫档案查漏补缺。

村委会大院堆满了干部肩扛身背十里运上山的东西，两队人马分抢着物资，快速进入战斗状态。有人说这是真正的战斗，扶贫攻坚战。

梁一芸指挥自己这队人往办公室搬卷柜、电脑、打印机、档案盒、A4 纸、碳素笔、扶贫工作手册、扶贫户档案、各类空白表格等。

乡长带另一队分成三个小组，卫生组负责打扫院子、粉刷房间和院墙；资料组负责检查应该上墙的各种表格和扶贫袋里的资料是否全，不全的联系梁一芸马上补齐；最关键的是问候组，由乡长亲自兼组长，负责和贫困户交流，将检查组可能问到的问题和答案，反复和户主演练。

这些人说得口干舌燥，他们就烧水，一边喝水一边演练。

说着说着，睡着好几个，有群众，也有干部……

上午十点，省里扶贫工作检查组进村了。

放哨干部一声呼哨，20 多人的扶贫大军转眼消失在长城后面，村里只留下梁一芸为首的扶贫工作队，以及几个村干部。

检查组的领导没让她们跟着，她们就蜷缩在村委会院子里，焦躁地望着检查组出了东家进西家，不单去了三个贫困户家，还去其他几家。

检查组中午才返回村委会，只说了一句：“这个村的群众太好了，我们的人民太好了。”

梁一芸弱弱地问：“我们的工作还有什么不足吗？我们马上改进和弥补。”

检查组负责人没有回答她的问题，只是说：“现在该你们说说，扶贫产业是什么？这是百姓稳定脱贫的关键。”

梁一芸说：“村里的情况有些特殊，多数是 70 岁以上老人，一般的产业他们都不具备生产能力。我们打算在开发旅游或整村搬迁上深入调研。”负责人点点头：“你说的是事实，也只能在这方面考虑。行了，我们这就走了。”

“吃饭再走吧，我们准备了饭菜。”

“你们背上山这些粮食也不容易，留着自己吃吧。”

梁一芸和古财几人与检查组十里相送。检查组对他们的工作和村子的发展表示忧虑。他们也觉得整体搬迁应该是唯一出路。梁一芸说：“我们再试试，不行就搬迁，不能耽误群众的幸福生活。”

上车后那位组长说：“刷墙扫院换行李都无可厚非，老百姓有收入稳定的产业才是脱贫的关键。”

她们望着车子颠簸着拐过山弯才回转。梁一芸心里感激这个检查组，发现问题但没追究。产业的事虽然她那么说，但心里没底。问古财，古财龇牙说：“有办法我早干了，就不劳烦你们来扶贫了。”

回到村里，乡长率扶贫队伍围过来，一听检查组没说什么，才把将心顶到嗓子眼的气长舒出去，心也款款地归位。乡长说了些安抚的话带人走了，县有关单位的人也出了山。

梁一芸想征求一下他们对草古坝产业发展的意见，发现没人愿意听也就作罢，迎接这么一次检查，大家都脱了一身皮，睡觉是第一位的。

梁一芸躺在老倌车上准备补一觉，眯了一下就醒了。

老陈和老郑睡醒一觉，出门发现梁一芸的屋子还关着门窗，心说年轻人就是能睡。忽然门一开，梁一芸走出来，说：“你们终于睡醒了，我有个想法你们看可行不？”

“说吧可行！”

梁一芸笑：“你俩一个号称‘铁算盘’老陈，一个号称‘铁笔仙’老郑，有本事不显露可不行啊！”

“呵呵！都怪乡里那些干部，没事瞎起绰号。”

“人家说的也没错，没有你老陈的铁算盘，那些贫困户认定和脱贫户的收入咋能算得清楚？没有你老郑的铁笔，填写好那些贫困户的档案和需要的表格，咋能证明脱贫？”

“听你这么一说，好像我们的扶贫工作只靠算盘和笔杆了，这还了得？起绰号的人别有用心啊！”

三个人愣了片刻。

梁一芸扯回话题：“好了，咱们是不是邀请市县的文史专家，加上咱村这些老人，给草古坝把把脉，寻找一些开发旅游的文化支撑？”两个人眼前一亮，说：“这样不至于走弯路，行不行咱听专家说。”

草古坝村旅游资源研讨会在乡政府支持下顺利召开。会址就在草古坝村委会，一些老专家远道而来，又走了十里山路，在村里歇歇脚，又爬上村后的古长城，瞭望了坝上大草原。

研讨会整整开了一下午，一些专家表示，参加一个 21 个人的小山村旅游开发研讨会这是第一次，言下之意有些屈驾。梁一芸赶紧发声感谢，又跑到院里撇了一下嘴。回来听完了某个牛专家的发言，没一句有用的，梁一芸不免失望，这人可是这次会议最大一个专家，是从北京请来的，这可咋办？

其他专家相继发言，几个观点有些价值，草古坝有几个亮点资源：一是长城，二是坝口，三是古商道，四是古村落，五是大草原，六是森林。梁一芸建议每个专家回去写一篇学术文章，论证一下草古坝的这些亮点资源。她再找一些文学界的朋友写一些文章，摄影界的朋友拍一些照片。全方位推销一下，看看有没有有眼光的企业家来投资。

套路老旧，但实用。

梁一芸在老倌车上爬了两晚，写了一篇关于草古坝的散文，发在自己的朋友圈，竟然点赞留言一大溜。其中一个叫青山的人留言让她删减一下，把草古坝的优势干货捞出来，他给一个老板看看。她打开这人的朋友圈，不曾想是扇她一个耳光的山山。她照着手机上山山的照片扇去一个耳光，骂你个土匪。

想起在他的“威胁”下，加过微信好友。她点出删除页面，正要删除，又怕这些人再来闹事，就停手，想想没让自己出一分钱的医药费，良心还算没被野狗啃完，还留了点杂碎。

先后有几拨人马上了草古坝，走的时候有的骂被摄影师修的图片骗了，有的骂被那些文人文章骗了，也有骂一些学者对草古坝长城断代满嘴胡说，毕竟对历史和考古有研究的不多。更多的人骂她们局长，文化局长没文化。

这些人不会爬上长城上对着烽火台骂，也不会站在坝口对着山风骂，觉得只有村委会有几个勉强能听懂他们这些“学者”或“文化人”说的话。每次梁一芸都要重新介绍和解释一遍。

后来也懒得解释，他们在那里大骂上当显摆学问，梁一芸几个人就躲出来。没了听众，也就没了骂的兴趣，他们便悻悻离去。

梁一芸没了耐心，准备上报一个整体搬迁方案，爬在老倌车上准备写时，突然想起仇人山山的留言。给他修改一稿？

死马当活马医了，反正不费事。她把散文删减一番，发给了山山，然后睡去。

太阳升起，老人们已经在街上转悠。“七个人八颗牙”们，守着这片山头的村落，一守就是一辈子。

木旺的老娘又立在门口冲着梁一芸笑。人们说这老人见谁都露出讨好的微笑，尤其见到姑娘，她在企望有人给木旺保媒说个对象。

木旺出来搀着老娘街上走。老娘左手拄着龙头拐棍，是木旺用杏树枝做的，那龙头点睛估计也能飞；右手攥在木旺手里。老人迈的步子很大，甩开木旺自己走。

老人是幸福的，老人的幸福源于这个没成器的儿子木旺。木旺没有读成书，就飞不出大山，没有娶过媳妇，就与老娘相依为命。反而老人得到了照顾。

像七斤半那样，儿孙们都有了出息，可谓儿孙满堂钱财无数，却一人孤单度日。前些日子高烧，差点死在家里，万幸的是梁一芸他们每天都会在各家走一遍，因为都是老人了，怕晚上有个病病灾灾的没人知道。

七斤半还算好，老交通员赵凤英没这么幸运。虽然拼了老命把一双儿女送出大山，可儿女们在城里的日子过得一般，又得像身边人一样生活，买楼、买车两项就没少回家掏腾老两口，剥削老娘从牙缝攒下的血汗钱。每年还得回来要米要面要土豆要麻油，一直是个无底洞。老两口有时忍不住问："城里的生活咋就这么难呢？"

这时几个野营的人从一片洼地过来，看着街上的这些老人感慨："这些没见过世面的老人，应该是中国最后一批宽厚仁慈的人了。"

"说得是，这些老人是珍稀物种，没法抢救的珍稀物种。"

"他们也是最后一批孝敬老人的人了。"

"就是，我们将来只有一条路，就是养老院。"

"也不要太悲观，其实这也是社会发展趋势，去养老机构是最科学的方案。既不给子女增添负担，也生活得有滋味。"

"再说了，现在都忙，谁还有精力养老人啊！"

"是！"

梁一芸想，看来木旺这条"老光棍"，倒成了当下最值得尊敬的"社会阶层"了。

六

梁一芸的大噩运是从一个电话开始的。

电话是仇人山山打来的。

山山说：“你准备一下，明天有个老板去村里考察。如果看上了咱村，他打算投资一个亿。”

梁一芸对山山本来就排斥，听到一个亿，坚信是个骗局。又一想，近半年来村里考察的人多了，最多骗口茶水，就说：“没得准备，你带老板来吧。”

电话那边没了声音，梁一芸问：“还有事吗？”

“听说你那天把手机弄丢了，我给你买了个手机，算是向你道歉。”

“不用了！我手机没丢，谢谢！”

太阳也不待见山山，他们刚喘着粗气爬到村口，夕阳一扭脸就隐到山后了。

老陈、老郑迎在村口，一是有个姿态，二是提前观察一下山山是不是有什么异常。古财招呼几个支委也跑出来，他也担心山山再做出对梁一芸不利的事情。

梁一芸跑出来说：“你们出来咋不喊我，他们来了？”老陈往下一努嘴。只见山山四个人已经到了近前。

山山担心尴尬，老早扣上一张笑脸：“哎呀梁书记，咱们不打不相识。”伸出右手，梁一芸看到打自己耳光的手，心里很不自在，但还是递给他一个手尖。

山山如获至宝，两手攥着手尖不想放，可这毕竟是个小尖尖，又滑溜，梁一芸轻轻往回一带，就水一样从山山的双手里流走了。

山山尬笑一下，马上介绍身边的一个中年人：“这是杨老板，这是村里的第一书记梁一芸。”

梁一芸把古财和其他人介绍给杨老板。杨老板看举止言谈不像骗子，给人感觉舒服。他说：“冒昧打扰二位书记和你们的同事，我看了梁书记的文章觉得值得跑一趟，就缠着山山来了。山山是我的忘年交，一个很有思想的大学生小老板。”

梁一芸心里撇了一下嘴，说：“杨老板是先听介绍还是先休息？”

杨老板说：“趁天还亮着先看看。”一指高处晚霞映红的烽火台，“是不是站在上面就一览众山小了?”

山山说:“是，我们小时候常在上面瞭望北京。”

杨老板站在烽火台上，一直瞭望到啥也看不见，才用手机照着脚下回到村里。这时月亮坐在南山一棵树梢上，把通向山外的路照得雪白。

梁一芸他们把杨老板一行送到十里外的车旁，车是路虎，司机就是杨老板本人。梁一芸不免看一眼他的两个随从。杨老板一笑说:“他们不是保镖也不是司机，他们都是海归博士，我的宝贝。”

车子发动，车窗滑下，杨老板没说再见，他说:“我先捐款把这十里山路给你们修通，然后咱们再谈投资合作的事，可以吗?”

几个人相互对着吃惊的脸，古财抢先说:“愿意，愿意啊!”

别说是村里这“七个人八颗牙”了，梁一芸也是首次目睹大型机械作业，挖掘机、推土机、轧道机、水泥罐车，轰轰隆隆的整天在山谷里喧嚣。乡政府一看草古坝根本不能支撑这些人起码的吃喝拉撒，动员乡干部、各村干部到草古坝帮忙。杨老板谦虚一笑说:“谢谢乡政府支持，米面蔬菜等后勤开支都算我的，我先给村里 3 万现金，跑腿做饭的事就麻烦你们了。只有一个请求，别让我的工人师傅们挨冻受饿。”

第一个踏着新修水泥路走进草古坝的是一个女演员，确切地说是市电视台一个栏目里演过两次女二号和三次女三号的演员。这五次堆起一个很大的架子。她在村里转了三天，说是体验生活。第四天就体验到老光棍木旺的被窝了。

木旺他娘立在门口一笑一天。

这天，女二号要带着木旺去市里买衣服。她们开着比亚迪刚走，梁一芸和老陈、老郑就进了木旺家。木旺老娘在洗锅，梁一芸问:“大娘你家木旺要娶媳妇了。”

木旺娘笑着点头。

“你觉得这媳妇真心跟木旺过光景吗?”

木旺娘从炕席下拿出一个红布包，哆哆嗦嗦打开，是一张存折。梁一芸拿过一看，是30万定期3年，户名竟然是张木旺。

木旺娘说:“这是媳妇给木旺存的。”

几个人传看着存折，错愕加摇头。

木旺娘说:“昨天我去祖坟看了，真的找到一棵新鲜的草，那花开得，我不认得。”

梁一芸用手机把存折拍了照，然后发给银行工作的同学，很快同学回信，说存折是真的。

几个人传看着信息，摇头加错愕。

她们出来猜测了一路，持续到半夜，古财也加入讨论，最后得出一个结论:一定是村里和杨老板签订的意向性协议传开了。意向性协议写着，杨老板给村里投资一个亿，用于新农村建设。至于怎么建设，双方协商制定方案。

老陈说:“你想啊！就咱们这个小山村，所有山坡、土地、房屋，加起来能有多少，一亩地、一亩坡、一间房，那至少不得核算到几十万？每户核算下来不得个几百万?”

梁一芸说:“我咋没想到呢?”古财说:“你想的是村里的建设，哪会想个人收入，方向不一样，你没注意罢了。”老陈说:“你个傻闺女，人说近水楼台先得月，你倒好，守着木旺让女二号给抢了。”古财说:“不是还有抗美老兵张山吗？和他结婚比嫁给木旺强多了！嫁给木旺至少得和他过30年吧，嫁给张山最多三五年就不行了，家产不都是你的?”

梁一芸说:“真的啊！你今晚就给我说媒去吧。”

古财说:“好啊！我这就去!”说着真的走了。

夜，很晚了。

梁一芸睡不着，更待不住，她得出山。可县里明文规定，每天晚上九点半在手机上刷脸证明自己在岗，而山路遥远，半夜没法出山，只能等到周末出山。她要对杨老板的公司做一个深入调查，这么大的事情也要和单位提出建议，从上层对杨老板的企业做个评估。

当时和杨老板签意向性协议时，她没觉得有多复杂。女二号的出现，使她觉得这馅饼太大，来得也太容易了，心底窜起深深的不安。下乡扶贫快一年，从未这么度日如年。

木旺和女二号是三天以后回来的。

比亚迪稳稳停在木旺家门口，女二号下车小跑到副驾旁打开车门，探出一个簇新的帽子，而后是一张稍黑但意气风发的脸，接着是一身休闲服站在车旁。这个富人装扮的“新”人，步履怪怪地走了几步。

大伙认出是木旺，他对自己的这身打扮有些不自在。

女二号上前夸张地挎起木旺胳膊，把他“架”回家。木旺他娘立在门口对着山谷笑。之所以叫女二号，因为大家都对她的真名不感兴趣。

半夜，木旺敲开了老陈的屋门，老陈又喊起了梁一芸。木旺说女二号在城里给他从头到脚换了一身名牌。梁一芸一看，果然是名牌的裤子，名牌的上衣，名牌的帽子，木旺不认识，但这一身共花了 5 千多块。女二号还带他到美容店做了美容，做了头发，花了 700 多。说最后还带他去了律师事务所。

梁一芸警觉起来，去律师事务所？

木旺从身上摸出一张折叠的纸：“她和我签了一个协议，我不识字，是律师念给我听的，你再念念，看和律师念的一样不？”

梁一芸粗览一下，略过套话，直接念关键的一句：“女方自愿带 30 万嫁妆与张木旺结婚，算作双方共同财产。婚后家庭收入归双方所有，如果收入超过 100 万以上，女方也只要总收入的 30%。”

木旺说：“和律师念的一样。”

铁笔仙老郑看着老陈说：“铁算盘你算算木旺吃亏不？”

老陈一撇嘴：“这还用算！”唱道，“这个婆娘不是人，九天仙女下凡尘。这可是真正的七仙女，贴着身子还献殷勤。”

木旺欣喜，看来真不是骗子。

梁一芸说：“也算双赢，这里唯一拿不准的就是她能跟你过几年。如果拿到钱就离婚，那你就是上当了。”

木旺低头想了想：“我一个老光棍，人家那么年轻，过一年也值！”

木旺和女二号结婚一周后，杨老板提出要签订草古坝新农村建设详细协议，就协议的签订同村委会举行首轮磋商。会议在村委会举行，杨老板身边还是两个海归博士，村委会这边有古财和两个支委，梁一芸以及老陈、老郑。

博士甲拿出几份文件分发给村里一方，大家看完相互用眼神询问。

梁一芸向古财点点头说：“古书记你先说说？”

古财抖了抖手里的文件，说：“大致的意思是你们出资一个亿，把草古坝打造成一个旅游胜地。每户房子都换成楼房，所有户口在村里的人，只要愿意都可以成为你们公司的职工。是这样吧？”

杨老板说：“是！”

“我们村里的义务是，将草古坝村所有的荒坡、土地、房屋、宅基地等使用权，都归你们所有。具体补偿是荒坡每亩 2 千元，土地每亩 12 万元，房屋、宅基地一并计算，每平方米 1 万元。山坡款项按人头发放。是这样吗？”

杨老板说：“是！”

古财看看大家说：“村里宅基地每户都有 200 多平方米，耕地人均 3 亩。加上荒坡，每户接近 400 万了。”

几个人相继点头，两个支委有些激动，点烟的手都在颤抖。

古财问："咱们几时签协议？"

杨老板说："只要你们村里同意，我们随时可以。"

"那咱们现在就签？"

梁一芸说："不妥吧！村里还没征求村民的意见。再说县政府那边还需办理土地手续吧？县里啥意见我们不知道。"

杨老板说："书记、县长我们都征求过意见，政府没意见，他们感谢我们企业参与新农村建设。只要村民同意，随时去有关部门办理相关手续。"

古财说："那还等什么？咱也别开什么村民代表会了，干脆把村里的'七个人八颗牙'们都喊来，大伙当面表态。"

村里"常驻大使"21 人，最近县城住院 3 人，家里还有 18 人。半个小时后全部集中到村委会。村干部和扶贫干部喊他们的时候，大致和他们说了开会目的，他们着急忙慌地打扮一番，走路都比平时轻快了许多。

他们这些人经历了打土豪分田地（单干）、人民公社（集体）、包产到户（单干）、农业合作社（集体），几次分分合合。今天会议无疑使他们想起了过去几次激动的场面。

18 个老人，清一色都换上新衣服，木旺挽着新娘女二号，赵凤英也忘记了她的赵区长，一个劲儿地对着杨老板笑。耿禄还把他的战马牵到村委会。

草古坝笑了。

古财让大家安静，然后大声地反复地把协议念了一遍，关键的问题念了又念，待到大家都听明白了，才问："老人家们，你们同意吗？"

"同意！"

漏风的嘴喊得老高！

"七个人八颗牙"们都笑了，古财笑了，支委们、老陈、老郑也笑了。

等大家都笑累了，才发现杨老板没笑。

杨老板没笑是因为看到梁一芸没笑。

杨老板的一脸疑惑渐变成不安："梁书记，您的意见呢？"

梁一芸说："我不同意！"

七

梁一芸第二次狼狈地逃离了草古坝。

她是被"七个人八颗牙"们打下山的。

这些人根本不听她的观点和解释，说她是他们的大仇人，说她是小人，见不得穷人有钱。

木旺他娘第一次发怒，七斤半用拐杖打她，耿禄拉着战马要让马踢她。

半路，闺蜜打来电话，说："老锅问她承包荒山的事。"梁一芸说："都让一个杨老板一锅端了。"

闺蜜当时就在电话里拉下脸："哎呀妈呀，这提前往出包点不就赚大发了？"

梁一芸只能说："事情来得太突然，没顾上。"别的解释更无力。

闺蜜说："你继续傻吧！"挂了电话。

梁一芸颓废地坐在一块大青石上，不时地梳理着被女二号抓散的头发。

突然想起山山，觉得山山能跟杨老板递话，山山是草古坝的年轻人，他应该为自己的将来着想吧。

她翻出山山的电话，碍着俩人之前的过节，梁一芸犹豫了一下，还是拨通了。山山很激动，说："梁书记让我好吃惊啊！之前的事希望你不要记仇，我郑重向你道歉。当时那种场面，我得装腔作势啊！不然亲戚们会笑话我们爷爷被人欺负不敢反击。我，我们能做朋友吗?”

梁一芸说:“你觉得杨老板的条件合理吗?”

“哦！你说这个！平心而论，杨老板出的价不低。”

“你们村里年轻的一代，就不指望家里的土地、房屋了吗?”

“姐呀，你说我们这一代还能回得去吗?”

“你不想再多争取一点?”

“一边是乡亲，一边是朋友，我没法说话。”

梁一芸沉默。

“你有时间来三亚转转吧。”

……

古财、老陈、老郑追上梁一芸。

梁一芸说:“古书记你是本地人又是党员，难道你对村民的未来没有半点担心?”

古财一脸正色:“梁书记，我虽然是个地老大，你的话，我也是一个党员，我向你保证，让你在全体村民面前说清楚你的想法，你看咋样?”

梁一芸眼睛一亮:“好啊！虽然我打心里不想再管这些人的破事，还是那句话，党员也好，良心也罢，我必须尽到责任。”

梁一芸再次返回村委会时，“七个人八颗牙”们整齐地坐在会议室里。他们直勾勾地瞅着梁一芸。

梁一芸走到主席台，站在大家面前。她想笑一下，没笑出来:“大家对我有意见，我理解。你们祖祖辈辈也没见过这么多钱。当年十里八村的大地主也不过有几亩薄地，能吃个饱饭。咱可是一下就发了大财了!”

“我今天说的话也不敢指望你们能理解，只是把我的想法说出来，你们以后没事的时候想想我的话就行。”

木旺说："你就快说吧，我们还等着领钱呢。"

梁一芸这次笑了："好，我给大家算个账，你们每人大概有100万是吧？而你们不止一个子女，看是几百万，可目前只能给你们的孩子在县城买一套房，买车的钱呢？现在结婚不管你是农民还是富商，都得有房有车。所以说，这点钱根本不算发财。"

"第二，都安排工作。但你们干不动，给子女安排工作，难道孙子重孙子都找人要工作吗？退一步说，企业经营亏盈不定，你能保证每年都能拿到工资？真有那么一天，企业倒闭了，你们土地也没了，这荒山野岭的你们还能住得下去？你们的楼房那时只是野鸽子窝。"

七斤半站起来，"梁书记，听了你的话，我们知道错怪你了，不该打你。可是不这样，我们守着这薄地破房能有啥出息？"

"我国的城镇建设是大趋势，也是一个大课题，需要逐步探索和解决问题。我们不能心急地把自己卖个精光啊！"

"你说的这些我们不懂，我们都这把年岁了，孩子们反正也不回来种地。能卖这个价钱真的不错了，您就同意了吧。"

"是啊是啊！虽然你不是我们村的户口，但也是我们的第一书记，按人头分的钱也有你一份，咋样？"

梁一芸哭了。

哭什么，她不敢说。

村民这边做不下工作，梁一芸跨上250目标直指乡政府。她一路烟尘把摩托车停到乡长门口，乡长笑脸迎出，"嗨呀！我的梁书记，您可是我们乡的大功臣，我正准备去村里给你发奖状呢。"

"给我发奖状？"

"你给草古坝引资一个亿，轰动全市。刚才接了县长电话，他老人家可是从来不夸人的，这次把我和乡里丁书记脚后跟都夸了。丁书记在乡下七年，县长表态年底调回去，还说如果我表现好可以一锅端回去。”乡长说得手舞足蹈。

“我给草古坝引资？哦！是！”梁一芸差点把这点忘了，愧疚又加七分。

乡长拿起一桶茶，又放下，打开柜子说：“我有一点好茶，谁都没舍得给喝。”

梁一芸肚子里的话擦到嗓子眼，一杯茶乡长续了三次水，她也没有说出口，捏着茶杯转，后来自己站起来转。

乡长说：“有困难尽管提，乡里没能力还有县里。”梁一芸放下茶杯运了一口气：“那我说了，我觉得杨老板给的条件对村民不利，我再三和他交涉，杨老板寸步不让。乡里是不是出面和他谈一谈？”接着她把给村民算的账又和乡长重算一遍。

乡长脸色微微一变，是在皮后变的，不易察觉，笑着说：“真是傻孩子，替未来担忧和替古人担忧一样，都是杞人忧天。”

梁一芸说：“我的想法还不成熟，如果采取租赁荒坡和土地的办法，老百姓既有钱还不失去土地。”

梁一芸说：“还有与其把荒坡和土地都卖给别人，还不如我们都分包给村民，每户也能分到几万亩荒坡，开发什么也能挣钱，流落外地的年轻人回乡创业也有资本。”

梁一芸说：“现在的扶贫政策是好，每一项政策都是在输血，我们不能一下恢复农民的造血功能，也不能把他们的造血器官割掉吧？”

乡长愣了愣：“既然说到这个层面，土地集约化管理，农民进城，加速城镇化建设，是社会发展的必然趋势。”

梁一芸说：“既然全国都在搞新农村建设，说明这些不是一蹴而就的事，需要一个自然流变的过程。这些失地农民的后代都能是大学生吗？即使是大学生都能完美就业吗？”

“这，唉，可你们村民说的没错。为人民服务，不听人民的你听谁的?”

梁一芸一脚踹着 250 直奔县城。原打算说不通乡长还去找丁书记，现在知道自己的想法挡了人家升迁的道了。可丁书记与老婆七年分居，也该回去。

乡政府到县城的路 100 公里，像是上帝把一条不太粗的绳索随便往群山里一扔，曲里拐弯的，在山谷河流中艰难延伸。她只能把 250 飙到 80 迈，再快就可能先见到阎王了。

可怜的 250 的排气筒，成了梁一芸的出气筒。

县长比乡长难见，需要秘书通报。秘书根本不认识梁一芸，问明了身份，说:“你先等会儿，县长屋里旅游局长在。”

梁一芸就在那里玩儿手机，一直玩儿到头晕恶心，也没见有人从县长办公室出来。这时秘书回来说:“下班了，你明天再来吧。”梁一芸说:“我和组织部就请今天一天假，明天五更天就得走。”一直没正眼看她的秘书瞥她一眼。梁一芸想了一下，可能是自己用五更天这个上个世纪的乡下词的功劳了。秘书说:“那也没办法，下了班我也不敢给你通报了。”

梁一芸走出政府大楼，站在门口等县长，他总得出来吃饭吧。

人流像沙漏一样流出大楼，直到不见有人再流出来，也没看到县长的身影。

梁一芸暴了粗口，也不是骂县长，骂什么她也说不清。

她又一脚一脚踹着 250……

梁一芸飞车越过一道山梁，一股凉风洗脸，突然想到回一趟县城竟然没找局长。即使局长也反对，也得让人家知道这事吧！把车停在一棵臭山槐下，摸出手机拨通局长电话。她把自己的顾虑又就着山风复述一遍。局长想也没想说了三句话。

梁一芸跨上摩托车再没有飞驰，骑了一段再次停下，坐在一块裸露的杏树根上，突然想抽一支烟。

竟然会下意识地去身上摸，包里有打火机。由于草古坝用电设备和线路都已老化，经常停电。梁一芸准备了蜡烛和打火机。她扭头在坡上搜寻，发现不远处有一片郁李，有些根部有干叶子，走过去捋了一点，发现旁边有香瓜瓜干叶，还有黄芩干叶，三种叶子捋了一把。从笔记本上撕下一条，学着七斤半的样子卷起烟来。两手拧旱烟绝对是一项技术活，烟丝放多少，卷得松紧都很难拿捏。梁一芸废了两页纸，勉强拧成一支“旱烟”。放在嘴里点着。郁李、黄芩、香瓜瓜三种叶子闻起来香喷喷，点着吸起来只有一种霉辣味儿，再加上卷得松，一口吸下来，好像有火窜进嗓子。

梁一芸在一阵疯狂的咳嗽中，放声大哭……

八

局长那三句话是：“别忘了你是什么身份！这是你提副科唯一机会！单位马上又要推荐副科人选了，你就作吧。”

梁一芸一进村口，“七个人八颗牙”们围了过来，一双双眼睛盯着她的眼睛。梁一芸说：“大家等我呢？”木旺说：“等杨老板呢！他说昨天见了县长，一会儿就来村里和咱们签协议，乡长也在村委会等着呢。”

当协议书摆在梁一芸面前时，她看了一眼，条文一项未变。甲方是草古坝村委会，签字的地方，甲方有两行字，分别是第一书记和书记兼村委会主任。

看来是给足了她这个扶贫第一书记面子。

乡长主持签字仪式，他首先感谢杨老板心系农民，参与本乡的新农村建设。其次感谢梁一芸招商引资，为村里脱贫致富、产业发展功不可没。

接着让大家再仔细看一遍手里的协议，如无异议，开始签字。

为了节省时间，乡长让身边的一个副乡长读一遍协议。副乡长读完，乡长笑着说：“下面我们举手表决咋样？”

古财带头举起了手，随后村委会的两个支委举手，老陈和老郑迟疑了一下，也举起了手。杨老板这边三个人手举得更高。

乡长正要说鼓掌通过，突然发现梁一芸没有举手。这出乎他的意料。立马提醒一句：“美女书记想啥呢？你这大功臣在想县里该咋奖励你是吧？”

梁一芸红着脸说：“杨老板我想加一条。”杨老板一脸温和，“您说说看。”

“协议一签，村民都成了失地农民，你应该预存十年的工资，最起码保证他们十年之内有收入。”

没等杨老板说话，乡长说：“梁书记你的心情我们都理解，农村总得发展吧，这个你一定没异议。新农村建设又是党和国家的富民政策，我也想过不把土地卖给企业，而是租给企业。但那点租金钱太少，老百姓不干，你说咋办？”

杨老板说：“我投资一个亿，您听清了是投资不是盈利，我还得再弄这么大一笔资金预存？哪有这么欺负企业的政府，估计你们县长也不好意思提这个要求，您说是吧？昨天县长明确表态，我给你们县里蹚出一条新农村建设的新路，引进民间资本参与新农村建设。今天咱们在这里签协议，市长带着县长去省里汇报这项工作了，说是要在全省推开。”

梁一芸听懂了，杨老板是说你梁一芸是在螳臂当车，一个政府人员跟政府作对了。

梁一芸最怕这类威胁了，她要爆发脾气，局长的三句话烟花一样及时在她心里持续地炸开。她沉默了。

大伙似乎看到梁一芸脸上有淡烟在缭绕。

过了一会，梁一芸突然说：“这个字我不签。”

会场死寂如大战后的战场。

好久，乡长没有看梁一芸，对副乡长说：“你去重新打印协议，去掉第一书记一栏。”

梁一芸起身离开会场。

她没有去踹她的250，独自走出草古坝。

三天后，草古坝的“七个人八颗牙”们被一辆中巴拉到县信访局，强烈要求免去梁一芸村里第一书记的职务。他们担心没有梁一芸签字那张协议不合法。

信访局经过调查和请示，答复村民说：“没有梁一芸的签字，你们的协议也生效。”村民们不干，说：“梁一芸是组织部派去的，我们要听到组织部长亲口说才放心。”信访局没办法，向组织部说明情况。组织部长当即赶到信访局，亲口说：“没有梁一芸的签字你们的协议也算数。”老人们才相互搀扶着离开。

局长躲着不见梁一芸，梁一芸电话问他咋安排她，局长说：“你去组织部问问吧。”组织部长说：“你先休息几天，等我们调查后再做处理。”

梁一芸没说话，和部长要了一张纸，说了声“谢谢”，弯腰在桌子的一角写了一个辞职申请。

部长拿起来看看说：“知道了。”

梁一芸走出政府大院，她不知道该往哪里去。

她摸出电话，不知道该打给谁。她为了草古坝，失去了闺蜜，失去了老姨嘴里的那个隐形的对象。最可笑的是，这样总该有个好的工作成绩吧，结果……

电话自己响了，梁一芸对自己说，这个电话不管是谁的，这个时候打来，足够我一生对他好，我要像对待恩人一样。

电话是山山的。梁一芸的心里竟然有了微妙的变化，她吃惊自己竟然没有反感。

山山说：“你还在县里？你的事我都知道了，古财组织村民去县里上访，是乡长的主意，你也不要记恨他们，他们也不容易。”

梁一芸没有吃惊。

山山又说：“杨老板想见你，他希望你如果真辞职，就到他公司来，出任草古坝旅游公司经理，他说你的责任心感动了他。”

梁一芸又哭了。

她第一次对着一个男人哭，虽然对方在电话那头。她还是一边哭一边抹眼泪，像儿时那样，生怕别人看到她哭花的脸。

她不知道哭了多久，也不知道电话几时摁断的，后来好像山山打进几次，她没接。

梁一芸回到家倒头就睡，妈妈见她脸色也不敢打扰。她一觉睡了个昼夜不分，醒了个糊里糊涂，这是白天还是黑夜呢？在床上入阴还阳的折腾了半天，总算弄清楚是白天。

她不想动，肚子是又响又动，没办法只得出来找吃的。老妈说：“你都睡了一夜两半天了，再睡我和你爸就得往医院抬你了。咋了孩子，扶贫这么累吗？”

“你老姨这两天来过三次，我没让她喊你，她给你说的那个两个对象能见哪个？趁着回家见见吧。那个副科的小高问你提副科没有。”

梁一芸瞬间咆哮：“副科副科副甚科，他是妇科主任吧！”

妈妈吓得愣怔，半天没敢说话。父亲说：“这种势利小人懒得理他，按他的逻辑，咱闺女提了副科也不会找他。”

“是是是！咱闺女多优秀，个儿是个儿，样儿是样儿，本科毕业，还怕遇不到好缘分？”

看梁一芸脸色缓和了，又说：“是不是见见另一个？”

“还有啊！”

“这孩子你老姨和你说过，这家就是担心你扶贫三年在乡下，人家爷爷年岁大了，想在活着的时候见到重孙子。”

梁一芸头又大：“咋的了？不下乡没对象，下乡时间长也没对象，咋的了？姑奶奶嫁不出去？”

她正要发作，看到母亲眼里湿雾包裹着关切，觉得自己太没用了，这么大了还让父母操心，就笑了一下。这倒把妈妈吓得不轻，看了一眼父亲又端详女儿。

梁一芸又笑了一下：“妈你别操心了，我有对象了，可比这些势利眼强多了。”

老妈的眼泪再也控制不住，轻轻地捶打着女儿的肩膀：“该死的，咋不早说，哪里的？干啥的？”

梁一芸很随意地汇报了山山的情况。

妈妈爸爸都笑了。

正好山山打来电话，梁一芸说：“他来电话了。”山山还是问她想好没有，杨老板说给她年薪20万。

梁一芸告诉了爸妈，俩人觉得钱不少，可是与走仕途相比哪个更有价值，俩人拿不准。

梁一芸说：“我和家人商量一下。”

山山说：“你来我们三亚转转吧，考察一下杨老板的公司，也顺便考察一下我的公司。”

梁一芸说：“这个也和家人商量一下。”

山山说：“还商量什么？带着二老一起来看看，不就解决了？”

老妈一旁说：“是啊！”

吓得梁一芸赶忙挂了电话，心情在自己的谎言中更加沉重。

一连几天，梁一芸试着联系闺蜜，可始终没有回应。她骂闺蜜也骂闺蜜的父亲老锅，平日里还研究国学，就这格局也不知道是咋研究的。虽然现在坚持正义也没落好，她也从未后悔自己的抉择。

梁一芸掉进人生旋涡的底部。

这天，突然接到局长的电话。之所以突然，是她觉得单位也不要她了。她不接，直到局头的字样在手机上出现三次才接通。

局长没像以前那样问为啥不接电话，电话里停顿了一下，像在考虑措辞："小梁最近好吗？身体歇息的咋样？"

梁一芸说："我身体很好，就是身体不好我家门框也很结实，您就宣读判决书吧。"

局长笑了，不像假笑："其实也没什么，单位也不急着给你安排新工作，你还是草古坝村第一书记。就是为了新农村建设工作的顺利开展，避免和村民发生冲突，你暂且回避一段时间。所以为了稳住村民的心，希望你把草古坝的行李拿回来吧。你，你说呢？"

梁一芸说："行，今天有点晚，我明天就去。"

虽然一夜没睡，明天还是来了。

梁一芸趴在被窝里不知所措。起床吧还没有可行的回村方案，继续睡觉吧，今天就取不回行李。

化妆进村，她把夜里推翻几次的进村方案再次提上"议事日程"。怎样穿？钓鱼衫？马裤？嗯，就穿夹克衫、骑士裤。搭配帽子，棒球帽？渔夫帽、巴拿马帽？报童帽？就用棒球帽。鼻梁上横担一架太阳镜。随便背个包包。坐骑呢？自己的幸福 250 谁都认识，换个山地自行车？嗯，行！

梁一芸翻身坐起，刚跳下床，就愣在那里。即便当时没人认出，一听是来取梁一芸行李的，作为在一起几乎一年的熟人，形体立马会暴露自己。那才是第一尴尬事。

那只有在时间上要把戏了。五更天进村？得走半夜山路，还是后半夜，鬼多啊，她的头发有几根开始直立。天黑进村，那也得走前半夜山路返回，那鬼虽然没有后半夜多，遇到一个也打不过。有冷汗抚摸她的脸颊，冰凉凉的像鬼手。

她哭……

哭过，一甩脸，哼着歌儿去了洗手间，把自己收拾得要多美有多美。老妈见了说："是不是山山今天来？"

"嗯！"

"妈这里有一千块钱，去买身衣服，这几年没见你打扮过自己。一个第一书记用得着和村里人统一服装？"

"我自己有钱，这就去买，然后直接就去村里了，中午别等我吃饭。"梁一芸把自己收拾停当，跨上 250 一路烟尘到了草古坝。

梁一芸大大方方地进了村。村口一围一围的人群，居高临下耸峙在那里。梁一芸那点无根的自信差点崩塌。她一咬牙面如止水央求心如止水，大踏步向人群"冲去"。突然发现人群里有组织部长、局长、乡长，老陈、老郑，古财和两个支委，还有杨老板、山山。

山山对着她笑。这才看到大家都在对着她笑。嘲笑一个小小的梁一芸没必要用这么大的排场吧？

那笑同木旺他娘的笑一样真诚。

山山又是一下跳出来："梁，梁书记，我们大家在这里等你好久了。"

"等我？怕我除了拿自己的行李，还要搬走老倌车？"

局长赶忙瞪眼："别瞎说，部长在这里呢。"

梁一芸和部长打招呼，问："是不是有大人物来村里检查？"

部长说：“是啊！是个大人物，老百姓心中的大人物，她叫梁一芸。”

梁一芸看出不是开玩笑，又不知道咋说，只好闭嘴张眼，用眼睛询问。

部长说：“既然梁书记到了，那么咱们开会。”随即正色道，“开会吧。”局长站前一步：“草古坝旅游公司党支部成立现场会现在开会，请宣布任命。”

乡长站前一步：“经旅游公司党支部选举，县委组织部批准，梁一芸同志当选草古坝旅游公司党支部书记。括弧，正科级。”

梁一芸看到“七个人八颗牙”们笑得最灿烂。

他们围上来，把领导们挤到后面，一个词、半个字，从那些漏风的牙中间溜达出来，乱哄哄地组成一个“故事”。

旅游公司必须成立党支部，书记的职位一出现，组织部马上想到梁一芸，因为梁一芸的坚持，让人放心。相信她一定会坚持百姓的利益。杨老板这边开始不答应，觉得失去一位好经理。后来一想，当时希望她出任公司经理，不单是因为她的旅游管理专业，更多的是考虑她的责任心。既然想到一处，那就这样吧。尤其是“七个人八颗牙”们，听说让梁一芸当公司的领导，更是高兴，他们觉得现在钱也有了，还有一个老想给我多要东西的人当公司的头，好事都成咱的了。

梁一芸哭。

唉！丫头片子，就是泪多……

谁家有孩儿未长成

电话里是个小男孩的声音，他问是110吗？王天说，是啊，小朋友有事吗？小男孩顿了顿说，城关小学的黄校长正在强奸老师杨文燕呢。

王天扔电话、跨院门、翻墙头，一气呵成。杨文燕是王天的梦中情人，她的宿舍他早盯过多日了。虽是晚上，他却轻车熟路，把屋里一个正在换衣服的女教师吓得惊叫。王天不愧是警察，转身直扑下一个可疑地点——校长办公室。

猛推门，沙发上的杨文燕在抹眼泪，一脸焦虑的黄校长在地上不安地走动。看来是真的了。王天手里白光一闪，黄校长手腕就多了一副手铐。那动作，王天自己都觉得酷。他对惊讶得说不出话的黄校长说，说不出就别说了，到派出所再说吧。杨文燕从沙发上一弹而起，你是谁呀，凭什么铐我们校长？王天一愣，说你、你没事吧……

这时，隔壁的几位老师涌进来询问。听了王天的解释，杨文燕气得又跌坐在沙发上。她喘了几口气才说，我是来向校长辞班主任的。王天说，你哭什么？我哭什么，十一岁的孩子往死里气你，你不哭？王天伸手给黄校长打开手铐，嘴里一个劲儿地说对不起。黄校长轻轻地说了声没什么。杨文燕气愤地说，有的多了，你侵犯了我们的名誉权。王天说我接警能不出警吗？再说不是你的事我能急糊涂吗？杨文燕说，我的事儿咋了？我的事你就相信是真的？我是谁你是谁你认识我吗？说完，丢给他一个愤怒的后脑勺走了。

一

几天来，杨文燕再没发现顺眼的人。上课了，赵一浪和同学孙海浪正在打闹，没注意他们的“老班”杨文燕走进来。“赵一浪、孙海浪！”“老班”喊他们名字的时候不看他们，而是看自己手里捻着的半截粉笔。“老班”是全班同学对班主任杨文燕的昵称。“知道为什么喊你们吗？”“知道——”杨文燕一脸的疑惑，“咦！声音咋这么低？”赵一浪转脸问全班同学，像不像蚂蚁放屁？同学们喊：“像——”赵一浪和孙海浪同时一仰脖子喊：“知道——”杨文燕被吓了一跳，怒喝，知道什么？俩人又喊：“念检查——”杨文燕一挑眉，谁先念？赵一浪嘟囔着，每次都是我先念，这不明知故问嘛！说着伸手从衣兜里摸出一张皱巴巴的纸，捋展，念道：检查，2010 年第 6 期，总第 37 期。我叫赵一浪，昨天我又去了“另粪（类）”网吧……哗——全班一下开了锅。

另类网吧是县城有名的网吧，所以赵一浪的错别字也就没处藏身。赵一浪还问孙海浪同学们笑甚，孙海浪说管他呢，趁乱快念呀！等杨文燕用手势止住全班的笑声，赵一浪的检查已经跨越式地发展到最后一个字。杨文燕稳稳神，赵一浪，你把昨晚去的网吧的名号写在黑板上。赵一浪就在黑板上写出“另类”两个字，下面的同学就又开始笑。“老班”一脸阴谋（事后，赵一浪这样想）地说，赵一浪你念一遍。赵一浪不假思索地念：另粪。哗——同学们又疯了。杨文燕再也忍不住了，捂着嘴跑出了教室。

同学们开始起哄。赵一浪用拳头擂着“老班”的讲桌，嘴里骂着脏话，同学们收住了笑。赵一浪问班长肖一果和同学二丫，你们笑什么？二丫说，是另类网吧不是另粪网吧，说完又忍不住和肖一果抱在一起笑。

也是该着出事，下一节本该是数学课，可数学老师因事突然请假，杨文燕便又接着上语文课。她走进教室前一再叮嘱自己别笑，还尽量不往赵一浪坐的最后一排瞧，可一站上讲台就不由地瞅了赵一浪一眼，一瞅就想笑，憋了一下没憋住。“扑哧——”由于憋着的缘故，声音更夸张地大。杨文燕忙一捂嘴，清了清嗓子说，今天数学老师有事请假，这节课我们接着讲语文。上一课讲到……老师我想提问，赵一浪突然站起来高声说。杨文燕皱了皱眉，请赵一浪同学提问。赵一浪一指黑板，老师上节课写的那两个字读威什么呀？杨文燕看了一眼说，威武啊！赵一浪说老师你念错了吧。杨文燕说不念威武你说念啥，赵一浪说我认不得那个字。按你说的念武吧，好像斜勾上不该有一撇。杨文燕掉头仔细一看，头嗡的一声就大，原来武字真的在斜勾上多了一撇。真是自己疏忽了？不会吧？这时，赵一浪对身边的孙海浪说，你说说，你说说。孙海浪学着赵一浪的口气说，你说说，你说说。杨文燕的脸一下就红到脖子上。

“老班”不愧是“老班”（事后赵一浪这样想），很快，她就认定这是赵一浪栽赃陷害。杨文燕越想越气，腾腾几步就抢到赵一浪跟前，一股股愤怒的粗气喷到他的脸上。赵一浪被吹得直躲，他瞅着“老班”的手，心里直念阿门。杨文燕还是伸出了她的纤纤玉手，在赵一浪的胳膊上狠狠地拧了一把，接着不挪地方又是一把，被气歪的嘴给手配着音：让你害人，让你害人。赵一浪借势就杀猪一样的嚎，嚎毕，拔腿逃出了学校。

赵一浪在大街上漫无目的瞎转瞎瞅，路边一个小酒馆里有劝酒的声音，不由地往里看了一眼。哪知一眼就看到一张最不想看到的长脸。那人脸长腿更长，几步就堵住赵一浪，牛眼一瞪：小浪，你咋没上学？赵一浪从五岁就开始说谎，谎龄已满七年。我们老师说你又在喝酒，让我过来劝劝你，省得喝醉了又打我。牛眼这才松下了眼皮说，老爸这不是在工地盯了一夜嘛，喝两口解解乏。你是三天不打就敢上房揭瓦，总打你还不学好，要不打，你不定成了啥样了。说完从身上摸出一元硬币塞到赵一浪手里，转身回酒馆去了。

赵一浪掉头往学校的方向走。明知不可能再回学校但还得往这边走走，不然，爸爸会揍他的屁股。爸爸打他从来都是打屁股，还总是站在赵一浪的左侧，用左手提高赵一浪的左手，用右手打赵一浪左半个屁股。一次趁爸爸高兴，赵一浪问他为什么总打他左半个屁股，爸爸说顺手。

赵一浪走着，感觉“老班”刚才扭他的地方还疼，低头一看青了一片。在赵一浪的眼里，老爸和“老班”都属于缺心眼儿，人家都活春秋四季，他们都是死求一季，打人都不懂换个地方。一次，“老班”又在他右胳膊的同一地方扭了两把，罚他背诵郭小川的诗。赵一浪张口就来，老爸的左半个屁股哟，“老班”的右胳膊……当然换来的不仅是全班的笑声，还有“老班”依旧不换地方的两把扭。

赵一浪瞎逛着不想回家，回家就想妈。老爸赵铜一再地说不给他找后妈是怕赵一浪受了后妈的气更想他亲妈，可赵一浪认为是没人嫁给他，有人嫁他八个都要了。赵铜，破铜，烂铜。骂乏味了，就又骂臭“老班”，丑“老班”……骂着骂着就又想起了离婚嫁走的妈妈，又骂坏妈，狗妈，不知不觉哭出了声……

黄校长和杨文燕的事，很快就爆炸性辐射到全校的每个角落。孙海浪高兴地直唱，想着赶快把这一好消息告诉赵一浪，让他消消气。赵一浪自上午逃出校园后，就一直没回来上课，孙海浪放学也不回家，直接到街上找他。

另类网吧在县城中心，正遇下班高峰，街上车流人流混在一起流。孙海浪躲闪呼啸的车辆穿过大街。另类网吧的门面灰塌塌的不做半点修饰，门顶牌匾蓝底白字，“另类网吧”四个字鬼头鬼脑地趴在上面，生怕别人发现似的。从两扇玻璃门上“未成年人禁止入内”八个大大方方而且还特张扬的字的空隙望进去，八十多台电脑前坐满了人，且一水儿的未成年人。孙海浪看见电脑就腿软，肚子一饿腿也软。一摸身上只有两元钱，吃了饭就没钱上网了，上了网肯定没钱吃饭。中午他三舅爷只给他煮了一袋方便面，还是70克的，早饿了。他掂着手里的两元钱，最后还是买了馒头边吃边走。

背上忽然被人擂了一拳，疼得他直龇牙，掉头要骂，是赵一浪。赵一浪说你吃独食呢。孙海浪说你也没吃饭？赵一浪说你给我买饭了？孙海浪把半块馒头递给赵一浪，忽然想起学校的事儿，忙喊，嗨！老赵，咱城关小学出大事儿了！没等赵一浪问，就忍不住说，咱“老班”被校长黄老头给强奸了。赵一浪一口馒头噎在嗓子里，你看见了？孙海浪说警察叔叔看见了呀。

那黄老头给抓到公安局去了？

没那事儿抓什么呀，不知是谁替你出的气，打110说黄老头强奸了咱可爱的“老班”。

那就活该！

孙海浪又说，老赵你身上有多少钱？赵一浪说还剩一块。孙海浪说那只能玩半小时，你就别玩了。赵一浪说老孙你想过瘾我还憋着呢，又说，管他呢，先玩，完了再说。孙海浪说，就是，先玩了再说。

两个小时后，估算一下俩人得8元钱。他们老赵老孙的相互喊了半天也没喊出法子，正没辙的时候又进来三个孩子，赵一浪一看打头的男孩就乐了。他喊，小蛮快过来买单！叫小蛮的孩子走过来说，咋的？手里没钱还发痒？钱我有，可它不姓赵啊，不信你到派出所查查户口？赵一浪站起来，耶耶，胆儿咋肥了？你的钱就是你爸的钱，你爸的钱就是我爸的钱，我爸的钱他妈就是我的钱。你今天要是不给我老赵结账，我明天就让你爸滚出我爸的工地。你信不信，你说你信不信。

小蛮蔫儿了。父母前几年就双双下岗，爸爸在赵一浪父亲工地干活的工资是他们全家的指望。小蛮身后的两个伙伴不干了，他们上前说，不就是城关小学的“京西双狼”吗？大爷不怕。咋的，抢劫呀？赵一浪喊，老孙咋办？孙海浪说还能咋办，抢就抢了。俩人就扑向三个人。屋里本来地方小，老板为了赚钱，电脑摆得密度就大。这五个孩子一滚就乱了套，屋里的孩子们往外跑，外边想看热闹的往里挤。急得老板一边让妻子打 110，一边操起一把扫帚，没头没脑地抽打五个孩子。五个孩子被打急了，又一股脑地扑向老板，吓得老板丢下扫帚夺门而逃。

二

王天正和自己赌气，接到了另类网吧的报警电话，他带战友小韩赶到网吧时老板刚逃走。因为涉及抢钱，他们把五个鼻青脸肿的孩子都带回了派出所。王天首先问明五个孩子的学校，让老师通知家长一块过来，又趁这个空档，对几个孩子进行了询问。赵一浪说只是向他们借钱，小蛮他们则说城关小学的“京西双狼”是混社会的，他们就是仗势抢钱。城关小学，又是城关小学，王天从今天开始一提城关小学头就疼。

王天想起城关小学 的“强奸案”。他从派出所电话的来电显示上查出那个报假案的电话亭，过去调查了那位老奶奶。老奶奶说是一个小孩，十一二岁的模样。小孩他不认识，但他在她的电话亭打过几次电话，每次都是打给他的姑姑，告他爸爸的状。说他爸爸每天不是喝酒就是赌博，还往家里领女人。

他姑姑好像在山东。王天回来后，准备明天去城关小学调查一下，不成想今晚这两个小“抢劫”嫌疑人又是城关小学的。王天踱到城关小学两个孩子跟前：你们同学中谁是和父亲生活的？赵一浪说我们都和父亲生活呀。王天笑了，我是说谁的母亲不和他和他爸在一起生活。嗨，赵一浪说，不就是没妈的孩子嘛，那可海了，每个班都有。我们小学有二十个班，你说那得有多少棵小白菜。孙海浪在一旁起哄，一脸苦相地用手作出抹泪的样子，唱：小白菜呀，脸儿黄呀，三岁两岁没了娘呀！……

王天心里一时泛起无限的感慨，现在的孩子见了警察像见了他弟似的。他故意把脸往下一拉说，停停停，先说说你们班有没有没妈的孩子。赵一浪说我们班什么都缺，就是不缺妈。我们除了家里的妈，学校还有“老班”，她可比妈厉害多了。

这时，五个孩子的家长和学校老师陆续赶来。王天没想到这么快就又见到了杨文燕，他的手脚和眼光一下都没了地方搁。杨文燕挺着白白长长的颈，天鹅一样地四处顾盼就是不扫王天。王天开始记录几个学生家长的情况。他先问一个老人，老人说我是孙海浪的三舅爷。王天问，他的父母呢？老人说都在北京打工，一年回不来两次，孩子就和我们老两口过。我和老伴都七十多岁了，我们有点管不住他，你就帮我们好好管管吧。一个满身酒气的汉子不等问他，就走到王天跟前说，我叫赵铜，是个体户，赵一浪是我儿子。警察同志你放心，我一定好好管教他。王天说你准备怎么管？赵铜听了一瞪眼说那还能咋管，揍呗！王天问你揍了他几年了？他从不把我的话当回事儿，最后我发现还是巴掌管点事儿。可还是打不改……王天说停停停，你都把父子关系弄成敌我矛盾了，好孩子绝不是打出来的。赵铜说，好孩子？嗨！咱也不希望能教育出个好孩子，可我总能打出个听话的孩子吧？杨文燕在一旁听得直皱眉。她是一见王天就生气，本不想说话，可赵一浪的爸爸也太不懂孩子了。

她说，赵师傅你怎么这么讲话呢？我们应该找到孩子的问题根源，再用合适的方法加以教育引导才行。我几次找你想沟通一下，你却总在醉酒状态。赵铜对杨文燕一直就有意见，觉得学校连个学生都管不好，还有脸对家长说三道四。他冲杨文燕说，方法？可我知道你的教育方法就一个字，扭。你，你的儿子他不……杨文燕差点说出不扭行吗，又觉得不妥，生生收住口。她顿了顿又说，教育是多方面的，你不能只用打一种方法呀！赵铜说，是啊，要么我为啥把孩子交给你们这些园丁来浇灌呢？我只管打，而你们就得想别的办法。

王天说行了行了，你们先把孩子领回去好好教育，方法问题以后再讨论。再就是孙海浪、赵一浪的家长明天每家送 300 元钱来，他们打架时摔坏了网吧一台电脑。打架的责任主要在你们一方，网吧也有责任，余下的网吧自行处理。网吧的老板一听差点没哭出声。哎呀警察同志，我那台电脑可是奔腾四啊，6 000 多块呢。赵铜又把牛眼睁圆，还奔腾四，四腾奔又咋啦？谁让你让未成年人进网吧了？ 300 嫌少，那也是派出所判的。我 3 分也没有，只有三拳头你要不要？老板连连后退，说你你你在派出所还敢打人？

赵一浪跟在父亲身后一声不吭地出了派出所。门外一辆奥迪车黑牛似的卧在那里，车门打开爷俩一大一小两个胖子往车里塞，车身立马一陷一歪。路上赵一浪说，爸爸你就把小蛮他爸开除了吧，我的鼻子现在还疼呢，都是小蛮打的。赵铜吃惊地盯了儿子一眼，你这孩子心咋这么狠，我把小蛮他爸开除了，他们家一下就没了生活来源，小蛮就会失学。看来，今后还得往狠里揍你。赵一浪一听直喊，妈呀！没活头了！你还嫌管我不够狠？赵铜一嗤鼻子，少林拳都练一年了，也不见你进步，从明天开始早上六点起床，加紧练习。赵一浪一脸苦相，以前你让我学钢琴、笛子、画画从来没有这么严厉过，虽然我都不喜欢，可咋说也比少林拳有用吧？人类都进入科技时代了，你总不能让我手提青龙偃月刀去劈航空母舰吧。赵铜一踩刹车，呵，你还有理了？钢琴、笛子、绘画哪个不好？可你脑袋没分棱瓣不开窍。既然头脑不发达，只有发达四肢了。

赵一浪指着自己的鼻子，你常骂我是猪，看来你比猪笨，这么多年，你也没发现我的特长呀！赵铜说，我这不是在一项项地试验嘛！一项项地试？哎呀老爸真有你的，过去都说 360 行，现在足有 630 行，你一项项地试，没试一半我就 80 岁了。赵铜说，武术这东西不错，我看就这么定了。你定！你定！什么都是你定。你问过我的想法吗？赵铜一脸惊喜，你发现了自己的特长？赵一浪说这还用发现？网络高手啊！赵铜不再理儿子，回到家就催促赵一浪赶快睡觉。

赵一浪睡得正香，被父亲喊醒，他迷迷糊糊地说半夜三更的干什么呀？赵铜在他屁股上拍了一巴掌，早就六七八九更了，起床！啊……赵一浪一下有种不想活了的感觉。他被爸爸拉着跑出一百多米，才算清醒一点。很快开始爬山，山顶有一片比较平坦的草滩，这是赵铜花了一个星期的时间为儿子找到的打拳场地。

赵一浪每天早上都被爸爸牛一样地赶上来，只是今天比往时起得早一些。他想可能是爸爸因为昨天的事想惩罚他，随便划拉几下早就学会的少林小洪拳也就过关了。谁知刚打出第一招“怀中抱月”，爸爸就不干了，一脚踢在他的小腿上，嘴里骂，并膝并膝，别松松垮垮的。赵一浪觉出爸爸今天不对，心说爸爸看来是不培养出个李小龙第二来是不罢休喽，于是在做后面的劈腿、旋风脚、蝎子摆尾等招数时就装出一副认真的样子。可五十五式下来，爸爸至少揍了他二十下。他仰躺在草地上就哭。赵铜问他哭什么，赵一浪说我没力气了走不动。赵铜喝到，起来下山。赵一浪赖在草地上就是不起来，你走吧，让狼把我吃了吧。赵铜没说话，把他抓起来往背上一扔下了山。

赵铜夫妇离婚的原因是她爱打麻将他爱喝酒，孩子常常没人管，都觉得自己就这么点爱好不应该被剥夺。于是没人让步干脆就离了，她嫁出了省，他就嫁给了酒。那一年赵一浪五岁。

赵一浪在网吧打架的事赵铜并不生气。别看在王天跟前说如何如何管教儿子，可心里还觉得儿子行，这个世道不厉害点还不被别人欺负死了。昨晚他把赵一浪从派出所领出来，半路上对儿子说，这次就饶了你，可这300块钱你得自己去弄，自己惹的祸自己摆平。赵一浪说那我先和你借300块，等我长大挣了钱再还你。赵铜说也行，到家给我打个借条。

三

孙海浪和三舅爷昨晚从派出所出来没车可坐，孙海浪心疼三舅爷，就说咱们打车吧，还有二里多路呢。三舅爷本来一肚子火气忍着没发，一听打车，腾！老头发火了。打车？拿啥打，凭你小还是凭我老？那得钱啊！你一痛快就痛快出300块，你爹妈都两个月没给你寄钱，你让我们两把老骨头到哪儿去弄？还打车，我看我该打你了。你爹妈看钱比你重要，你不成器，他们挣再多的钱有屁用？老人骂一阵说一阵，自顾前边走。孙海浪忍了一会儿还是说，现在社会上混，可不是你们过去了，打你一次不还手，就敢打你两次。有人跟我们班大头要钱，第一次他给了，人家就一直跟他要了一年，他都不敢告老师。三舅爷返回身说，想混黑道？那得钱啊，打坏了谁不得给人看伤？孙海浪不言语了。

好容易走回家。三舅奶倚在门框不安地眺望，见爷孙俩回来才长舒一口气。从锅里端上几个馒头和一碟熬土豆，一碟咸菜，三舅奶一边给他们盛饭，一边急问啥事。老汉连连叹气，他俩在一起还能有啥好事？这次一架打出 300 块。老伴一听慌了神，咋的？打坏人了？老头说是电脑。老伴一听是电脑才放心，可马上话就来了，海浪呀海浪，你咋又去网吧了？那地方不是咱们这种人家的孩子能去的。孙海浪说，你让我上学是怕我成了什么？三舅奶说，文盲呀！孙海浪说，现在是信息时代，不懂电脑就是文盲。报纸上说，世界上最强的电脑病毒，就出于一个美国少年之手，酷毙了！三舅奶说学会电脑就能上大学？暂不说你耽误上课，你每天两块钱一个月就是 60 块，是你一个人的口粮钱。我和你三舅爷种不动地了，你爹妈挣的又都是血汗钱，你咋就不懂得心疼钱呢？老人说得伤心抹泪的，孙海浪把碗往桌上重重一放，你给我爸打个电话，就说我想去他那里打工挣钱，省得你们整天钱钱的唠叨个没完。说完他几步回屋去了。砰！门摔个严实。

老两口放下碗四目相对，老头说，咱下力气管管他？老伴说，咱们连亲爷爷奶奶都不是。这孩子倔，管出个事儿来咱咋向他父母交代？老头说再不管可真要出事儿。老伴直搓手，说明天给他爹妈打个电话，让他们回来想个法子，总不能眼睁睁地看着孩子往坏学。老伴说那就这样吧，只是这 300 块钱去哪弄啊？能咋弄？再舍一回老脸吧！

孙海浪一觉醒来，三舅爷和三舅奶都不在家。他洗脸的时候三舅奶回来了，她忙着给孙海浪煮了一袋方便面，面里还卧了一颗鸡蛋。孙海浪估计今天早上二老可能是去借那 300 块钱了。吃饭时三舅爷也走进屋，他在地上转了几圈问孙海浪，小蛮他们就没有一点责任？孙海浪想了想说，有啊，小蛮身后那家伙挺厉害的，是他先嚷嚷动手的。三舅爷说，看来是派出所判得不公，那 600 块钱他们三个也该跟你们分摊才对。孙海浪明白三舅爷没借够 300 块钱。

杨文燕把王天打入了黑名单。自己的生活好好的忽然一下咋就被人强奸了，弄得她神经兮兮的。别人看她一眼就心慌腿软，若遇上几个人交头接耳，那可了不得，百分之二百是议论她了。她也知道是自己多疑，可是没办法。不明真相的人会认为真的发生了那事，以讹传讹，久而久之，她就真的是被人强奸了。她的心情跟真的被人强奸了一样。这一切的一切都怪那个破警察，就那个素质咋还是个所长呢！杨文燕怕自己的精神一下崩溃，就请假躲在家中。

父母上班去了，她浇了花打开电视，其中有三个频道在播警匪片。她看到那些警察，觉得他们都在装模作样充神探，就恨恨地关了电源，心烦地走出家门。

王天做梦也没想到，自己设计的无数个和梦中情人相会的场面一个也没实现，却在所谓的“强奸”现场相识，也忒点儿背了。如果自己冷静一下，观察一下，不动声色地询问一下，都不会出现后来的尴尬事儿。现在说什么也晚了。

这天一大早，他决定去拜访黄校长。黄校长满嘴都是杨老师的优秀，强调没听说谁和她过不去，只是她被误会以后，没心情上课回家去了，临了给了她家的地址。

王天走出校门又犹豫起来，担心到人家里会被人骂出来。骂就骂吧，谁让咱做了该骂的事了。他电话喊所里的民警小韩。听说是去找杨文燕，小韩说，所长让我去当电灯泡啊。王天说，电灯泡？想得美，是让你陪我挨骂。小韩说，我最怕被女人骂了，那是男人最没面子的事儿。王天说好像你有了面子似的，走吧你。

杨文燕低头走着，觉得前面有什么东西挡了去路，一抬头，竟然是让自己无法在学校立足在街头瞎转的王天。冤家使广阔的马路如此狭窄。王天早在脸上堆了几堆不自然的微笑，杨文燕一扭脸绕着走了。王天怔了怔回身几步追上杨文燕，杨老师对不起！那天的事都是我的错。杨文燕说，哟！在公安大学别是烧锅炉的吧？一条警犬也不至于这么笨吧。小韩心说今天真是赔着挨骂来了，他怕王所长下不来台忙说，杨老师，你看事情既然已经发生了，王所长也几次道了歉，你就别不依不饶的，再说那天也就是你的事儿，换别人我们所长也不至于那么冲动呀！王天忙说我就是没经验才把事弄砸的。小韩说你没经验局里的同志能叫你王天师？

两人自顾相互斗嘴，一回头，杨文燕早隐没在远处的行人里了……

王天和小韩晚上把杨文燕堵在家里。正巧她的父母也都下班在家，杨文燕表面上缓和了一些。她们是教育世家，父母是县教育局的干部。她母亲为王天他们端来两杯茶，问清事情的原委，就说女儿的心眼儿小，这么一丁点事算什么，还要人家上家来道歉。王天说，阿姨你别怪杨老师，是我我也生气。我今天来也不全是道歉，是想和杨老师了解一下她的情况，好尽快找出那个报假案的孩子。什么？报假案的是个孩子？一家人听得吃惊。是的，没错，而且还是个单亲家庭，孩子和父亲一起生活，他有个姑姑在山东。杨文燕愣在那里，这不是赵一浪吗？

第二天，王天和杨文燕一起向黄校长汇报了赵一浪的事。黄校长拍着脑门，赵一浪就是“京西双狼”之一吧？得想想办法了。毁了学校的名誉事小，毁了孩子一生事大呀！杨文燕满脸自责，学生有问题我是有责任，可你看看他们两个的父母。就说赵一浪吧，他父亲赵铜仗着自己有几个臭钱，把个孩子用名牌武装到牙齿了，觉得自己是个成功人士，智商超群，胡乱安排赵一浪的一切。今天让他学钢琴，明天让他当画家，听说最近又让他练猴拳了。至于教育方法，就是一喝就醉，一醉就打。赵一浪不变坏那才怪事呢！孙海浪的父母正好和赵铜相反，当了甩手掌柜，两个双双进京打工去了，让孩子留守在家里。负责照顾他的三舅爷、三舅奶都七十多岁，是打也打不动，追也追不上，你说能管好孩子吗？

黄校长依旧在地上踱来踱去，这样吧，咱开个“学生教育研讨会”。王天说，很好啊，对这样的“问题生”，最好让他们的家长和班主任同我们辖区派出所签订一个《教师家长教育管理责任书》，以便增加他们管理孩子的责任心，避免学生做出扰乱社会的事来。黄校长顿了顿说可以试一试。杨文燕说我不同意。黄校长说那就等在研讨会上听听大家的意见吧。

杨文燕瞪了王天一眼走了。

四

城关小学“学生教育研讨会”如期召开了，还邀请了县教育局的领导。黄校长主持会议，他希望大家对孩子的教育大胆地发言。人们开始嗡嗡地议论。王天站起来说，大家静一静，我先说几句。今天看到我一身警服坐在这里，大家肯定觉得别扭，毕竟这里最大的孩子不过十四五岁，可我要告诉大家的是，就在前几天，几个十一二岁的学生在网吧里抢同学的钱。抢啊，同志们！杨文燕跟着站起来，说家长对孩子的教育还是起决定作用的，孩子们是从你们的言行学做人，就像打 110 报假案的学生家长，我看就应该好好反思一下自己。

赵铜是前天才知道赵一浪报假案的事，是王天找赵一浪核实后找的他。现在赵铜一听杨文燕冲他开炮，腾地一下站起来，杨老师你想说我就直接喊我的名字赵铜，你说我没给孩子做出好榜样，可我从来没报过假案呀。我认为赵一浪的报复心理恰恰受了你的影响。他在课堂上说你总爱扭着屁股走，你就当众狠狠地扭了他两把。

杨文燕气得一张脸红了又白，你以为你的行为很好吗？整天酒不离嘴的是谁？整天在赌场上混的是谁？整天往……杨文燕一激动，差点把整天往家里领女人给蹦出来。

黄校长用手势制止了杨文燕。刚才赵铜家长对杨老师提出意见，我的观点是有错必究。既然说到这里了，各位家长对我们学校和老师还有什么意见和希望，就大胆地讲出来。

孙海浪的三舅爷颤颤巍巍地站了起来。黄校长忙说您就坐下说吧。老人坐下说，有件事我老是琢磨不出个理来，我们把孩子送到学校来读书，还不就是因为我们斗大字不识一箧箩？学杂费要多少我们是交多少啊，可为什么总让我们家长为孩子们抄题？人家识字的家长还可以，我和老伴都是文盲，每次孙子都哭闹半天后自己抄着做。其实，这方面的钱也不少花。什么《随课练习》《轻松练习》《中华题王》，你们让孩子都买了好几种。这，这不是成心捣鼓人吗？是啊，是啊，家长们一致喊是。看来他们都深受其苦。黄校长说您老提的意见我也听到过类似的反映，这是个教学方法问题，我们一定改进，还请您老监督。

王天觉得今天的会有些偏离主题，决定召开研讨会是针对“问题学生”的，现在成了对校方的批斗会，忙站起来说，各位家长，今天的研讨会大家疏忽了一个重要的议题，就是“问题学生”的问题，现在都成“问题帮”了。会议一开始提到的网吧抢钱和报假案事件，说明我们有个别学生的行为已经很危险，我想和几名有问题的学生家长、老师签订一份《教师家长教育管理责任书》。责任书的内容大致包括以下几个方面：一是问题生的家长和责任教师要每周向派出所书面通报一次问题生的学习和生活情况；二是问题生家长和责任老师应对问题生的行为负责。

杨文燕打断王天，我不同意王大所长的意见，孩子们犯一点错误，就左一个问题生右一个问题生地乱扣“帽子”。就算是问题生吧，难道就到了非得派出所来管理教育的地步吗？孩子们还小，心理都很脆弱，不像我们某些成年人脸皮厚。让警察特殊管理会给孩子们幼小心灵留下一生的阴影，到时候老师、同学们都整天用异样的眼光看他们，孩子能承受巨大的心理压力吗？我看这是个馊主意。

王天立起来，你……

杨文燕说你什么？我的班里只有淘气生，没有问题生。说完，她掉头出了会议室。

赵铜站起来冲着王天嚷，你给我们家长和学校都分了任务，看来你是要负社会方面的责任了。你能管好社会上不利学生成长的事吗？比如“你泡了吗？漂了吗”的广告词，比如那些色情网站，比如那些飞扬跋扈的执法人员。我们把孩子教育好了，你能保证孩子们在社会上有一个良好的生存环境吗？最关键的是你能阻止未成年孩子进网吧吗？以前，我总教育赵一浪言行要文明，更不能打架。他信任我并做得很好，可去年的一天，他回家就骂我是骗子。他说他和一个同学玩耍时不小心撞了一个高年级同学，结果大同学却只把他打了一拳，原因是他说了声对不起，大同学觉得他好欺负……

会议不欢而散。

孙海浪一进家门看到三舅爷和三舅奶早坐在桌旁等他吃饭，他刚一拿筷子，三舅爷说话了，海浪，昨天考试了？嗯！考了多少？ 77 分。剩下的 23 分哪去了？丢了！丢到网吧了，还是丢进老虎机去了？孙海浪急了，丢了 23 分咋了？我学会了上网，学会了打架。以前，我对电脑像对飞碟一样害怕，现在玩儿它像小时候玩尿泥一样自如；以前，我一见到别人打架就腿软，别人打我，我只会哭，现在我不打别人算他走运了，我有了自信。这些不值 23 分吗？

三舅爷说你能耐，人家咋会叫你们“京西双狼”？派出所的王所长咋会说你们是什么“问题生”？咋还让我们家长和派出所签什么管理责任书？好得都让派出所管上了，还吹呢！三舅奶也插嘴说，是啊海浪，别和赵一浪一块玩儿了，人家有钱，念不念书他爸爸都给他挣下了。你有什么？你爹妈为了供你念书，受气受罪地在外地打工，也挣不了几个钱。你不好好念书，将来靠什么活呀！

孙海浪“啪”把筷子往桌上一放，你们这是在家里开饭，还是在法院开庭？起身就走。三舅爷问你要去哪儿？孙海浪说找赵一浪玩。三舅爷立起身怒喝，你敢！你以为我们两个老人管不了你啦？孙海浪赶紧说，您是谁呀？管我还不跟捏蚂蚁似的？你先管管我的作业吧，今天老师让家长给判作业。你……老人气得又跌坐在椅子上。

赵一浪家里。赵铜见赵一浪一进屋，就关心地问，今天老师留啥了？

“作业。”

“语文留的啥？”

“写字！”

“数学呢？”

“算题！”

说完，赵一浪把随身听的耳机往耳孔里一塞，双腿夸张地随着耳机里音乐的节奏摆动，回自己的屋去了。赵铜说：呵，你个小兔崽子，咋了，成人了，看不起你爸了？我告诉你说，从今天起我要好好地管教你，再不管你，你就成我爸了。

赵铜在外屋咋呼了半天，见不起作用，觉得一个父亲的尊严受到严重的挑战。看来这孩子再不管就真的只有让派出所去管了。他冲进屋子，一把将赵一浪从床上提起来用力往地上一摔，站好！赵一浪害怕了，从地上爬起来乖乖地站好。赵铜说，站直了。赵一浪就挺了挺腰。赵铜围着他转了一圈问，今天都和谁玩了？

同学。

哪个同学？

除了孙海浪，其他同学都玩了。

放学后都去哪儿了？

街上。

街上哪里？

除了网吧哪儿都去了。

你，你，我让你不服！赵一浪的左半个屁股就开始发疼。赵铜一边打一边问，服不服？赵一浪就哭得一声比一声高。赵铜怕邻居听到就住了手。赵铜刚住手，赵一浪就停止了哭。赵铜心说，小兔崽子你成心气老子呀你，又想打，又怕他狼一样的嗥，只得罢手。他对赵一浪说，我不管你服不服，从今往后你不能给我进一次网吧，不能给我旷一次课，不能给我去和孙海浪鬼混，不能给我再打架，总之，把你身上的坏毛病统统给我改掉。

赵一浪说你能改掉，我就能改掉。

赵铜一听，两眼又盯住了赵一浪的左半个屁股。

赵一浪一见，没等爸爸动手，就开始学狼嗥。

赵铜还是举起了巴掌……

打罢，赵铜问服不服。赵一浪哭着说，你让我心服还是口服？赵铜说，咋的？我说的不对？打架、玩儿游戏是好事？赵一浪说，电视里还说打架才是男子汉。上网不好为什么不把网吧都关掉？你们大人就是虚伪，明知道吸烟不好，还大量生产，还假惺惺在烟盒上印上“吸烟有害健康”。赵铜说，你还有理了，我不管你心服不服，口服就行，马上给我上山练八趟小洪拳。

赵一浪练到五遍时全身软得没了一丝力气，他一抬腿顺势躺在地上，装作受伤的样子不起来。赵铜走过来，“嗵”的一脚踹在赵一浪的胯上。赵一浪就顺着坡度往下滚。赵铜喊：起来练！赵一浪哭了。赵铜说，不能哭，继续练！赵一浪一边哭一边喊：你是魔鬼！你是魔鬼……赵铜就把脸扭曲成魔鬼样，知道我是魔鬼还不快练。

五

早上，赵一浪正一瘸一拐地往学校赶，发现站在路边的孙海浪，就喊，哎哟老孙，我的屁股都被我爸揍成四瓣了。孙海浪说，我已经让我三舅爷和三舅奶二次开庭了。他们管我们叫问题生，你说让我们以后怎么在学校读书啊？

问题生咋啦，我看干脆咱就真的成立一个“问题帮”！

问题帮就问题帮，谁怕谁呀！

咱们今天先给谁好看？

那还用问，班长肖一果呗！

上早自习时，不知什么原因，杨文燕和数学老师都没来。班长肖一果点名后，发现章二丫没到，她就问和二丫住一条街的孙海浪。孙海浪是一见肖一果就有气，他说，章二丫不想看到你，说你长得像老妖婆。肖一果喊，孙海浪，你再起哄我告诉杨老师去！孙海浪说，去呀，去呀。这时赵一浪也凑过来，俩人敲着铅笔盒，连跳带唱：

唐僧骑马咚那个咚/后面跟着个孙悟空/孙悟空跑得快/后面跟着个猪八戒/猪八戒鼻子长/后面跟着个沙和尚/沙和尚挑着箩/后面来了个老妖婆/老妖婆心最毒……金箍棒有力量/打得老妖婆直喊娘……

“老班”娘、“老班”娘，赵一浪做着高举金箍棒的动作。孙海浪学着肖一果的声音，喊“老班”娘，把肖一果气得直掉泪，一捂脸跑出了教室。

孙海浪虽然和肖一果过不去，但他知道二丫没有特殊的事情是不会无故旷课的。中午放学后，他决定先到章二丫家看看。远远地望见章二丫家门口围了好多人，旁边还停着一辆警车。孙海浪跑到近前，见章二丫家的破木门敞开着，几个警察进进出出的，却不见章二丫家的人。他见邻居李大爷和几个人在一起唉声叹气，就去问咋回事。李大爷说，二丫的爸爸喝毒药死了。

二丫的爸爸在建筑工地推砖，妈妈在一家汽车美容中心帮人洗车，两人的工作虽很繁重，但收入却不高。二丫的爷爷奶奶都七十多岁，勉强自理各自的生活。孙海浪在院子里没有见到二丫，却见二丫的爷爷奶奶蜷缩在屋檐下，面色灰灰的，挂满了泪珠。他问，二丫呢？老人颤声说，守他爸爸呢。孙海浪害怕死人，他不敢进屋，就在院里二丫二丫地喊。二丫答应着，拉着妹妹走了出来。一天不见，二丫瘦了许多，原本就发黄的瘦脸又添了一层暗绿，上面干着两串泪印。二丫看见平日不喜欢的孙海浪竟然像看见亲人一样，站在他的面前放声号啕。孙海浪一直是个火药筒，嘴里就没蹦出过暖人的话，二丫的一哭可难住了他，想不出一句话安慰她，只得说二丫别哭了，我去找“老班”。在关键时刻想到的竟还是“老班”。孙海浪顾不得多想这是为什么，撒起了丫子。

杨文燕正在做饭，听到砸门声，开门一看，满头大汗的孙海浪让她吃了一惊，忙问，你们又打架了？孙海浪心说你就不盼我们一点儿好。他说没有，是章二丫……

杨文燕急急火火地赶到二丫家，二丫还在院里哭。警车开走了，几位好心的邻居在帮二丫做饭。邻居们告诉她二丫爸爸是被人毒死的，二丫的妈妈被公安局带走了。杨文燕把二丫揽在怀里，一直陪了她一个多小时，担心误了下午的课才走出院子。孙海浪也一直没走，他立在身后说，杨老师，到我家吃饭吧。杨文燕说不了，你快回去吃吧，别误了下午的课。孙海浪看见“老班”在抹眼泪，他第一次发现这个女人也有心软的时候。

很快，爷爷告诉二丫，是妈妈在爸爸的碗里下了毒鼠强。她哭着问为什么，爷爷不说。

二丫爸爸被埋了，妈妈被抓了，奶奶病倒了，爷爷讨饭了，二丫失学了……

镇政府知道了这件事，及时送来了一些粮食和日用品，二丫他们祖孙四人的生活才慢慢恢复正常。二丫又上学了，不过这次上学不是她一个人，她还带来了五岁的妹妹三丫。

肖一果每天放学后的功课不比上课少，除了练习绘画，还得到梁叔叔家学小提琴，最近又增加了一件事，就是到章二丫家帮她照料那个破败的家。

二丫带着妹妹走出校门，三丫耍赖，非要二丫背她走。二丫说别淘气，姐姐回家还有好多活儿要做，你想累死姐姐呀！三丫赖在地上不走，说我在街上玩一小会儿就回家。二丫说你就知道玩，玩丢了咋办？三丫说，我好多天没玩过了，每天都和你来学校，回到家里你和爷爷奶奶都不跟我玩，爷爷还让我帮你干活。二丫说，你看爷爷多老了，还得每天出去讨饭养活咱俩，你不帮着干活你多没良心。三丫仰脸问姐姐啥是良心？二丫说就是对爷爷奶奶好。三丫说我对爷爷奶奶好。二丫说好就赶快回家替爷爷奶奶干活去。

这时肖一果站在路边向她们招手。三丫喊，果姐姐背我。肖一果往地上一蹲，说上来。二丫一把扯住三丫，说听话自己走。三丫不干了，跺着脚哭。来，三丫，还是让狼哥哥背你吧。这时，孙海浪从旁走过来，往三丫跟前一蹲就背了起来。肖一果和二丫才看清一块儿来的还有赵一浪、孙海浪。肖一果说，哟，雷锋活了。赵一浪说，咋啦？不像？肖一果说，像啊，问题帮嘛！就是给同学解决问题的。二丫你说是吗？二丫没说话。赵一浪说你个老妖婆，你再提问题帮我跟你急。肖一果说你再叫一声老妖婆我跟你急。二丫说算了算了，你们快去忙你们的吧。赵一浪说我们想去你家看看。肖一果说有什么好看的，看能把二丫家看好？你个老妖婆，你除了帮“老班”整我们，你还会帮谁？肖一果说你放心肯定不会帮你们。赵一浪说你当然不帮我，可你帮我爸了。肖一果鼻子一哼，你爸？我帮他？是呀，我爸一打我就提你，是一提起你就打我：瞧瞧人家肖一果，比你还小仨月呢。

几个人吵吵着来到二丫家。二丫的爷爷讨饭还没回来。二丫的奶奶一个人躺在床上喘气，看见二丫回来颤声向她要水喝。二丫提起暖壶发现是空的，就从缸里盛了些凉水让奶奶喝。赵一浪和孙海浪帮着生火，肖一果帮着往锅里加水。问二丫准备做什么饭，二丫说柜里还有爷爷昨天要回的大米，就熬稀粥吧。赵一浪打开柜子，里边就剩一把米了。几个人沉默了一阵儿。赵一浪问，老孙，你身上还有多少钱？孙海浪说三块，是今天上网吧的钱。赵一浪让他拿出来，又从自己身上掏出二十元，一同递给二丫说，这点钱你先拿上。二丫不要，肖一果说拿上吧，你不拿他们今晚也得送了网吧的老板。

这时二丫的爷爷回来了，老人疲惫地坐在院子里，三丫跑过去翻爷爷的编织袋，里面有一两斤玉米面和一些白面，老人说还有一块钱。

六

“六一”儿童节到了，肖一果最忙的时候来了。从上小学一年级，她就是城关学校表演队的队员。肖一果不但功课好，四岁就开始练小提琴，后来还学了美术、舞蹈。这也是赵铜总拿赵一浪和她比，并且非得让赵一浪有一项专长的原因。

今年肖一果个人又有三个节目，除了她的强项小提琴，还有舞蹈和诗朗诵。

杨文燕刚安排完，赵一浪站起来说我们“问题帮”也想表演节目。杨文燕说你们有能拿得出手的绝活当然好啦。赵一浪说提起绝活那可多了，比如玩电脑。杨文燕一听就笑，是啊还有打架，还有旷课。赵一浪说我们还会诗朗诵呢。杨文燕说那你先朗诵一首让同学们听听。赵一浪说我得上讲台，在下面我找不到感觉。杨文燕说上来吧。

赵一浪向孙海浪那边的同学做了个鬼脸，大摇大摆地走上讲台，先向杨文燕鞠了一个躬，又转身向同学们鞠了一个躬，然后仰起脸开口朗诵：

床前明月光，

李白睡得香。

叫也叫不醒，

尿了一裤裆。

哗——同学们一阵哄笑。杨文燕揪起赵一浪的耳朵把他轰了下去。这时，正好下课铃响了，杨文燕狠狠地瞪了赵一浪一眼，走出了教室。几个男同学围住赵一浪，非得让他再朗诵。赵一浪说想听吗？拿烟来，大爷今天断顿了。一个男同学递上一支烟，有人从旁边给他点上。赵一浪猛吸几口，从鼻子里把烟喷出来说：

老师老师你别生气，

都怪老赵我不争气。

抽烟喝酒耍脾气，

男女厕所我都要去。

去啊，去啊，你现在去啊，同学们起哄。肖一果实在忍不下去，指着赵一浪说你再不文明我去告诉杨老师。赵一浪说告“老班”去啊，等她来了给她也编一段。同学就起哄，班长去喊杨老师，看他真敢给杨老师编？肖一果跑出了教室。片刻，门外望风的同学喊“老班”来了。同学们低声喊赵一浪你编呀！编呀！赵一浪说，编就编：

石山县的山，

石山县的水。

石山县的老班爱臭美，

抹个红嘴唇儿，

打个蓝眼皮儿，

看她就像块豆腐皮儿。

杨文燕听得真切，真想再不离地方地扭赵一浪两把，不，三把！可她这次忍住了，她觉得这几个孩子滑到了危险的边缘，也是她这个班主任的悲哀。她没有责怪赵一浪，只是让同学们散了。这下倒把赵一浪弄得下不了台，灰溜溜地也走出教室。

赵铜没想到今天早上是往日从被窝里拉都拉不出的儿子喊他起床。他惊喜地光着身子往外跑，赵一浪说你要裸奔？他说屁！老子想看看太阳是不是从西面升出来，接着说，其实练一身本领比啥都强。爸爸早想好了，给你请个散打教练，你的目标就是奥运会散打冠军！

赵一浪说好啊，不过我有个要求。你说你说。我想让孙海浪跟我一同练。赵铜顿了顿说谁让你们到一块儿就没有好事了？赵一浪见爸爸穿好了衣服，说了声我先上山了就没了踪影。赵铜出了门，远远地望见儿子在前边跑着，心里别提有多高兴了。半年来，儿子几乎和自己成了仇人，父子关系跌到最低值。今天儿子对练拳这么积极主动，是他最想得到的结果，他成功了，作为父亲他感到自豪。一时间仿佛儿子已经站在奥运会领奖台上了。

赵铜沉浸在美好的幻景中，一抬头，发现前面跑动的儿子身边又多了一个小孩，仔细瞅瞅是孙海浪。赵铜心里得意极了，他认为孙海浪的爷爷应该感谢他，自己不但教子有方，还让他们的孩子也有所转变。赵铜一路粗气喘上山顶，看到儿子在一招一式地教孙海浪打拳，觉得自己这些气没白喘。他一屁股坐在草地上，津津有味地欣赏他们练拳。偶尔儿子有两个不规范的动作，要在平时，他早就呵斥他重做五遍了，今天，儿子那些不规范的动作倒显得可爱。他走过去一改以往的严肃，笑眯眯地为他们不厌其烦地示范，以至于赵一浪像看怪物一样的看他。

整整一个月，俩淘气包雷打不动天天上山练拳。赵一浪的功夫更是突飞猛进，孙海浪也觉得自己俨然是武林高手。这几天两个家伙老在一起嘀嘀咕咕，说悄悄话，赵铜也没在意，孩子嘛，都这样。

杨文燕这些天对俩孩子的转变也很兴奋。她觉得她的教育方法显现了效果，于是有事没事总找两个人谈心，给他们讲关于人生的道理，两个人也都低眉顺眼地聆听，这使杨文燕倍感欣慰。

肖一果也发现了“京西双狼”的变化。她在帮助二丫的时候，经常与他们不期而遇。肖一果想，一个人如果还有爱心，就坏不到哪儿去。一天，肖一果主动提出给孙海浪补习功课，却被孙海浪谢绝了。

这天课间操时间，赵一浪和孙海浪溜达到六年级的一边，在人群中找到一个挎着一条伤胳膊的男孩。赵一浪问他，听说你和混社会的抢地盘了？孙海浪挑起大拇指，哥们儿真行，敢和混社会的PK。男孩苦笑，你悠着点损我吧，那天晚上我在网吧，他们四个人进去的时候人已爆满，就撵我走。我正和一个网友聊得昏天黑地，动作稍慢了点儿他们出手就打。你们不是人很多吗，真的打不过他们？不是打不过，他们都是阿秀的人，谁惹得起呀。你今天打了他，他明天会拿着刀子找到你家去。他们一帮人整天形影不离，干的就是打架的事，咱还得念书不是？孙海浪说，可以去找派出所呀！男孩说你比我还傻，派出所顶多罚他们一些钱，过后他们会加倍报复。赵一浪问谁是阿秀？男孩说不知道县长也不能不知道阿秀啊！她是美芙蓉洗浴中心的老板，咱们县的黑老大。赵一浪说我们“京西双狼”也不是好惹的。她阿秀敢打我们城关小学的人，就是跟我们“京西双狼”过不去。男孩说你们再厉害可才多大呀？他们身上可都带着刀子呢。赵一浪说刀子算啥，几个破铁片片。

孙海浪望着美芙蓉洗浴中心灯火辉煌的四层大楼羡慕得直叫：哇！这么大的楼呀！这得是几个亿的老板！哎，老赵，我看比县长可牛多了。赵一浪说，咱得赶快闯名号，等大学毕业了，咱也当老大了，到时又有学问又有钱，酷毙了！

七

三十岁的阿秀，早些年在村里是个见人就躲的姑娘。初中毕业后，县城的亲戚给她找了个饭店服务员的活儿，每月 240 元。由于阿秀长得好看，来饭馆吃饭的人就多了起来。一个不起眼的饭馆，生意出奇地好。老板就又租了五间大房，把生意做大，但阿秀的工资还是 240 元。阿秀不傻，知道自己的价值，就去找老板要求增加工资。老板不但不给，反而趁着酒劲调戏阿秀，说只要你陪我上床，啥都好说。阿秀甩了老板一个耳光摔门而去。

老板认为阿秀找他要钱，肯定不是个正派女子，就在当天晚上摸进了阿秀的屋子。哪知阿秀坚决不从，搏斗中用水果刀割伤了他的胳膊。老板气不过，就找来一个街上的混混帮他出气。在一个晚上，混混把阿秀拳打脚踢后又强奸了她。阿秀忍着疼痛对混混说，你愿意娶我吗？混混都四十岁的人了，在县城名声极坏，他早认定了光棍的命，一听这话能不乐吗？忙连声说愿意。阿秀说，只要你把我的老板杀了，我就嫁给你。混混当夜就把老板给杀了。很快，公安局就把混混抓了起来判了死刑。从此，阿秀就变得心狠手辣，靠肉体和手段，几年的工夫就拼杀出一片天地。如今，已是一个拥有四层大楼的洗浴中心老板了。

每天晚上开着自己心爱的宝马在大街上兜风，是阿秀一天里最快乐的时光。她还有一个习惯，就是每天转到大商场的时候，会把车停下，缓缓地打开车门下车，然后一甩飘到屁股上的长发，摆着细腰往商场里扭。扭出约十多米，才伸出纤纤玉手一摁遥控器。随着车灯一闪，吱吱两声车门锁好，这时人已闪进商场的自动门。这一切都给人一种飘逸的感觉，让路人为之动容。

商场的四楼是服装。每次，阿秀都会在四楼用自己从北京购回的服装把柜台里的服装羞辱一圈，然后在无数束惊羡的目光注视下走下楼梯。

今天，阿秀忽然觉得几双目光有些异样，她警觉地又走了一圈。这在平时是不可能的，她不会给人太多欣赏自己的机会。当她转到那几道目光跟前时，发现是两个小男孩。可他们眼中的目光都不是他们这个年龄的孩子能有的。她不由得盯了他们几眼，感觉就是这两个孩子身体都挺壮。

你是阿秀吧？阿秀没想到其中一个孩子会问她话。她说是啊，你们是谁。一听她的确就是阿秀，那个男孩突然绕开她，冲着大家喊，叔叔阿姨们，大家都听到了吧，她就是阿秀，是咱们县最厉害的女魔头，就像《射雕英雄传》里的梅超风，我们今儿个要为武林除害。说着，两人冲着阿秀举拳就打。虽然俩人的个头只到阿秀的胸部，可阿秀毕竟是一个弱不禁风的女子，纤细迷人的身姿，迷不住两个孩子的拳头。其中的一个孩子嚷，本大爷行不更名，坐不改姓，我们乃“京西双狼”是也！

阿秀在医院躺了三天，她手下的那帮混混几次要到城关小学去找“京西双狼”报仇，都被阿秀制止。她说她要亲自收拾两个小兔崽子。在医院里的第四天晚上，由于准备明天就出院，她把陪床的赶回洗浴中心照顾生意去了，一个人抱了本杂志打发时光。门一开，进来两个人，正是什么“京西双狼”。

阿秀一阵惊慌，你，你们再敢动我一下，我就让人把你们都杀掉。赵一浪说，阿秀姐你放心，我们保证再不动你一下。你看，我们给你买了这么多好吃的。阿秀这才看清，他们手里都提着大袋小袋的食品。往桌子上一放，堆了满满的一桌子。阿秀说怕了？赵一浪说怕倒没怕，我们今天给你道个歉。阿秀说不怕走人。孙海浪说，阿秀姐别怪我们狠，是你的名声忒大了。我们“京西双狼”在城关小学还行，一出学校的大门什么也不是。我们想闯社会，闯江湖，那得有名声啊，敢打你阿秀，我们“京西双狼”会一夜成名。

阿秀哭笑不得地说，心思都用在这上面，将来能考上大学吗？赵一浪说，这和考大学没关系，我们该学习还学习啊。再就是我们太羡慕电视里的黑老大了！再加上学校说我们是“问题帮”，反正也没好了。阿秀虽然这些年早没了最初的那种善良，但听了他们的话还是摇了摇头。

“问题帮”一战成名。

传说“问题帮”个个武功高强，一个十四岁的小孩就把阿秀的六个手下打得跪在地上喊爷。还说，阿秀想请“问题帮”入伙，“问题帮”开价一百万，就像足球明星转会一样。

消息传到王天的耳朵里，王天是又惊又喜。惊的是城关小学几个学生会变得这么坏，喜的是又有机会接近杨文燕了。

杨文燕走进派出所的时候，王天正对着玻璃板下面杨文燕的照片出神，杨文燕脸不由地一红，哟，王大所长，今天又接到什么样的报案了？王天一听杨文燕又揭自己的老伤疤，赶忙岔开话题，杨老师，“京西双狼”最近表现好吗？杨文燕说，上课也很少调皮，还帮助二丫，我还准备向校长反映，是不是你的那种方法起效了。

王天说看来我们都让这两个小兔崽子给耍了，我给你念几件群众反映的事情。7 月 5 日晚 8 点，城关小学学生孙海浪、赵一浪在春花歌厅唱歌时与陪歌小姐发生争吵，把小姐打伤；7月6日，俩人在顺天饭店喝酒不给钱，打了要钱的服务员，老板出来一见是他们，不但没要钱，还每人送了他们一盒香烟；7月7日，俩人在一家地下游戏厅玩赌博机，输了十元钱。

杨文燕傻了，确切吗？王天说确切，是一个离休老干部反映的。他跟踪这两个孩子很久了，掌握了他们不少事情。杨文燕疑惑地问，这位老干部为什么要跟踪他们？老干部不但跟踪他们，还跟踪了其他二十多个问题孩子呢。老人想开一个“问题孩子调查服务部”，就是为家长提供关于孩子们下课以后情况的服务。他委托我找到你们班两个孩子的家长，问问家长需不需要这样的服务。杨文燕说，别说家长了，我都需要啊。

赵铜和孙海浪的三舅爷几乎同时赶到城关派出所，两个人一碰面，就知道又是孩子闯祸了。听了王天的介绍，两人惊呆。赵铜无奈地说，看来只剩揍了。杨文燕说，赵一浪的变坏跟你的粗暴有直接关系。孙海浪的三舅爷说，我们家海浪我没动过他一指头，咋也变坏了？杨文燕说您老的方法更不对，你顾忌孙海浪不是你的亲孙子，放任了对孩子的管理。

王天又把那个离休老干部的情况和他们说了，他说老人叫段国军，他的“问题孩子调查服务部”就设在家里，如果你们有兴趣，可以去找他。王天就给了他们老人的地址，俩人出来后上了赵铜的车，直接去了老人的家。

屋里，王天说想请杨文燕晚上吃个便饭，一块儿再研究研究两个孩子的教育问题。杨文燕此时没了一点主意，竟然出乎意料地答应了，乐得王天直想蹦高。

赵铜的车几乎是飞到了段国军家，段国军把两个人让进客厅。我盯了两个孩子很长时间，你们再不想办法管教，孩子就真完了。赵铜少有的点头哈腰，我们真的很感谢你，不然我们都还蒙在鼓里呢。孙海浪的三舅爷也说了几句感谢的话。赵铜掏出300块钱，你给我盯到年底咋样？段国军说行。孙海浪的三舅爷颤巍巍地说我没钱，我先自己管教管教吧。段国军拿出一份他的调查档案，我目前已经接受了 50 名家长的委托，我的工作量已经很大了。不过不管你们委不委托，我见到他们依旧会留心的。俩人嘴里重复着感谢的话，起身告辞。路上，孙海浪的三舅爷提出再去找一找杨老师，看她有什么好办法。赵铜说也好。俩人上了车直奔杨文燕家。

杨文燕和王天去了县城最大的太阳酒楼。王天要了一瓶啤酒，杨文燕喝果汁。王天眼里的钩子搭着杨文燕，杨老师很喜欢你的职业吧？嗯。真没想到我的学生会是这样。王天原想和杨文燕拉拉家常，不想被杨文燕巧妙地岔了话题，只得跟着往下说，是啊，现在的孩子太复杂。就是，我们做老师的都很难走进他们的内心。杨文燕说着抿了一小口果汁。王天夹起鱼块放进杨文燕的碟子里。杨文燕说是不是上次你同我和学生家长订的那份协议伤了他们的自尊，他们才破罐子破摔？王天放下筷子说不会吧，我的方法还受到局里的通报表扬呢。他们还是小学生，你硬生生地给他们戴上“问题帮”的帽子，还用派出所来吓唬他们，这样让他们在学校里抬不起头，生出逆反心理是必然的事。王天说你说得有道理，我们得寻找一个适当的方法挽救这两个孩子，杨老师你喜欢孩子吗？杨文燕对这个问题很反感，不客气地说，不喜欢孩子我能做教师？王天就尴尬，忙说我不是那个意思，我是问在生活中。杨文燕听懂了，但没有回答……

八

赵铜他们到杨文燕家扑了个空，驾车在街上瞎转。赵铜说，不行让他们晚上除作业时间外还在一起练散打吧，这样，他们就没有瞎闹的时间。老汉也想不出其他的办法，也就说只好先这样试一试了。

赵铜回家冲上楼，还好，赵一浪在写作业。赵铜说儿子今天咋没去歌厅打小姐啊？赵一浪惊得站起来低下头，爸爸你说什么呢？我听不懂。赵铜说，刚才说的是7月5日晚上8点的事。7月6日，在顺天饭店，谁吃饭不用给钱，饭店还得倒给一盒香烟？

赵一浪绝望地坐在地上。他低着头等着爸爸的大巴掌。过了一会儿不见动静，抬起头，爸爸早不在跟前了。他慢慢地来到爸爸的卧室门口，只见爸爸正趴在桌子上写着什么，他又悄悄地缩回自己的房间。爸爸的反常举动让他摸不着头脑，这份煎熬真比挨一顿揍都难受。

终于听到爸爸的脚步声，他吓得赶紧趴在作业本上假装做题。脚步声越来越近，赵一浪的心越缩越紧。爸爸站在了他的身后，顿了顿，丢给他一张纸缓缓地说，这是从明天开始你的作息时间表。你抄一遍，然后把它挂在你的床头。说完就出去了。

赵一浪见爸爸真的走了，才拿起那张纸看，只见上面写着：

5：50起床，6：00—7：00练功，7：00早餐，

7：30上学，晚5：50放学，6：00—6：30吃饭，

6：30—7：30做家庭作业，7：30—8：30练功，8：30休息

爸爸开始限制他的自由了。清晨六时，爸爸准时走进他的卧室，淡淡地说起床吧。父子俩不说话，很快到了练功的草滩。赵一浪意外地发现，孙海浪和他三舅爷早等在草地上了，两个小伙伴一下全明白了。赵铜说练吧，从今天开始，每天早上我们就在这里给你们当陪练。

赵一浪练得龇牙咧嘴，他悄悄告诉孙海浪，他爸昨天破天荒地没打他。孙海浪说，我三舅爷也不管我了，给我爸打去电话，要我爸爸带我走。赵铜喊：不许嘀咕！

两个小孩头十天差点没累死。按照规定晚上8：30准时躺下后就是睡不着。第二天俩人一嘀咕，原来都一个德行。于是他们决定，8：30跑出来玩一会儿再溜回去睡觉。

逃跑难度大的要数赵一浪了，因为他家是二楼。他在白天找了根绳子藏在床下。晚上练完功，赵一浪像往常一样嘴里喊着困进了自己的屋子，把门插好躺在床上装睡。一会儿爸爸过来站在门口听了听，又轻轻地喊了两声，见没动静，就回他屋子去了。

赵一浪悄悄溜下床，把绳子飞快地绑在床腿上，从窗口向外看了看空无一人的菜地，拽着绳子就下了楼，眨眼跑上大街。孙海浪早在接头地点鱼鹰一样伸着长长的脖子望着他呢！赵一浪说咱们去把输掉的钱赢回来吧。

俩人刚到地下游戏厅，发现门口围满了人，还停了一辆警车。俩人挤进去一瞅，原来游戏厅的玻璃被人砸了。一问，才知道里边的游戏机也被砸了。派出所的王天正在询问游戏厅的老板，老板哭丧着脸，说一句骂一句，一再地说：两万多的设备呀！两万多呀！俩人躲着王天悄悄地退出来。找到另一家游戏厅，却见老板娘坐在一堆变了形的电脑上哭得正伤心。看来几台电脑是刚刚被人摔到了一堆。俩人又转身跑出来。孙海浪惊讶地说，谁这么大胆，一连砸了两家游戏厅！赵一浪说别是阿秀吧！不会吧，阿秀砸游戏厅干吗？咱们再到别的游戏厅转转，也许都被人砸了呢。俩人又一连跑了三家，真让他们猜对了，三家一个模样，都被人砸了个稀烂。俩人不觉有些害怕。回吧，老孙！于是，俩人返身往回走。

五家网吧一夜之间全部被砸的新闻风一样吹遍全县城，王天的压力非常大。据五家网吧的老板反映，是四个蒙面大汉干的，他们进屋就砸，砸完就走，外边有一辆轿车接应。昨天夜里王天就把情况汇报给了局里，要求刑警队介入。不巧刑警队的全部人马都到外地追逃去了。局长说你先干着，等刑警队有了人手再移交。王天就干，全所十个人整整干了一上午，没有一丝头绪。中午，一帮人正一边啃着方便面，一边研究着案情，忽听外边嗡嗡的声音，一抬头，嚯！院里涌进一百多人，吵吵着找所长，工农兵学商是各个阶层都有，还有不少机关干部。虽然人人面善，可架不住声势浩大，唬得王天心里直扑腾，忙喊：我是所长，大家有事请慢慢说！好在人虽多却不太乱。前边的几个人说，王所长，我们都是学生家长，我们向你请愿来了。王天一脸的迷惑，有什么话请讲吧！大伙说，我们代表全县的学生家长强烈要求给砸网吧的好汉请功。王天愕然！

赵一浪好不容易挨到晚上休息时间，进屋、插门、绑绳、下楼。快到菜地的时候，忽觉脚下软绵绵的，低头一看，妈呀，原来正踩在爸爸的肚子上。爸爸仰躺在一张凉席上，一双凶巴巴的眼睛把他往死里盯。他乖乖地立正站在那里。

赵铜掉头走了，走出老远才丢下一句话：你爱咋地就咋地吧。

又是一天晨来到，赵一浪按时起床，爸爸不在屋里，看来爸爸是真不管他了！他独自一人照例往山上跑，等到了练功的草地，发现孙海浪正在那里发呆。一见他就跑过来说，家里不管我了。俩人一合计，肯定是他们串通好的，明着不管，暗地一定在监视着我们。赵一浪望着山下，我们几次胡来他们都门儿清，有人盯着我们是定死的。我想不会是我们的家长，他们都是第二天才知道的呀。会不会是老班？孙海浪说不像。他们又想到王天，也觉得不像。如果是他们，打架的时候他们就会出来制止的。

看来我们遇上 007 了，赵一浪说。孙海浪兴奋了，咱们这么个县城也有私人侦探？赵一浪一摆手，管他谁跟踪，家里不是不管咱们了吗？咱们今晚上街兜他一圈，装个样给他们看看。孙海浪问咋装，赵一浪就趴在他耳边嘀咕，两个人就嘻嘻地笑。

放学后，赵一浪主动把三丫背在背上，孙海浪跟在身后和肖一果、二丫一起往二丫家走，把她们送回家才各自回家，饭后乖乖做作业，而后溜出家在街上碰齐，互通情报。家里都没反对他们出来玩儿，也没问出来和谁玩儿。他们先来到一家网吧门前，往里瞅了瞅掉头走开，又到一家游戏厅往里瞅了瞅，毅然转身。遇见一个盲人过马路，他们上去搀着护送他穿过车流汹涌的街道。同时，俩人特别留意周围的人，觉得人人都像 007，又都不像。

前面是一家书店，他们想也没想就一头扎了进去，在书架前转了一圈，各自挑了一本书坐在一旁读了起来。读一会儿，站起身再挑一本继续读，读得特别认真，有时候还凑到一起研究着什么。直到觉得时间差不多了，才走出书店目不斜视地各回各家。

俩人一连三个晚上都在街上溜达，而且一天比一天回得晚，可家里却没说一句责怪的话，只是嘱咐他们早回家一会儿，别玩儿得太晚，以免睡不好觉影响明天学习。这更加证实了确实有个神秘的 007 在盯着他们。

于是，他们利用在图书馆读书的机会，研究制订了一个对付 007 的计划。赵一浪说找到 007 后咱说什么也得治治他。老师不是给咱讲过什么隐私权吗？ 007 是不是侵犯了咱们的隐私权？赵一浪一拍孙海浪的脑门说，屁大个小学生还有隐私权，我看你就一个权。孙海浪问，啥？赵一浪说，啥？听话权呗。孙海浪看着街上来往忙碌的行人一脸愁云，这么多人咋找啊！赵一浪晃着头说山人自有妙计，别管他 007 是谁，他总得一直跟着我们，街上人再多，每天晚上和我们同时去三个相同地方的人肯定不多。咱们一晚上换四个地方。在四个地方都能看到的人铁定是 007。孙海浪打了赵一浪一拳说，行啊老赵，这个办法我看行。那下一个呢？赵一浪揉着胸说，你再打我就不说了。孙海浪说我给你揉揉。赵一浪推开他的手说咱们找一个没人的地方打架，他会出来管我们，到时先揍他一顿再说。以后就像现在一样糊弄他，让他给咱说好话，等家长和学校都认为我们的确变好了的时候，咱们再玩想玩的。孙海浪说如果这样那咱还不能揍他，揍了他就没法再盯咱们了，先让他给咱说上一个月的好话，到那会儿，他 007 也就自动下岗了，那时咱们再揍他也不迟。赵一浪说，行啊老孙，就这么定了。

九

自从有了段国军关于“问题帮”行踪的连续报告，不但几位家长心里踏实了许多，班主任杨文燕也特别欢喜。王天得知消息后也觉得奇怪，怎么两个调皮蛋说变好就变好了呢?

王天约杨文燕一块出去吃晚饭，想了个很体面的理由，就是一块研究研究这几个孩子的反常举动。杨文燕在电话里说，我俩只隔一堵墙打什么电话?吃饭就吃饭非得找出个理由?王天一听，心里就激动，嘴上却说人与人隔一道墙，心与心也许挡着十座山呢。杨文燕笑着说，你总不能像愚公一样指望你的儿孙替你挖这些山吧。王天说，我不挖这山哪来的儿孙?杨文燕听王天越说越离谱，忙说到底去哪儿吃啊，不说我挂机了。王天就说还去顺天大酒楼吧。

路上杨文燕说你总到这么大的酒楼吃饭别是腐败了吧。王天说上次咱们花了多少钱?好像四十多块吧。这不得了，它就是有唐僧肉，咱不吃还能多花钱?你今天想吃什么?你班里的“问题帮”开始学好，咱得庆贺庆贺不是。杨文燕一噘嘴，你看你总是问题帮问题帮的多难听呀。王天说瞧我这张嘴。

有人喊杨老师，是肖一果的妈妈，慌慌的样子。杨文燕忙问，苏老师，啥事这么急?肖一果的妈妈是县里一所中学的老师。苏老师先叹气，唉，肖一果真让我头疼。杨文燕一听也急了，肖一果不就是感冒了吗，我请给她两天的假。苏老师说要是感冒就好喽，可她，可她……杨文燕听得很紧张，忙问到底咋啦？苏老师说都怪她爸爸，恨不得把她培养成孙悟空，这下连猪八戒也比不上了。医生说她得了什么“情感饥饿症”，说这种病是精神分裂症的一种。哦！怪不得她最近情绪不稳定，也不和同学们交流，我还发现她去了网吧。由于她平时各方面都很优秀，我没在意。苏老师说是啊！医生说这种孩子更容易沉湎于虚幻的网络世界而无法自拔，杨老师，你说这该咋办呀？苏老师您先别急，得先找到孩子的发病原因。苏老师说难就难到这儿了，你说我和他爸爸哪个不爱她了？怕她学习劳神，我们按她的年龄计算每天应该摄取的各种营养，然后，再买富含相应营养的食品；怕她不成才，让她参加小提琴、美术、英语几个学习班，每天早上五点她爸陪她跑步，六点我陪她学英语，六点半学小提琴，七点吃早点，然后去上学。晚上六点半我陪她做作业，七点半陪她学电脑，八点我陪她学美术，八点半休息。你说，我们哪一刻不爱她了？

王天听得笑了，苏老师说的这些爱，正是孩子患情感饥饿症的直接原因。我姨家的孩子就是这样，医生说，这是由于孩子没有玩耍时间，更没有与家长和小朋友们交流情感的机会。在长期缺乏人际交流和情感沟通的情况下，孩子就会出现各种各样的心理疾病。你们每天只是机械地指挥孩子干这干那，忽略了孩子的想法。她想要什么，想做什么，你们知道吗？

杨文燕欣赏地望着王天说，你懂得还真不少。王天说，哪儿啊，这是我陪我小表妹去看病时，医生对我姨说的话，我不过是前买后卖。

苏老师眼露内疚，难道真是我们的教育方法害了孩子？杨文燕说，是啊，你们得赶快改变孩子目前的生活和学习状况，让她和小朋友们在一起的时间多一些。苏老师说这好办，我明天请假，陪她玩几天。杨文燕问肖一果现在在哪儿。刚才我们一块坐车从医院出来，半路上看到你，她不肯下来见你，这会儿回家了。杨文燕说那我明天去看看她，这种病也不需要养，家里休息一两天，还是上学吧。班里同学多，可能比她自己待在家里要好一些。对，对！是，是！一向很有主见的苏老师没有了半点自信。

二丫讨饭已经一个月了。这天晚上，二丫讨饭回来准备做作业，却怎么也找不到自己的书包，她问妹妹，妹妹说书包被爷爷卖了。二丫急了，问卖哪儿了，妹妹说卖给收破烂的李拐子了。二丫跑了二里多路，在李拐子家的废纸堆里找到自己的书包。李拐子说，你这一包书我给了你爷爷两块钱，你拿走可以，得还我钱。二丫哭了，这是我正在读的书。李拐子听了忙说，我真不知道是你正读的书，你拿走吧，钱我不要了，我以为是你以前的课本呢。二丫抹着泪说，以前的早卖了。李拐子哀叹一声，从身上掏出十块钱塞到二丫手里说，回吧孩子。

很快，二丫失学了！爷爷借不出钱再供她上学。二丫每天和爷爷讨饭，还养了几个兔子，日子就这么过着……

二丫一早一晚帮爷爷讨饭，白天带妹妹上学的事儿感动了市报的一名记者。他写了一篇《十二岁学童讨饭养全家》的文章登在市报上，城里的一位退休女干部看到文章后，提出收养二丫。二丫的爷爷给二丫算了一笔账，说二丫你该去，你虽然讨些东西，可你的花销也最大。你每年的学杂费得 500 元，全家也数你能吃，你走了，镇里的黄民政给的钱也够我和你奶奶平时病病痛痛的花销了，再加上镇里的其他救济，我也不用天天去讨饭了。二丫说，爷爷你可得算准了，我走了就是人家的人了。爷爷说，走吧二丫，爷爷都算了三晚上了。

二丫走了，杨文燕、肖一果、孙海浪、赵一浪还有王天，一直把二丫送到城里。收养二丫的老干部姓刘，一辈子都在妇联工作，见不得妇女儿童遭罪。当天，刘奶奶带二丫洗了澡，从里到外全换了新衣服，为她安排了一个像模像样的卧室。卧室里有一张木制的精美小床，床头贴着各式各样的卡通人物画。有一个衣柜，一张写字台，一个金属台灯，一个书架，上面摆满了小学生读物。二丫把屁股跨在床沿上，心里总担心自己的脏衣服弄脏了人家的床。直到刘奶奶说，二丫，这间屋子以后就是你的了。二丫又看了看自己的新衣服，才知道不是在做梦。可这一切来得太突然，她坐在那里呆呆地发愣。晚上，二丫躺在小木床上，盖着崭新的花绸被子，怎么也睡不着。她想起了爷爷家里的那盘土炕，只有炕头的一片能烧热。平时，都是多病的奶奶才有权睡在那里，挨过来是爷爷，再过来才是妹妹和二丫。

第二天，刘奶奶又给二丫买了一个新书包，就近找了一所小学，二丫又开始上学了。

十

赵铜这几天持续快乐着。每天早上不用自己操心，赵一浪就早早起了床，他跟在儿子背后，看着儿子跑步的姿势特别可爱。跑到一半路程，孙海浪一声赵叔叔早，就加入他们的行列。三个人一口气跑上山顶，在草地稍作歇息便开始练散打。赵铜由于心里高兴，便一改以往魔鬼式的训练。两个孩子也就练得轻松。总之气氛不错，关系也不错。

自从段国军送来两个孩子每天晚上都在图书馆的消息，赵铜就把赵一浪和孙海浪的早点全包了。孙海浪的三舅爷也再没提不让两个人一块玩儿的话。

这些天，赵一浪他们在图书馆也不全是装样子。每天一个多小时，也得真正读书才能熬下来。一开始的几天，赵一浪直扑外国名著，用他的话说，是为将来出国做准备。什么《红与黑》《老人与海》，翻了几天，都一一扔掉。

孙海浪说，老赵，赵华侨，你就将就着读读本土文学吧。赵一浪说，我就不信外国名著没一本没水分的，总有一本够水平的吧。他又拿了《静静的顿河》。现在已经三天了，他没扔。孙海浪不把自己当大人，这几天看的全是一些儿童读物。什么《格林童话》《365 夜》《一千零一夜》《脑筋急转弯》，最后一套《十万个为什么》终于占住了他的手。

近日，几位家长也不时地聚在一起，谈论孩子的变化。他们百思不得其解，两个调皮蛋咋能突然变成乖宝宝呢？孙海浪的三舅奶说，这有啥奇怪的，孩子嘛他能有多坏，就是淘气，疯几天，好几天，这很正常嘛。几个人觉得有道理，赵铜听得又担心。照你这么说，说不定哪天又要淘气了，那可咋办？孙海浪的三舅爷说，能咋办，你不是爱揍儿子吗？继续揍他呗。赵铜说哎呀老爷子，咱说正事你就别刺激我了。老头说，我说的也是正事啊，你说咱们什么法子没用过，什么法子顶用过？

真让孙海浪的三舅奶给言中了。一天放学后，两个小家伙一个也没回家吃饭。两家人慌了，急忙四处乱找。一个小时后几个人一碰头还是一无所获。赵铜猛然想起了段国军，用电话一联系，段国军说，别慌，两个小家伙看书上了瘾，一放学就直接去了图书馆，现在正看得昏天黑地呢。

赵铜驾车拉孙海浪的三舅爷直奔图书馆。推门一看，两个人一人抱一本书看得津津有味，对面站着两个大活人竟没发现。赵铜性子急，一把夺过赵一浪手里的书，翻了翻内容，居然是苏联名著。他吃惊地盯着儿子，接着检查了孙海浪的书，是《十万个为什么》。赵铜高兴得差点哭出来，他说，孩子们今天先别看了，咱们吃饭去吧。一听吃饭，俩人才觉得饿了。

一行人去了顺天大酒楼，两个大人让小孩点菜。赵一浪要了个鱼香肉丝，孙海浪家里苦，吃肉少，他要了两个猪蹄儿解馋。赵铜问他们今天为什么不回家吃饭就跑去读书，孙海浪说我昨天刚看了《什么是黑洞》这个标题，我想赶快知道答案。赵一浪说，昨天的仗打到一半，太激烈了，哪顾得上吃饭呀。两个大人听着会心地笑了。

这些日子里，赵一浪和孙海浪早忘了007的存在，书中的故事和知识带着他们进入一个崭新的世界。他们才知道，除游戏之外，还有很多神秘而美好的东西，他们有了一种脱胎换骨的感觉。

“京西双狼”的变化让杨文燕感慨万千。她文思泉涌，一个晚上就写了一篇相当具有学术价值的文章《问题学生教育的兴趣转移法》，并很快发表在市报和省教育报上，反响很大。市教育局还聘请她到市里给全市的中小学教师讲课。杨文燕一夜之间成了名人，她在讲课的时候，一再强调，这不是她的教育成果，是她班上几个孩子的自然体验。于是“问题帮”又一次出了名。

肖一果的父母再没让她学别的东西，学校的老师也不给她安排太多作业，只是让同学们主动多和她交流，做一些相互协作才能完成的游戏，渐渐地肖一果恢复了正常。

只是享福的二丫回来了，不是探亲，而是又回到了爷爷、奶奶和妹妹身边。她说她想起爷爷讨来的玉米面，就吃不下刘奶奶的馒头；想着妹妹破烂的衣服，就穿不舒服刘奶奶买的小白裙；想着爷爷、奶奶住着的破土屋，就在自己的小卧室里常常失眠。她还去监狱看过妈妈。她在一个早上做出了令刘奶奶吃惊的决定，她要离开这里，回到爷爷、奶奶和妹妹身边，回到乞讨的生活中去。刘奶奶把二丫送回家，留下两千元钱走了。临走时刘奶奶说，不管多苦你都要上学。二丫说，我一定上学！

“京西双狼”终于把各自手里的书读完了。他们是继续往下读呢，还是继续寻找007，这是王天和杨文燕在路上猜想的事。

紫·桦·林

短篇小说

瞭

一

羊粪蛋儿杵在门前的土堆上瞭他娘。

邻家院门轻轻牙开一条缝儿，闪出一对好看的小毛毛眼儿，是邻家小女孩嘟嘟，她跑出来喊他，嗨，你爷爷给你买生日蛋糕了吗？

羊粪蛋儿不说话。

嘟嘟揪着自己的小辫子说，我有一个会唱生日歌的蛋糕！

羊粪蛋儿不说话。

羊粪蛋儿咬着自己的嘴唇，很疼，醒了！

明天就是八月十五，是他的生日，他满5岁。为这个日子，娘每到生日这天都会叉着腰和爹吹牛：瞧我多会择日子，孩子生日和八月十五只用张罗一次好吃的，给你省多少钱啊！

可近三年的八月十五，娘不在，爹也不在。

那天早上，羊粪蛋儿扯着娘的裤腿，仰脸说，娘，我饿！娘愣怔着，从缸里捞起一块刚刚下盐的菜皮。娘赶路，走得早，没顾上做饭。娘抱起他说，娘出去挣钱给你买生日蛋糕。爹脖子直直地走出院子，走出老远，又突然快步折回，在他屁股上轻轻踢了一脚，等着爹，挣回钱买月饼。

他说，爹快走快走。

爹娘一走就等不回来。

爷爷担着水桶刚走出院子，羊粪蛋儿三下两下把衣服套在身上，一边系裤带一边跑出院门。门口不见嘟嘟。昨天嘟嘟说她有一个会唱生日歌的蛋糕，他想多听听，爷爷喊他抱柴禾做饭，没听够。他望了望嘟嘟家紧闭的大门，细眉打结。

羊粪蛋儿看不到嘟嘟，就晃了晃脑袋，顺着爷爷担水的路，一溜小跑追下高坡。高坡是一道黄土坡，很长很长，羊粪蛋儿数过路两旁的杨树，左面的一排是 100 棵，右面的一溜是 107 棵。

太阳还没爬上村前的大山尖尖，阳光却已趴在后山那片红石崖上。红石崖住着好多野鸽子，还有一窝老鹰。野鸽子每天几十只咕咕叫着一起飞，老鹰也不敢靠近。羊粪蛋儿跑到半路，发现一只小灰兔蹦跶着跳出树林。小兔看到他，一并双耳，掉头逃跑。他只追了几步，小灰兔就钻进很远的一片山杏林了。他沮丧地返回到路上，发现爷爷已经挑着水往上爬，他就站在路边等。

爷爷每天早早爬起来，都是先给缸里挑水。水桶原先是一对儿铁皮桶，后来爹挑水爬到半坡时，一只突然蹿出的狐狸，惊得他摔了一跤，把其中一只摔扁了，还漏水。娘端详了一阵儿没舍得扔，做了垃圾桶。现在换了一只胶皮桶，另外一只其实也摔漏了。当时只有针尖大小的洞眼儿，几年过后，那洞眼儿在逐渐变大。

羊粪蛋儿他娘在他姥姥肚子里就营养不良，害得他生下来像个大耗子，长了好几年，脑袋还像山雀儿的小干头。就这，可怜的细脖子还勉强支撑呢！羊粪蛋儿只是他外号的简称，全称有点长，叫“羊粪蛋儿脑袋，芨芨棍儿脖子”。他生长在中国大西北一个村子的西北坡上。

爷爷低着头，伸着长长的脖子，一步一摇地走上来。他说，爷爷你脖子真有劲儿，能拽得动一担水。爷爷抬抬头，把因为费力呲的牙又往大呲了些，算是笑。那只铁桶在嗤嗤的漏水，歪歪扭扭地画着一条向上攀爬的曲线。他就在爷爷身边跟着走，一边掏出小鸡鸡也在地上尿出一条弯弯曲曲的线。他把着小鸡鸡说，爷爷你看水桶没我尿得粗。

爷爷把水桶轻轻放在一处较平缓的地上，双手按腰立起身，舒了一口气，看着漏水的桶说，是爷爷老了，这爬坡越高越费劲。这样一直漏着水，正好爬坡越来越轻省，也就不用急着买新桶。你别担心家里的钱，等爷爷讨回工钱给你过生日。

羊粪蛋儿就张大嘴咯儿咯儿地笑……

爷爷扛着锄头走了，羊粪蛋儿拿了扫帚到门口杨树林里扫树叶。树叶到冬天可以喂牛，牛吃过的残渣还可以烧火。关键是在半坡上扫树叶，能早早看到回返的爷爷。可是一直到晚上，树叶堆起半人高，还不见爷爷的影子。羊粪蛋儿丢掉扫帚，躺在堆起的树叶上，急得眼泪扑簌簌地掉。一只红蚂蚁刚从一片树叶下钻上来，就被羊粪蛋儿的一颗大泪滴粘住。红蚂蚁尝了尝泪水的味道，蹬蹬长腿，甩了甩腿上的泪水，往前蹿去……

一群一群的野鸽子在他头顶盘旋，又都呼儿唤女咕咕地飞回后山红石崖。崖壁有野鸽子的家。两只老鹰定在头顶一动不动，像他春天放飞的风筝。去年春天，嘟嘟喊他一起放风筝，她城里亲戚买给她一架美人鱼风筝。羊粪蛋儿的爷爷屋里院里转了半天，也没找到能做风筝的东西，最后，眼光的热度落在门口春联上。可是如果揭下春联，是不是就等于自己撕掉了春联本身的祝福？老人犹豫着，最后还是笨手笨脚地为孙子做了一个蝴蝶风筝。羊粪蛋儿瞅着怎么都像夜蝙蝠。

这时，羊群从后山一路“咩咩”叫着走下来，在他家门口撒下一片羊粪蛋儿。嘟嘟喊他，羊粪蛋儿——你看你滚了一地。他没理嘟嘟。他发誓这辈子一定要娶了嘟嘟，然后每天打她屁股，谁让她总是仗着有钱欺负自己了！嘟嘟跑过来，手里拿着半拉月饼，嗨！羊粪蛋儿！你家买了几种月饼？他依旧没有说话。嘟嘟重复昨天的话，今天是我的生日，我爹给我买了一个生日蛋糕。蛋糕还会唱《生日快乐》歌呢。羊粪蛋儿望着天，那里钉着一只老鹰。

祝你生日快乐，祝你生日快乐，祝你生日快乐哦！祝你生日快乐……

嘟嘟唱着生日歌跑回家去了。

今年的八月十五来得太快，一进八月，爷爷的心，随着天上的月亮缺成一弯细线。月亮每天长胖一点，爷爷每天消瘦一圈。金秋八月，收成被夏季一场冰雹打掉七成。为了补贴点收入，爷爷农闲时到镇上打短工，倒是挣几个小钱，却一直没讨回。

天黑下来，山野里虫子的叫声时有时无，虫子明显没有夏天多了。羊粪蛋儿溜到嘟嘟家的大门外，拨拉了几下耳朵，然后把耳朵贴在门缝儿上仔细地听着。院子很大，大门离屋子很远，好像听到有说话声。他想了想，就晃着小干脑袋顺着墙根儿往后走，来到屋子旁边。院墙不高，他听到了，他听到了，听到嘟嘟的生日蛋糕在唱《生日快乐》歌了！

祝你生日快乐，

……

随着音乐，他的羊粪蛋儿脑袋和芨芨棍儿脖子愉快地晃动着，晃动着，眼里嘴里淌满了笑。

第二天，羊粪蛋儿依旧比太阳醒得早。看看屋里没人，他想爷爷一定去挑水了。他似乎能看到那只铁皮水桶一路“尿着”往坡上晃悠。他穿好衣服，跑出院子，跑上门外高高的土堆四下张望。没有爷爷，没有爹也没有娘。又跑回院子，看到老白牛不在了，他知道爷爷把牛赶到后山去吃草。爷爷一夜没有回来？羊粪蛋儿从土堆哭回家里，又从家里哭到土堆上。来回几次哭饿了，找到饭盆，里边堆着几个昨天的玉米饼。他拿出一张最大的叼在嘴里。脑袋增加了重量，脖子不能承受，一下晃起来，他大口嚼着，脑袋便晃得厉害。

晚上，一捆干柴压着爷爷回来了，爷爷弯着身子蜷缩在柴捆里，只能看到一个汗津津的额头。他扯着爷爷的衣襟要爹要娘要生日蛋糕，爷爷放下柴捆，喘息着，好久才立起身，绿着脸红着眼，倚在门口向远处眺望，进屋转了一圈，又跑到门口张望……

反复几次，最后抱起羊粪蛋儿说，你等着，爷爷去问问村主任，你爹记着村主任家的电话。他也要跟着去，爷爷说你走得慢，爷爷赶回来还要给孙子做蛋糕过生日。

羊粪蛋儿远远看见爷爷绿着驴脸爬上坡来，发现他时马上咧开大嘴笑，老远喊，村主任说你爹娘很快就回来看你了。

羊粪蛋儿高兴地打着滚儿从土堆上滚下来……

爷爷抚摸着他的小干头说，爷爷先给孙子过生日，一会儿你爹就背着一堆月饼，你娘抱着一个生日蛋糕，在坡下喊你去接他们呢。他问，娘抱动不？娘会买多大一个蛋糕？爷爷说，嗯嗯！你娘一定会赶回来，你娘知道今天是儿子的生日。

羊粪蛋儿点点头，咯儿咯儿地乐……

爷爷昨天从缸底翻出白面来发酵了，先把和好的面胎摁到面板上，开始没完没了地揉啊揉，揉成一个大圆球，轻放在面板上。爷爷停了手，在屋里翻找着。羊粪蛋儿拉着爷爷的衣襟闹，找啥啊，快做蛋糕！爷爷说真可惜了，没找到鸡蛋，老母鸡今天偷懒没给孙子下鸡蛋。羊粪蛋儿急得只跺脚，不要鸡蛋不要鸡蛋，快做蛋糕。爷爷连说好好好！回到面板旁，接着举手啪啪的把面团拍成一个大“蛋糕”。羊粪蛋儿兴奋地也伸出小手在“蛋糕”上拍，爷爷在他的手上轻轻地敲了一指头，臭爪子太脏，洗洗去。

爷爷突然又停了手，把拍成的“蛋糕”毁掉，揪下一块放在旁边，把面胎重新做成“蛋糕”。把揪下的那块面胎拿起来，在手里来回地捏，很快，一个活灵活现的面老虎立在了“蛋糕”上。

羊粪蛋儿头小脖子细，但属虎。

爷爷把做好的“蛋糕”放进笼屉，转头擦去羊粪蛋儿的口水问，馋不？羊粪蛋儿说馋！今儿还有更馋的，你猜猜爷爷在山上捡到啥了？羊粪蛋儿摇头说快拿来呀！爷爷抱起孙子走到院子里，在背回的柴捆里探手拉出一只野鸡，彩色的羽毛，长长的尾巴，可惜是只死野鸡。羊粪蛋儿抱着死野鸡，抚摸着好看的羽毛问爷爷，野鸡还活吗？爷爷说不活了，给你煮着吃。

快煮吧，和蛋糕一起吃。

羊粪蛋儿一直守在灶台旁，看着锅盖的缝隙里有一丝一丝的热气钻出来，随着热气的增多，慢慢地有馒头的清香渐飘渐浓，接着肉香也扑脸弥漫。羊粪蛋儿扳着爷爷的胳膊说，闻到味儿了，蒸熟了，快揭锅吧。爷爷说不急不急，再回回气，蒸不熟吃了闹肚子。

羊粪蛋儿的哈喇子流断了几次，爷爷才揭开锅盖。一个白胖胖的“蛋糕”晃得羊粪蛋儿眼睛疼，哈喇子再次流出二尺长。爷爷把“蛋糕”端上炕，羊粪蛋儿围着“蛋糕”转了仨圈，舍不得下口。他把耳朵凑上去，认真地听着。爷爷问，咋地，用耳朵吃啊？

“蛋糕”咋不唱生日快乐歌？

爷爷说，你吃吧，吃完了会在肚子里唱。

羊粪蛋儿就抓了一块，大口大口地吃起来。爷爷从锅里又捞起几块野鸡肉，放在一个大碗里，颤着双手端到羊粪蛋儿面前，然后挑了一块胸脯的肉，夹到孙子碗里，老人自己夹了一只爪子放在嘴里吮吸着吃。祖孙俩吃得两嘴流油。

爷爷问，这个生日过得咋样？羊粪蛋儿说好！爷爷想问那还想你娘不？顿了顿，没敢问出来……

吃过蛋糕后，爷爷把孙子搂在怀里，轻轻地给他唱：祝你生日快乐……

羊粪蛋儿想起了嘟嘟会唱生日歌的蛋糕，就说爷爷我去上茅房。爷爷说去吧，快去快回。

羊粪蛋儿急匆匆地往嘟嘟家晃着跑，跑到嘟嘟家门前，就听到粪堆里有声音，停下一听，竟然是嘟嘟蛋糕唱的那首《生日快乐》歌。他循声溜下粪堆，找到了歌的发声地，却看不到会唱歌的东西，那里被一堆厚厚的垃圾覆盖了，他想把这些垃圾刨开，又怕弄坏了那东西，就趴在垃圾上，把耳朵贴在上面，静静地听。

祝你生日快乐

……

二

太阳回家不多会儿，黄土坡底有个黑影儿爬上来，是村主任。村主任最不愿意干的，就是爬村西北这道长长的黄土坡，爬这道黄土坡总是气不够用。他喘息着在半路歇了两回，才爬到羊粪蛋儿家门口，坐在门口的青石上，琢磨着进去咋跟祖孙俩说。

唉——，没法儿说也得说，羊粪蛋儿爹打来电话，说打工的厂子赶活，八月十五不让请假，说这批活是支援非洲的订单。羊粪蛋儿爹也说不太清楚，反正八月十五不能回来，这是铁定的了。那边羊粪蛋儿娘抢过电话哭着央求村主任去她们家一趟，好好和祖孙俩说说，让爷爷给羊粪蛋儿买个大大的蛋糕，完了又说钱已经打到卡上了。

村主任琢磨着进了屋，屋里亮着灯，却见羊粪蛋儿爷爷躺在炕上。他喊，这么早就睡觉？老人没动。村主任上去推，还是不动。村主任警觉起来，试试鼻息，扳扳眼睛，发现是昏迷了。村主任去喊邻居嘟嘟的爹。嘟嘟的爹拿着手电筒跑出来，手电光晃在粪堆里，看到趴在那里的羊粪蛋儿，跳下去一看，孩子也昏迷了。

村主任催着嘟嘟爹，开着三嘣嘣农用车，下坡上梁越坑颠凹一路狂奔，连夜把祖孙俩送到乡医院。医生说是中毒，可能是农药，不过吃的不多，没有生命危险。折腾了半夜，俩人总算捡回了命。第二天中午，村主任和嘟嘟他爹又用三嘣嘣把他们送回家。

死过一回，终于活着回到了家。这时，羊粪蛋儿更想有爹娘立在身边，或是有爹娘在屋里屋外忙忙碌碌的身影。可是爹娘还没有回来。羊粪蛋儿趴在爷爷的怀里哭着要娘。爷爷把他搂紧，哆嗦着嘴唇叨叨着，娘马上回来，娘马上回来……

村主任见不得祖孙俩抹眼泪，转脸检查他们昨晚的食物。里屋靠后墙摆着一个连二的木柜，一节柜里放衣服，一节柜里放着一些算是贵重的杂物，也就是一些账本、证件什么的。里屋还有一个水缸，旁边放着一个脏兮兮的塑料壶，里面盛着麻油。村主任转到外屋，在一个砖台上看到一堆野鸡毛。

村主任喊来羊粪蛋儿爷爷，指着野鸡毛问，这野鸡是你套的还是药死的？老人说是山上捡的。村主任唠叨他，你看你多粗心，这死野鸡可能是被人药死的，闹不清楚的死野鸡你也敢吃？还给孙子一起吃？实在是想吃，咋不先给狗吃点？随后把剩下的半碗野鸡肉扔到了门口的粪堆上。

看看俩人好多了，他把老人摁回到炕头，把羊粪蛋儿抱在怀里，低头酝酿了一下情绪，抬起头用兴奋的语气说，你爹娘八月十五不回来了，说是给咱国家做活，做支援非洲的活，知道非洲不？市长请他们到大饭店吃饭，市长还亲自给你爹你娘夹菜哩。给你爹夹的是荞面粉坨子，给你娘夹的是豆馅的年糕。村主任说完一抬头，发现羊粪蛋儿早昏睡过去……

羊粪蛋儿醒来时，发现躺在村主任家的炕头上，炕头那种淡淡的温暖，像娘的怀抱，他想娘了，就哭。村主任媳妇也掉泪，说孩子别哭了，你爷爷去信用社给你取钱买生日蛋糕了，你娘给你寄回好几万块钱，说是给你买最大的蛋糕回来。全村，不是，是全县数你的蛋糕个头大。

有多大？

有，有斗盆大，不，有磨盘大。

能唱《生日快乐》歌不？

能，比咱村的大喇叭唱的都高！

羊粪蛋儿咯儿咯儿地乐……

爷爷乘村主任的摩托车赶到乡信用社，想取钱，却忘记了密码。信用社里有个人是他远房亲戚，他想向人家张嘴借点钱，顺便在街上给孙子买个生日蛋糕。

营业室的玻璃窗里坐着一个姑娘，正在那里忙碌着，有几个人堆在窗口排队办业务。别管是存钱还是取钱，都有钱在人们手里传递着。爷爷盯着这些“花花纸”，心里凉凉的，又一想，年轻时候都没挣下个钱，现在更别想了。他摇摇头退在一边，蹲在一个角落里等。人们终于散尽，他立起身走到窗口问,赵老二在吗？姑娘看了一眼老人说,他今天去县里办事了，后天才回来，你有事吗？

没，没有……

傍晚，爷爷把他家的老白牛也找回来，爬上炕喘歇了一会儿，说要给羊粪蛋儿做月饼吃。羊粪蛋儿也饿了，一饿就想到昨晚爷爷做的“蛋糕”，当然也就想起嘟嘟蛋糕唱的《生日快乐》歌。

爷爷把白面放上面板，眼睛盯着雪白的面胎揉啊揉啊揉啊，爷爷一声叹息后，终于停止了揉面，先揪了七个鸡蛋大的面剂子，揉成圆圆的球状，然后又放在面板上，用手轻轻地拍啊拍啊，好久才拍成月饼的模样，然后走出屋子，从门口的对联上撕下一块红纸，舌尖上沾湿了，在“月饼”上歪歪扭扭地写了两个字，爷爷对一直急吼吼地守在一旁的羊粪蛋儿说，跟爷爷念：月饼。

羊粪蛋儿流着哈喇子说：月饼。

爷爷念过小学，爷爷说要让他念大学。念着红红的月饼两个字，他和爷爷都笑了。

爷爷似乎还觉得缺点什么，想了想，就找来一把胡麻籽，先在“月饼”表面滴上几滴胡麻油，用手指小心翼翼地抹开了，再把胡麻籽撒上去，然后一个个地放在笼屉里……

羊粪蛋儿晃出家门，以前是脖子脑袋晃，因为刚刚中毒，现在身子也在晃。终于又趴在粪堆里了，好在那歌声还在，但明显的很低很低了，像是在地下，又像是来自天上。

祝你生日快乐……

羊粪蛋儿最后确定，那《生日快乐》歌来自天上，他在美妙的音乐声中迷糊了一会儿，饥饿让他醒来，他想回家看看爷爷做熟月饼没有，又舍不得离开《生日快乐》歌，很明显，这歌声越来越低了，低的随时都会停息。

羊粪蛋儿转动着他的羊粪蛋儿脑袋，芨芨棍儿脖子。他看到了村主任丢在粪堆上的野鸡肉。他伸长干细的胳膊……

夜半，爷爷把羊粪蛋抱到门前的土堆上。

羊粪蛋儿就趴在土堆上，唱着生日歌，瞭他娘!

坡下真的上来一个人，是村主任，手里端着一个雪白的生日蛋糕。像是天上的月亮，一下晃得羊粪蛋儿睁不开眼，但嘴咧出了笑。

秧歌老太

一

福根老婆手里端着一碗糕，站在碾盘上喊："你下来！"

福根骑在三丈高的树杈上："就不下去！"

福根老婆："有本事你死在树上！"

福根："你答应让我娘入我们祖坟！"

福根老婆抬手将一碗糕摔在地上，然后从地上捡起糕扔向福根："你娘本来就是后嫁来的，可以和前夫合葬啊！你，你要气死老娘啊？"

福根哭丧着脸："老娘早被你气死了。"

福根老婆："还是气死晚了，早气死她几年，咱孩子也不会死！你想让她和孩子在阴间再住一起？你是嫌孩子还没死够？"说着蹲在地上哭得直抽筋。

孩子刚出生 7 个月，赶上秋忙，福根老婆就坐不住了，坚持下田干活。福根劝不住，孩子只有丢给娘照看。福根夫妇每天身在田地，心却留在孩子身上，干完活就小跑着往家赶，有时干着干着丢下活跑回家看一眼孩子再去。回去看到的情景大致相同，孩子玩累了，趴在炕上睡。秧歌老太慢慢把孙子翻过来，又在身上盖了一块布片，秋天闷热，不能盖得太厚，孩子拉扯热了，身体会常闹毛病。秧歌老太就坐在孩子身边端详孙子。孙子的眉毛还很淡，但能看出长大了一定是两道浓眉。两只椭圆的大眼睛，虽然闭着，也很是有神。孙子的鼻子宽厚。上次秧歌老太还问福根媳妇，人们为啥喜欢高鼻梁呢？高鼻梁不都是外国人吗？有啥好看的？咱孙孙的鼻子才好看。

一天下午，福根媳妇刚到地里，心里一阵烦乱，丢下镰刀就往家跑。院门开着，家门也开着，只见婆婆半个身子朝里，半个身子在外，趴在门槛上。福根媳妇推了她一把，只见婆婆睡得正香，哈喇子流在地上，湿了一大片。忽听里屋有动静，接着一条狼狗窜出屋子，从秧歌老太的身上一个飞跃，跳了出去。福根媳妇急忙跑进里屋，孩子蜷缩在灶坑，浑身是血……

事后，秧歌老太打死了村里所有的狼狗，狗的主人没有阻拦，只是她坐在死狗身上号啕大哭时，陪在她身边默默落泪。

福根媳妇抱着孩子的尸体三天三夜不吃不喝，从那以后，再没有和秧歌老太说过一句话。秧歌老太一个人搬到一个破窑里，再没敢跨进儿子家半步。有时候走着走着一抬头，发现到了福根家门口。更糟糕的是，福根媳妇就站在门外，瞪着狼狗一样的眼睛，她吓得低头转身逃跑……

后来，福根和老婆又有了一个儿子。秧歌老太每天半夜趴在福根家墙头上听。她熟悉孩子的每一声啼哭，分辨得出哪声是饿了，哪声是困了，哪声是该换尿布了，哪声是想让妈妈抱抱他。渐渐地，哭声中有了牙牙学语，有了清晰的喊妈妈，后来喊爸爸，再后来喊姥姥姥爷。一直听了五年，秧歌老太也没听到她最想听的称呼。福根家的院墙外，每到半夜，总会竖起一截“石碑”。这截“石碑”后来消失了。村里的狗都知道，狗通人性，谁也没有说出去……

孟婆端着一碗汤，立在桥头喊："你下来！"

秧歌老太站在云头："我就不下去！"

昨天，秧歌老太在磨盘上等待日落，近几年，等待日落是她生活的全部。一连三天，老不死的没有来碾盘上和她拌嘴。老不死的真的死了？死了也不吱一声？

这时，土黄色的夕阳在山梁上一颤一滚，又成了一个圆圆的洞。她再次看到那个熟悉的背影，抬腿跨进土黄色的洞，那洞深邃而安详。不同的是，这次隐约看到那背影有一个缓缓的招手，秧歌老太便从磨盘上飞了起来……

她越飞越高，耳畔暖风习习。她快乐地向夕阳追去，而夕阳却在一瞬间消失在天际。她霎时没了目标，她要下去，她要回到那个碾盘上，老不死的还没有从这个夕阳的洞里走掉，他现在可能还在碾盘上等自己。

然而，脚下突然升起一朵白云，托住她的双脚，并且开始飘移。她急切地向下张望，村落摊在山梁，老榆树杵在村子中间，遮挡了秧歌台，遮挡了大碾盘。但她能看到，秧歌台上堆满了人，都围着大碾盘看，大碾盘上没有老不死的，而是自己蜷缩在上面。自己咋还在碾盘上？还睡着了？她还想看得清楚些，可脚下的云驮着她继续飘远……

她哭了，那个老不死的竟然骗自己，他没有走，却把自己骗上这朵该死的云彩，他好自己独占秧歌台。哼！记得当年那个月夜，她和老不死的在秧歌台上扭了很久，最后决定，从今往后，自己扭给自己看。她找齐了村里的老姐妹，组建了村里的秧歌队。他整齐了村里的老兵，组建了村里的游击队。他们每天在秧歌台扭秧歌，练兵。每天都活得很"累"，累出一种农村原有的滋味。后来，外地打工的子女们回到村里，把城里的广场舞教会了各自的老娘。她们开始过一种全新的日子。每天呼吸着清新的空气，过着城里人的生活。他们幸福着，后来各自的队伍逐渐壮大，场地不够用，老不死的就生出了幺蛾子。

她看到老榆树上的鸟窝，果实一样结满了树冠，想起以前老不死的淘气。一天，她们几个老姐妹正扭得兴起，头顶老榆树上鸟叫得惊慌，老榆树的树冠大，鸟窝众多，不知咋的，所有的大鸟都在树冠里不安地飞来飞去，接着就是鸟粪像零星的雨点落下来。姐妹们只得散开，她一回头，正好看到他拿着弹弓躲在树后打树上的鸟窝，气得跑过去一脚踢在他的屁股上。

一只毛毛虫抓着一条细线从树枝落到地面，她发现这条毛毛虫和过去他为自己挑开的那条很像。她每次扭秧歌，他都在场起哄。但她在他的眼里看到了一种东西，她分不清是不是欣赏。那天，他绕到树后，用一根长树枝去她头顶瞎晃，结果树枝上的土掉在她头上，她骂了他。他低着头收回树枝时，她看到树枝一头有一只毛毛虫。他是在为自己取掉吊在头顶的毛毛虫？她最怕毛毛虫了。

最可恨的是，一天早上，姐妹们扭得正欢，他拿着两块木牌来到老榆树下，摆开一看，一块写着秧歌队，一块写着游击队。他还得意地说："这秧歌台单日挂游击队，双日挂秧歌队。"

秧歌老太站在云端，不论她咒骂还是哀求，那团云还是向前飘。她用脚狠命地跺云，软绵绵地使不上劲儿。

一条金光闪闪的河流出现在脚下旷野，河上有一座金光闪闪的桥，桥头立着一个金光闪闪的婆婆，手里端着一个金光闪闪的大碗，碗里的汤也闪着金光……

婆婆左手端碗，右手冲她点指。秧歌老太俯身看去，见婆婆面无表情，目光呆板，就心生不安。婆婆喊："你下来！"

"下去干啥？"

"喝汤！"

“喝汤干啥?”

“喝汤就忘记你那个老不死的了。”

“我不!”

“你下来!”

“我就不!”

二

这时，村人围拢到福根家，虽然不能说服福根老婆，但总得帮帮福根，现在最有用的方法，就是与福根在一起。院子里，黑色苫布围起灵棚，像个黑皮西瓜在风中摇晃。“西瓜瓤”是一口上好的红木棺材，“西瓜籽”便是秧歌老太的尸体了。

而此时福根不在院子里，他一身褶皱的旧军装，蜷缩在老榆树下的碾盘上，发灰的老眼瞪着院里的棺材。他曾是一个军人，现在是老安平游击队的副队长。他不看重人的肉体，这副臭皮囊埋在地下的全部价值，就是肥沃一下周围的黄土地。他厌恶人们对这臭皮囊所做的功。更想不通整个殡葬过程，几乎成了一种宗教仪式，烦琐而庄重。他喜欢一个关于发丧的笑话：一对域外神仙过路，正遇发丧，一家人围着棺材哭哭啼啼。小神问老神:“他们应该关注灵魂的去向，咋对即将腐烂的尸体如此眷恋?”老神撇嘴:“这些人，死了牲口都烧熟吃了，因为死了亲人不能吃，才急得直哭!”

肉体无用，也得入土为安。肉体腐烂，总得去土里腐烂。可老婆放出狠话:“如果让你娘入祖坟，那就把我的墓穴一块挖好，我要过去看好我死去的孩子。”“唉！这咋整呢？臭安平死安平，老安平你也去死吧!”福根嘴里嘟嘟囔囔地骂着。他原以为老安平会帮他，关键是这老汉能帮他，老汉不但懂得阴阳，威望也是村里的“神”。可是就在刚才，他站在这个碾盘上点将出兵，去打上甘岭战役了。我娘死了，这秧歌台没人跟你抢了，你舒心了！哼！我娘在的时候，你敢这么放肆？娘啊！你让他在这次“战役”中牺牲吧。

这时，村东传来阵阵喊杀声。

一个圆形脑包，长在村东梁顶，是三里五村的制高点。据说是汉代古墓，也是村里那些老兵的上甘岭。喊杀声从梁底响起，一群老汉，清一色草绿色旧军装，武装带颜色五花八门。他们两手端步枪一样端着拐棍，弓腰往上甘岭“冲锋”。冲锋也就是看样子像冲锋，他们迈着串门儿的步子，也不担心上甘岭上敌人的“炮火”，更不管背后的妇女将几把唢呐吹成杀猪声。一个老兵被草根绊倒，冲在前面的老安平就笑，拐杖伸过去，老兵抓着拐杖站起。

老安平直起腰，军帽上的红五星闪着光，衣领上红粉笔画的上校军衔有些掉色。有小孩跑来，拉着老安平的拐杖喊：“团长，福根爷爷骂你呢。”

老安平一指自己的军衔：“喊上校。”

小孩一个敬礼：“报告上校。”

“没见正在打仗？哪能说撤就撤！”

小孩说：“福根爷爷说他娘的棺材没处放。”

老安平说：“放我家去！”

身边的老汉一指上甘岭：“要不先攻下阵地？”

阵地上，几个老兵趴在古墓顶，把拐杖抵在肩窝，斜眼瞄准，嘴里啪啪地发着开枪的声音。

老安平一挥手，部队继续进攻。终于冲到脑包下，几个老兵身子一歪，躺在草丛里不再动弹。老安平就用拐杖敲他们的屁股：“进攻啊！偷懒。”一个老汉抬起头说：“总得有几个被打死的吧。”老安平撩起衣襟擦了把汗说：“咱得到顶上负伤，等女护士来背你啊！”老汉挣扎着站起来，俩人一起向上爬。快到顶时，上面伸下来两根拐杖，把他俩拉了上去。同时问他俩：“这打个小仗，咋又拼命了？”

老安平说：“负了伤，女护士才来背咱。”

榆树沟村如其名。全村七十多个院落，被上帝羊粪蛋一样，随手撒在一道黄土梁上。一株遮天蔽日的老榆树，站在村子中央。福根家是老榆树的邻居，也是他最不待见的邻居，每天上午的阳光，都被老榆树遮挡。同时遮挡的，还有树下一个平台。平台不高，老年人也能抬腿上去，十丈见方，青石砌成，用土黄色的马牙石条镶边，建造年代不详。以前村民叫这里秧歌台，逢年过节表演小曲儿的舞台。新中国成立后，又多了一个名字：点将台。早些年，“秧歌台”和“点将台”还能和谐相处，到了二十世纪八十年代，两家就有些水火不能相容。以秧歌老太为首的村妇们，每天占着秧歌台扭秧歌、演节目。以老安平为首的一些打过仗的老兵们，要在这里讲打仗的故事，操练队形。后来，村里的青壮年都外出打工，观众几乎消失殆尽，双方的队员和士兵也走的所剩无几。这个平台就成了野草的家园。

忽然有一天，这些昔日的冤家陆陆续续地又聚到了老榆树下，待在村里的，下不动地的，外出的，打不动工的……

他们每天打招呼：“喂！这么早到这儿干啥呢？”

“数星星……”

“嗨！你呢？坐在这里大半天等谁呢？”

“还能等谁？等死啊！”

“真的假的，死说要今天来？”

“嗯嗯！”

“那我也得等啊！好几年没见了，怪想它的。”

“嘿嘿，你个老不死的，儿孙也没见你这么想过。”

偶尔一只家雀屁股一撅，脑袋一歪，落在一个人的大腿上，嘴里叼着一条毛毛虫。毛毛虫淡绿色，一节一节地蠕动，像一串小小的绿宝石，额头一只角摇摇摆摆。旁边伸过一只青筋暴突的枯手，想去家雀背上抚摸。家雀不领情，一抖翅膀，扑棱一声就上了树梢。一团鸟窝微微晃动，稚嫩的叽喳声掉下树来。树下，一条条抻长的脖子竖成林子。一个喉咙蠕动：“唉，你个傻雀儿，你就喂吧，喂大了，就飞远喽……”

一天夜里，老安平早早躺下，一些无聊的过往插着队往脑子里钻。他的头越来越大，心情持续烦躁。他突然翻身坐起，以最快的速度穿好衣服，下炕趿拉着鞋就往外跑，他怕慢了会疯在炕上。

刚出家门，迎头一瓢月光，从头到脚浇了个透心凉。他安静下来，仰望那轮圣洁的月亮，想嫦娥会不会出来跳舞？

安平老汉想着，自己摇着头，漫无目的迈开了脚步。忽觉前面有人影晃动，才发现走到了秧歌台。台上有一个欢快的舞影，细一瞅，分明是在扭大秧歌。安平老汉转念一想，这大半夜的，别是鬼吧。他哧溜藏在一个墙角，从身上摸出打火机，如果那鬼扑上来，就烧它。

大秧歌扭得越来越熟悉，终于看出是秧歌老太了。他怕直接走到跟前吓她一跳，就老远地发出一个声音适中的咳嗽。秧歌戛然而止，安平老汉走出墙角。

“憋了多少年了？”

“你算算。”

“嗯，怎么也得有二十年。”

“你憋得慌吗？”

“这不是半夜不在被窝了么？”

“呵呵……”

“嘿嘿……”

两个大秧歌，在月光下放肆地扭起来……

三

福根找到老安平说：“我娘死了，我也得死！”

老安平一撇嘴：“你有这么孝顺？”

福根望着天，天上一水的蓝，他的眼光没处搁放，就又收回来，放在村里的老榆树上，这才有气无声地说：“我老婆不让我娘入祖坟。”

“你娘命苦！”

“有时想想我也能理解媳妇。”

夜半风起，一直刮到天明。黑云退尽，苍天蓝得神秘，土地黄得安静。高空，一只鹰展翅不动。旷野，福根慢慢走向坟墓。太阳追过来，把鹰的影子投向大地。于是一个硕大的十字架印上黄土地，福根被这阴影笼罩着，望着不远处父亲的坟墓，不觉浑身战栗……

福根终于爬到墓坑边，里边阴气重重。福根也年近七旬，他瘫在一堆干牛粪上喘气，他不敢直接下墓坑，他需歇歇喘喘抽袋烟，不然一头栽进墓坑，临了棺材都省了。

“哇——哇——”

两只乌鸦轰然飞出墓坑，发出诡异的泣鸣。福根的心惶惶的，飞出的不就是两个啜泣的幽魂？他的头皮一紧。

这是他家祖坟，墓穴昨天雇人挖开。挖墓人把着酒杯吹：“你爹的棺材还没沤，我们挖开的明堂，别说你娘的棺材，再放一个鬼小三也还松宽。”

福根鬼鬼祟祟地抻脖探头，拿捏眼皮慢慢睁开。这时太阳吊在中天，明堂宽大。旁边露出一块长方形木板墙，是他爹的棺材帮。

福根抬起头，立在黄土梁的坟墓旁，天地晃在眼前。太阳依旧辉煌，浑厚的黄土梁上，野草静静地向上生长，泉水默默地向下流淌……

福根从家里到祖坟，来回几次，也没有溜达出一个好主意，无奈回返，一只黄鼠狼窜出草丛，对着朝阳拜了一拜。一只蝴蝶从草尖弹起，震落一滴晨露，融入草根下面一汪水面，了无声息，了无水痕……

秧歌老太的尸体搁了三天了，明天必须下葬。请来的和尚盘坐在磨盘上念经，福根蹲在磨盘下一动不动，像在等死。

老安平一脚把和尚踹下磨盘："别念了，把秧歌老太给我配阴婚吧。"声音淡淡的，像他嘴角吐出的烟……

爬起一半的和尚跌坐在地上："你，你还活着呀！"

"我先娶个鬼妻行吧！"

"行行行！"

太阳坐在山梁上歇息，看着村里一片白花花的孝服，围着一具棺材呜呜哇哇地哭。有人一声吆喝："起灵了！"福根背起棺材大头，众老兵帮着抬起棺材。这时太阳也缓缓起身，继续向宇宙走去……

秧歌老太的尸体虽然只放三天，她的亲朋也都赶了回来。尽管在外打工身不由己，路费也让心颤上几颤，但送亲人最后一程是每个人的必须。

四根竹竿，八个肩膀，抬起这"八抬大棺"出了村。秧歌老太的孙子在前面扛着引魂幡，棺材后面一长溜身着各式孝服的孝子贤孙。远远望去，是一条流动的河，一条泛着白色浪花的河……

一列风儿追来，这"浪花"扑啦啦翻动作响。前面的引魂幡被吹成一个白色的火把，烧向天空。

福根和老安平走在送葬队伍的后边。福根问:“风不会把引魂幡吹散吧?”

“吹散又咋?也就是个样子。”

“挖墓的钱我出了!”

“不用,按我说的尺寸挖的吗?”

“是,能放两口棺材。”

“好!”

送葬的队伍移出村口,转过一道土崖,棺材停下,一群孝子贤孙不再前行。和尚让他们再哭几声,便相互搀扶着往回返。他们走了一段路,停下脚步,回望渐远的“八抬大棺”。没了送葬的队伍,棺材在荒野显得孤单。

风停了,云发呆,辽远的黄土梁上,一具棺材渐渐远去。和尚手提竹篮跟在棺后,每走几步,从竹篮里抓起几张纸钱,随手丢在路上,纸钱在风中翻滚着,一抖一抖地一路飘零……

路边,两头黄牛相对而卧,彼此脸挨着脸,悠闲地咀嚼着,阳光暖暖地浮在牛毛上。秧歌老太终于到了安平老汉家的祖坟,棺材放进墓坑,和尚拿出罗盘调了方向说:“埋吧。”

福根家的祖坟有30多个坟包,看上去有十几代了。这些人活着啥样不清楚,但最终都会被“八抬大棺”抬到这荒山野岭,埋进荒草摇曳的坟。坟塬上有一棵参天的杨树,一棵大树正如一个家族,一半在地上一半在地下,没有地下盘根错节的祖先根,就没有地上枝叶般繁茂的子子孙孙。子孙们随秋叶飘落,去补存地下的祖先根,一批新芽又在返青的树梢萌动……

一掀一掀的黄土,一个圆圆的坟。

老安平突然开口唱:

“对坝坝的那个圪梁梁上那是一个呀谁?

那就是我要命的二小妹妹。

……”

红红的夕阳飘在山野，被风吹薄，吹散，露出老安平坐在秧歌老太的坟头。

有星星跳上山脊，探头探脑地听。

“我们今天结婚了，你高兴吗?”

“高兴!”

“嘿嘿，知道你高兴。给我也生个儿子吧，我等了你一辈子。”

“唉，你忘了你被鬼子的炮弹炸坏了下身？我也被震出可能随时睡着的毛病。就算你能让我生下孩子，我这随时睡着的毛病，也没法照看孩子呀!”

“我们成了鬼，身上这些毛病早飞了。”

“也是啊。那咱生他一个?”

“生他七个，嘿嘿。”

“又说了，你给福根看第一个孩子的时候，不是尽量不出院子，还准备了针随时扎清醒自个儿吗?”

“我发现院里有条狼狗，心说出去撵狗的时间不会犯病吧。哪知刚撵出狗，就感觉不对，赶紧往回跑，哪知刚到门口就睡着了，还正好把屋门撞开。呜呜——”

“别哭了，这都怪我，当时我在阵地上就不该让你往下背我，你一个女护士，咋能背得动呢？不背我，就不会遇到那颗炮弹，就不会震出随时睡着的毛病，孩子也就不会那么惨了！这一切说到底都是小日本造成的呀!”

第二天，人们发现老安平依旧坐在秧歌老太的坟头！过去一看，早死了。

与人物共情

——简评《秧歌老太》

谢有顺

《秧歌老太》是这样一种小说：读起来并不轻松，却又不是一味严肃或沉重，总之无法以惯常的预期与单一的情绪来一言以蔽之。它所引发的阅读感受，乍一看是冲突的、跳跃的，甚至是有几分“尴尬”的，然而仔细一品，又分明有一种颇为奇异的“意味”——这意味难以言表，却显得丰富、悠长，很容易让人想到美学家克莱夫·贝尔所谓的“艺术的意味”，甚至还会让人联想到胡安·鲁尔福的《佩德罗·巴拉莫》。

何以如此？原因也许就在于这篇小说本身所具有的“矛盾”和“对立”。作为一部叙事作品，《秧歌老太》是正剧，喜剧，还是悲剧？它没有轻易给出单一的答案。从“秧歌老太”这颇有几分民俗式喜气的名字中，你恐怕想象不到它会以死亡而且是无有葬身之地的死亡作为开场。事实上，这个名字本身，便是一对既对立又统一的矛盾组合——秧歌的欢快和热烈及其所指向的青春和活力，正相对于“老太”所暗示的年迈和衰弱。你更想象不到，死亡竟会戴着闹剧的面具出场：儿子为了把母亲埋在祖坟，不得不爬到树杈上跟老婆耍赖。待我们刚刚消化掉这有些啼笑皆非的矛盾所带来的冲击，死亡又一次出场了，这次它无比严肃，先是残忍地将一个婴儿意外夭折的往事推到我们眼前，接着冷酷地将秧歌老太逐出了家门。可是，悲剧由此现出真身了吗？并没有，不待我们从伤感中回过神来，作者又再次以不同寻常的形式，让徜徉在云端的死者同孟婆争吵起来，又上演了一幕颇有些调皮的小闹剧。而接下来发生的，是愈发荒唐的重头戏：活人娶死人为鬼妻。年已古稀还喜欢玩打仗游戏、希望负伤后有小护士来包扎的安平老汉，以玩笑般的态度轻描淡写地做出了一个郑重的事关生死的决定。如此忽而悲惨忽而玩闹、一下严肃一下荒诞的事件走向，实在超出了我们的心理预期。谁又能想到，在表面的荒唐和无情之后，竟是一场生死相随的爱情悲剧、一场叵测无常又因果循环的命运悲剧呢？最终，面对故事的“悲喜”结局——新的死亡换来一个各得其所、皆大欢喜的结果，我们已经不知道是该欣慰，该同情，还是该悲哀了。

在这一矛盾之外，《秧歌老太》还以参差的甚至是相互矛盾的叙事手法，奇异地，也是鲜明地，表现了诸种情感的对立和冲突：福根老婆对夭折儿子的爱和对秧歌老太的怨；秧歌老太对不同人的死亡的痛恨、不忿和欣然；安平老汉对自身命运和老太之死的坦然、淡然以及背后的无奈与深情。作者在写实与“魔幻”之间的跌宕变换，在真实与想象之间的转折往返，让我们渐渐看清了树杈上的儿子福根、云朵中的秧歌老太、坟头上的老安平，看懂了秧歌台上的秧歌舞和“上甘岭”的游击战，也理解了生者与死者各自的隐痛和互相的情感。而最终，我们自己会陷入一种悲喜莫名、感慨万端的情绪之中，也许，比起纯粹的悲伤或疼痛，这种不无矛盾的复杂感受，更加令人难忘。

然而，所有的矛盾和冲突，都只是小说的表象。它们所指向的，其实是一个统一的内核。拨开那些死亡和荒诞，会发现《秧歌老太》所讲述的，归根结底是一个爱情故事，而这个爱情故事里，浸透了小人物的命运悲剧。显然，小人物的命运观照，是这篇小说的精神核心。从这个意义上来说，《秧歌老太》的故事，应该是悲剧——小人物的命运，无论以什么样的方式来反映和描绘，都天然具有悲剧的属性。而表层的那些矛盾和对立，也都在这个核心下得到了精神性的统一。

那么，“小人物的命运”这一核心的作用，仅仅在于统一矛盾并确定小说属于何种小说吗？当然不是。我们固然承认，它所具有的天然的悲剧性增添了小说的力度，就如特里·伊格尔顿在《人生的意义》中所说："悲剧乃是诸多无乐观方案的人生意义问题中最有力的之一。"但更要看到，正是这一核心，彰显了《秧歌老太》作为叙事作品的精神根源，也体现了它的价值取向和追求。美籍华裔作家哈金在一次采访中曾说，伟大的小说写作有两个传统：一个是托尔斯泰的高大、灵魂闪光式的人物，比如安娜·卡列尼娜；另一个是果戈里的小人物，从《外套》开始的"虫子一样"的小人物。看一看《秧歌老太》中的秧歌老太、老安平、福根、福根媳妇，这些被命运碾压的角色，难道不都是从这个"小人物"的书写传统中衍生出来的吗？也许，在现实世界，这样的小人物天然存在，或者说，无处不在，对此，陀思妥耶夫斯基有一个更为明确甚至绝对的说法：我们都是从果戈里的《外套》中来的。没有《外套》所开启的叙事传统，没有像《秧歌老太》这样的精神继承，这些"虫子一样"的小人物，只能作为面目模糊的群体被命运的洪流淹没。当然，也只有对渺小生命、卑微存在有着真切感知和体认的写作者，只有对小人物真正同情并与之共情的写作者，才能让他们回到《外套》中去，让他们作为一个个鲜明的、有着内在灵魂的个体，在叙事的传统中得到永存和流传。

嫁

一

二十岁生日这天，我遇见了我的第八任丈夫。

六叔坐在炕头上，一只手卡着人家刚刚敬上的大青山牌香烟。听六叔找来的当地媒人说，热炕头和大青山牌香烟在这里只招待贵客。六叔又喊，果子，这是你看的第三家了，行不行表个态。果子就是我，我根本就没看过别的人家，六叔昨天先带我到后山找了个媒人，两人嘀咕了一夜，今天一大早就把我带到这个老光棍家。人们喊他老疙瘩。听人说在本地老疙瘩还是昵称哩，意思是心肝肝，宝贝疙瘩。我端详着我的心肝肝、宝贝疙瘩。老疙瘩虽然年岁比六叔小不了多少，可人还算干净，比我的第七任丈夫可强多了。那个二讨吃——我心里总是喊我的第七任丈夫二讨吃，他天生一副黄板牙，最难忍受的还是他的口臭。我强迫他刷牙，我盯着他刷完一筒 50 克的黑妹牙膏，黄牙还是黄牙。上前闻闻，比原前还臭。当时我就决定以后三个月的夫妻生活决不让他碰我的嘴。

果子，到底行不行？六叔又喊。对了，六叔还特别关照让我喊他爸爸。我又看了一眼我的心肝肝、宝贝疙瘩说，我听爸爸的。这么说也是六叔教我的，他说这样会让人感觉到一种少女的羞涩，一听就是第一次嫁人。

老疙瘩一听就乐，我看见一口白白的牙齿，心想，还算幸运。六叔说，那爸爸就做主了，转头斜了一眼老疙瘩，你先别龇牙，我说出彩礼后你最好再呲。说着紧盯着后山那个媒人的眼睛。六叔的眼光很硬，像往媒人的眼里拧金条。媒人干咳了两声问老疙瘩，你信不信我？老疙瘩说，虽然我爷爷和你爷爷不是一块玩尿泥长大的，听口音咱的确是乡亲。后山我去过，不信你我不傻啊！媒人喊好！右手还配以动作重重地在右腿上一拍，就像拍卖会上的砸锤。既然双方都相信我，我就谁也不能骗。人家一个嫩黄瓜一样的女娃娃嫁你一个老玉米棒子图你啥？不就是人家女娃娃家里缺钱给母亲治病吗？一口价，一万块你掏不掏？老疙瘩皱了一下眉，转眼盯着我，眼仁里伸出两只手，把我剥开来看。这跟六叔相马一样。六叔说，一匹马值不值钱，一看牙口、胸宽，二看皮毛、蹄瓣。老疙瘩咬了咬后槽牙说我认了。我看见六叔和我一样松了一口气。

就在这时，杏九出场了。确切地说，我们这时才发现了进来多时的杏九。一个清清瘦瘦的少年。我和他的目光轻轻地一碰，他就把眼光藏了起来。再抬头的时候，他盯紧了六叔。只问了六叔三句话，六叔额头的青筋就蹦了六下。三句话是：你能证明你们俩是父女关系吗？能让我看一看你们俩的身份证吗？你能告诉我你们村委会的电话号码吗？

空气开始凝固。

作为我们飞鸽婚介公司的老总，六叔就是六叔，眼珠转都没转就说，哈，谁家的娃娃这么秀气，多大了？有媳妇吗？

杏九说，我叫杏九，老疙瘩是我叔。眼神不变，在等待六叔的回答。

六叔嘴里说着好娃娃，手里已变魔术一般多了三样东西。娃娃，这两张是身份证，这一张是我的名片。

杏九接过来正面反面来来回回地看。只见名片上写着：赵田贵，养猪专业户，下边是家里和村委会的电话号码。

这时六叔又适时地拿出了户口簿。杏九最终没有话说。媒人一见赶忙说，哎呀大侄子，信不过外乡人还信不过大叔我？他们家有几只拐耗子大叔都清楚。你看你老叔光棍多年，出门进门一个人实在是难，关系差一指头我都不会管这闲事儿。

老疙瘩用手拨拉了一下杏九，冲着媒人往脸上一层一层地堆笑，我侄子人家是文化人，遇事想得多，我念你的好不就得了。说着又塞给杏九十块钱，去小卖铺买点酒菜来！

这时，我说出了进屋后的第二句话。第一句是六叔问我的，这一句是脱口说出的，我说杏九我和你一起去。

路上，杏九性感的嘴唇蠕动了好几次，我说我知道你想说什么，你想问我咋能看上你老叔，你想问我是不是骗婚的。杏九回头瞅着我吃惊地点点头。

我说很简单，如果你脑袋里没学问，手上没技术，如果你妈妈有病没钱治，如果你嫁人是治病的唯一办法，你咋干？杏九点点头接着又摇摇头，默默地走了一会儿，突然说，我能叫你果子吗？待我同意后他说，下午我带你到镇上去转转吧，那里挺红火，卖啥的都有，也就五里路。我满口答应。

二

杏九他们这个村叫干雨岭，要去的小镇叫碳阳坡。杏九要用自行车驮我去，我说才五里路咱们走走吧。

这里和我的家乡一样，抬头抬脚都是能摔死牛的大山，不同的是山脚长成厚厚的黄土，山洪把黄土冲刷出无数宽窄不一的深沟。村庄大多是沿沟散落着，但也有不少和我们村一样是挂在山腰或是晾在山顶的。

昨日下了一场透雨，黄土路上高处是泥低处是水。我提着裤腿挑选着好走的路面。

一路上，我怕杏九总是追问我咋能相中他老叔的问题，就一直劲地问他的情况。他十八岁，初中毕业，现在和一个师傅学习车工技术。他说两年以后就去南方打工，听说那里的车工每月的工资在四千块以上。杏九没再问我什么，只是不住地叹气，一再地说委屈我了。他在为我叫屈呢，我心里一下有了一种怪怪的感觉。又怕他继续问，勉强笑了笑说，那你说我嫁谁就不委屈？嫁给你？如果你愿意娶我，我的彩礼给你减两千,八千咋样？杏九一下连脖子都红了，紧走了几步，不小心滑了一跤，摔了个大幅度的仰八叉。他爬起来一边甩着手上的泥，还不忘回头说，我就是打一辈子光棍也不会买一个媳妇生活。我这才知道，他的红脸不是羞的而是气的。

终于到了小镇，五里路虽然走了半个小时，可我觉得有半天的工夫。和杏九在一起我就有压力，他是我的克星。

小镇的确还算红火，街道也宽，两旁的买卖铺户很多。虽是农忙季节，街上的闲人也不少。我想杏九到了镇上就不会问这问那了吧。果然杏九不再问了，带着我正儿八经地逛起大街来，惹来满大街异样的眼光。我知道，第一，我的长相俊得招人；第二，我的长相和本地人有明显的不同；第三是我的口音，一开口更是自报家门。

杏九忽然转身对我说，果子，你闭上眼我拉你去看一个大稀罕。我想了想，杏九不至于害我吧，但我还是暗暗提醒自己只走三十步，估计也不会离开大街多远。好你个杏九，我回去非得给你老叔加上一千元的彩礼。

这时杏九拉起我的手说闭眼呀，等你睁眼时肯定是个惊喜。我一咬牙，闭就闭。虽然六叔和老疙瘩他们喝醉了，你杏九带我到镇上可是在喝酒前就和大家说了的，我出了事你跑不脱！当我默默数到二十五步的时候，杏九放开我的手说，睁眼吧。我一睁眼，眼前是一个国徽，是一个大盖帽上的国徽，是一双牛蛋眼上顶的国徽。我最终醒悟，面前竟然是一个警察。警察的眼里满是惊讶，因为眼睛太大，我看得就清楚。

一股冰水从头顶灌到脚心……

杏九的嘴却比刚才还灵活，我看见他的嘴动了。他应该是说，警察同志，她是个骗婚的南蛮子。警察站起来说，那就先铐起来。就去抽屉里拿手铐，我本能地把手往身后藏。手一动，我清醒了。听到的是：她可能是被贩卖来的。警察说，别怕，先喝口水。取出来的是水杯。

杏九认为我是被黑社会团伙挟持着，害怕我被他们以生命相威胁而不敢说真话，就悄悄地把我带到镇派出所解救我。

没办法，我只得再次拿出我的绝活，让眼泪在该流的时候流它个一塌糊涂，流它个面目全非。把我说了上百遍的卖身救母的故事再一次讲给这个牛蛋眼警察听。我讲一句心里就骂一句杏九的祖宗。决定给他老叔追加彩礼的数目从一千元一直增加到五千元才稍稍消了一点点气。

虽然我身上没带身份证，可哪有被拐卖的少女见了警察而不求救的道理。牛蛋眼被感动了，除了让我喝茶别的什么也没说。我看见那茶叶是我家乡的产品。说不定对我一飘一荡的那一片，还是我和林子亲手摘下来的呢。林子啊林子！

从派出所出来半天了，我摸摸自己的心还在咚咚地跳，像被猫逼到墙角的老鼠，抖作一团。我不敢想象杏九还会做出什么事来，他就是我身边的一颗手榴弹，拉线却套在杏九随意的想象上。

三

杏九相信了我，别人就没理由不信。杏九虽然只是初中毕业，可在这个一百多人的千雨岭学历是最高的。这倒是和我一样。在我们村，小学文化的我按六叔的话说就是戏文里的大学士。回来的路上，杏九离我远了一些。可能是他觉得我已是他的婶娘了。

当六叔、老疙瘩、媒人三个人的酒杯再一次撞得叮当响的时候，《老果条约》就在酒水飞溅中诞生了。《老果条约》是杏九想出来的，条约只有两条：一是老疙瘩和果子自愿结成夫妻；二是一手交钱一手交人。

酒杯一放，六叔带着当地媒人撒腿走人，当然没忘了带走一万元人民币。至于结婚也不急于一时，回老家开证明往返还不得几个月？再说了，人都留给你了还有什么不放心的。

六叔今天走是征求了我的意见的，他问我今晚行吗？我说正好就今天吧。于是六叔就说什么也不再住夜。害得老疙瘩以为是呛火了比自己大两岁的老岳父的肺管子。六叔连连摆手说没啥没啥，只是你可别欺负我们果子。你动她一根手指头，我就剁你两根手指头。

老疙瘩的炕上只有一卷行李，像一只死老鼠灰塌塌地缩在炕角。尿黄色的炕席烂了好几处，都用编织袋补着。地上有一个灶台、一个水缸、两节红木柜，后墙上有一块几年没擦的穿衣镜。两边还贴着一些明星挂历，是袒胸露腿的那种。只是由于多日没人擦洗，一层厚厚的灰尘早给她们穿上了一件深灰色的外衣。把该遮的全遮住了。这也难怪杏九不相信我是真嫁他老叔。

我说今晚我咋睡？老疙瘩一脸坏相说，咋睡，一块儿睡呗。我忍住气说，总得给我买一套新被子吧！老疙瘩说，谁不想搂新媳妇盖新被呢，可那得钱啊！一万元的彩礼有八千是借来的。再说了，晚上盖我就行了，还盖什么被子？说着就想往炕上抱我，我灵巧地逃出了家门。

在我的惊恐和不安中，让人窒息的夜晚还是来临了。星星大多躲到厚厚的云层里，阴黑的夜晚空气湿重而沉闷。我知道我要干的第一件事就是把老疙瘩灌醉。我用自己的钱到村上的小卖部买了一瓶白酒，想了想又买了一瓶。还买了一袋土豆粉条，听说这东西含矾量高，喝了上头。

老疙瘩一见酒高兴得把嘴咧到耳朵后面，冷不防在我脸上亲了一口。我说，听说你这辈子只爱两样东西，一个是酒，一个是骰子。老疙瘩一听连连说，小玩闹，小玩闹。我说没有怨你的意思，我是想感谢你收留我。再过几天我妈就能治病了。说着，我抬头看了看远方，我真的想妈妈了，虽然她一直很健康。

那一刻终于还是来了。老疙瘩醉眼朦胧中把我推倒在炕上，我看了一眼那团脏兮兮的铺盖直反胃。我闭上眼睛说，把灯拉灭吧。老疙瘩说，不！看来喝了一斤酒的老疙瘩还没有醉倒。他努着臭烘烘的一张嘴上来就寻找我的嘴巴，我始终没让他找到。我用力把他推到一边，接着做好继续推他的准备，却没见他再翻身上来，转脸发现他睡着了，少顷鼾声响起。

林子，可怜的林子，他可是连我的手都没摸过一下的，别说在我身边安稳地睡觉了。

四

我看在老疙瘩还干净的份上，本想老老实实地和他生活三个月，不曾想很快就出事了。

老疙瘩虽然前半辈子没娶过媳妇，最多也就偷几次别人的老婆，可对我的兴趣也仅仅是一个星期。在第八天晚上就把我一个人扔在家里一夜未归，早上才见到他身披霞光走进院子。他在窗下拿了锄头下地去了，我想追上去问问他，又一想，管他呢，我凭什么管他，不回家，哼，正合适。

这天白天，我闲在屋里没事，就出来到村里转转。小村就坐落在一个干涩的黄土梁头上，百十来间土房七歪八扭地堆在一个向阳的山洼里。房子后面有一些废弃了的窑洞，黑洞洞的口子看上去很吓人。村后是光秃秃的大山，村前是台阶一样的梯田，一直伸到沟底。沟底是一条公路，往左能到北京，往右能上大草原。一条土路在梯田里一绕一绕地伸到村里。

这时，我发现在第三个大弯里上来一个人，远远的，身材像杏九。扳指一算，杏九走了十天了。他说过每十天回一趟家。

正巧邻居张二婶和几个歇晌的人扛着锄头经过我的身后。呀！老疙瘩媳妇，瞭谁呢？哦，那不是杏九吗？张二婶话里有话，我的心不由地一震。难道自己今天立在村头真的是在等杏九？我没敢往下想。不会吧！咋会有这样的想法呢。六叔最怕我发生这样的事，所以每次都专拣荒凉、闭塞、愚昧、贫困的地方找买主。六叔认为这种地方不会有能让我有想法的人。

我接着张二婶的话说，是吗？我怎么看不出来？说着话和张二婶他们相跟着往村里走。一块儿相跟的还有两个男人，色迷迷的眼神似曾相识。慢慢地我想起来了，他俩都是光棍，前几天到家里串过门，一个叫根宝，一个叫三狗子。根宝说，老疙瘩这几天夜夜在赌场上，你要害怕就让三狗子和你作伴吧。三狗子用锄把在根宝的屁股上一捅说，你想和人家做伴就直接说，提我干啥。张二婶骂，老想着占人家的便宜，有本事挣一万块钱也买一个。根宝一脸坏笑地说，二婶，咱零买行不？今晚你要多少钱？张二婶一锄把打过去，疼得根宝嗷嗷地叫。就这，眼珠还不忘黏着我的胸脯。正好我也到了家门口，逃似的跑回了家。

晚上吃饭时，我对老疙瘩说晚上别出去了，我一个人害怕。老疙瘩说不出去就不出去，我也是想挣钱。一想到他不出去又会没完没了地折腾我，就又说，出去也行，早点儿回来。老疙瘩答应着放下碗走了。

老疙瘩一个人惯了，门上连个插销也没有，我只好拿根木棍从里边把门顶好，然后和衣躺在炕上。这时院里下起了雨，猛地一道闪电，一片蓝莹莹的光刺进屋里，霎时有一种地狱鬼府的恐怖。

我第一次毫不犹豫地拉起老疙瘩又脏又臭的被子把头蒙上。

六叔曾问我，半夜一个人睡觉最怕什么？我说最怕有人推门。当我清醒地意识到的确有人在推门时，吓得哆嗦成一团。因为老疙瘩从来是喊门而不是推门。

门被推开的一刹那，我急了眼，一步跳到地下，从菜板上摸起了菜刀，大喝一声，谁？你敢进来我就敢劈你！

咦！嫂子你醒了，我是根宝。话到人到，来人进了里屋门顺手拉亮了电灯，熟悉的好像是他们家。果然是根宝，还有三狗子。俩人嬉皮笑脸的一人肩上担着一件上衣，一人一件烂了窟窿的背心，脏得都看不出颜色。

我依旧举着菜刀说，大半夜的你们来干啥？根宝说，老疙瘩说怕你一个人不敢睡，让我们哥俩来和你做做伴。三狗子龇着牙笑。我一听就挥舞起菜刀说滚，再不滚我可真砍了。一见我真怒了，三狗子不笑了，叉着腰说，你凶啥，你凶啥，二十块钱呢。要不是看在和老疙瘩多年一起打光棍的份上，我才不答应呢。根宝说，那当然了，老疙瘩欠我的更多，二十三块半呢，他不想还钱，就求我们和你睡半夜顶账。

牲口牲口，你们都是牲口！我气得浑身哆嗦。三狗子趁势夺了我的菜刀，俩人一起把我抬上炕。我挣扎了几下，发现根本没用。眼看衣服快被扒光，我急中生智，喊，先别动，我有话说。他俩真的停了手。我忙又说，你们先放我起来，说好了我痛痛快快和你们睡，那可比这有意思多了。俩人觉着我根本跑不掉，就放了手，但坚决不让我穿衣服。我立在炕上，身上只剩下一件裤衩。我端详他俩的身材差不多，打起来肯定两败俱伤，就说，根宝，你把三狗子打跑了，我就和你睡两夜。根宝眼睛一亮，随后又说，不行吧，我们可是好兄弟呀。三夜……五夜……十夜……三狗子急了，你个小鸡子耍什么花招，你就接招吧你。说着又把我扑倒在炕上。我一看没办法，只得又抓又咬拼命挣扎。

因为我乱打乱喊，脑袋一片空白，忽然觉得手脚碰不到人了。一睁眼，杏九立在地上，手里提着那根我顶门的木棍。根宝和三狗子一边一个躺在我的身旁。杏九愣愣地紧盯着我，眼珠像浇了水泥一动不动。我低头一看，内裤早被撕掉了，慌得吱溜一下钻进被窝。

杏九这才醒来，红着脸说我不是成心要看你。我没话说，定了定神才问，他俩都死了？杏九一听也慌了，急忙去推根宝和三狗子。一阵叫喊，两个家伙才醒来，摸着头上的血包，搀扶着走了。

杏九在地上站了一会儿，说你没事我就先走了，你再把门顶好吧。我蜷缩在被子里，望着他一步一步走向门口，又在门口消失。就在他消失的一刹那，黑夜的恐惧挤满我的心头。

我又一次脱口喊：杏九别走！

杏九走了回来。

我说，我怕！

杏九说，我去喊老叔去吧。

我说，我不想见他。

杏九转身坐在炕上，我们谁也没再说话。好一会儿，我喊杏九，杏九转过脸已是泪流满面。就是这张泪脸让我觉得此时他就是我最亲的亲人，是我的父亲、母亲甚至丈夫。我伸出手把他拉倒在我的身旁，抱着他痛痛快快地哭了起来。

杏九说，果子我要救你。

我说，救吧。

杏久说，果子，我要娶你。

我说，娶吧。

这次，我没有想到林子。

五

太阳升起的时候，杏久终于痛苦地说咱们私奔吧，走得远远的，没有人烟的地方最好。我知道他干了一件牲口也干不出的事，他睡了他的婶娘。村里人会像勒狗一样把他勒死。他说他的心像被丢在油锅里炸。一方面他死也不原谅自己的乱伦，乱伦呀！自己咋会干出这种牲口事呢；一方面又割舍不下对我的疼爱。

我给杏九做了点吃的，他看也没看，只是一个人在地上打转转，不时在自己的头上捶一下。猛地又拉起我的手说，果子，我只有两条路，一条是上吊，一条是你和我私奔。望着杏九哀求的眼神，我的心软了。我怎么舍得他死呢，我第三次脱口而出：我和你私奔！

杏九一下疯了，我估计那是一种劫后余生的快慰。他不但不用上吊，还拥有了世界上最美妙的爱情。杏九一把抱起我，我们在地上旋转着，一圈又一圈。阳光照在土炕上，给那堆脏兮兮的行李镶上一圈金色的花边。

激动的海潮退去以后，凸现出两大现实难题：一是去哪里；二是人民币。杏九说，我家里只有二百块钱。他的眼神飘飘忽忽的，说得没有半点底气。

我怕他又再寻找上吊的绳子，忙说，我有一千块，你和我回我们老家吧。

杏九哭了——

一直到中午，老疙瘩也没有露面，我们编好骗他的话也就没了用场，干脆走人了之。村里人问起来，就说是到县城去买被子，这个理由没人不信。我们先到杏九家。杏九和他娘说他师傅的儿子娶媳妇，钱有些不凑手，想先跟咱借二百块钱。他娘想都没想就从柜里拿出一个红布包，一层一层地打开来，取出钱交给杏九。看着他娘望着二百块钱的那种不舍的眼神，我暗暗庆幸自己骗的不是杏九和他娘。

这里不像我的家乡，从我家走一百多里都走不到公路上。这里到了五里外碳阳坡镇，就有开往县城的小客车，招手就停。我和杏九上了车。卖票的是个一脸黑肉的胖嫂，手头也有劲，把车门关得山响。咣——我激灵打了个冷战，一下从所谓的爱情中清醒过来。我要去哪里？回老家？咋还有这么傻的念头？和谁去？杏九？杏九是谁？凭啥？凭他那张真切的泪脸？林子似乎比他更真实。凭他和自己睡过觉？那也太多了。我偷偷地看了看杏九，他此时也少了那种为爱情而私奔的兴奋，脸上弥漫的是太多的迷茫。我忽然觉得杏九只是我的一个累赘，这种感觉到了北京就更加强烈。

在北京站一下车，城市的色彩与车流就惊盲了杏九的双眼。脸色一变再变，像我们老家的变脸绝活，但每一张都是惊慌和无助。

我带他到了候车室，找一空闲的地方坐下。我问他，现在让你自己回家你行吗？他说差不多吧。虽然这城市晕眼，但我毕竟识字，再说我不是还有一张嘴嘛！我说那好啊，你现在试着买票找出口，我看你是不是吹牛。杏九说这有啥，你跟着我看吧。很快，杏九找到了售票口，并问清了回家的车次，又去出口看了看，问我怎么样，我说还行。

我们买了两袋面包和两瓶水。吃饱喝足后杏九有了精神，见我一直神情恍惚，便说，果子，你别愁，我的车工技术也学得差不多了，我一定让你过上好日子。到时我们有自己的楼房，你在家啥也别干，每天洗得干干净净，打扮得漂漂亮亮，就等我回家吃饭。

我说行！

他又说咱在楼里还做上一盘大火炕，那玩意瓷实、暖和。

我说行！就做它一盘大火炕。你先心里设计着，我去上一趟厕所。

我走了几步又返回来问杏九，如果咱俩走丢了咋办？杏九说，咋能丢了呢，我坐在这里不动。要不我和你一起去。我笑着说不用了，如果我走丢了你就一个人回家吧。杏九说，别瞎说，快走吧。又开玩笑说，回来时找不到这里你就去广播室广播找人，我去领你。我转身走了几步又一次转身回来，趴在杏九的耳边说，把你的二百块钱装好，别丢了路费。

等杏九确信我走丢的时候，他没有到广播室广播找人。他回想起我走前的反常言行，知道我是决定要丢弃他的。杏九在候车室等了我两个小时，因为那是等待发车的时间，两个小时后就独自回干雨岭了。

我看着杏九上了北去的列车，返身回到候车室我们刚才坐过的长凳上，想着自己下一步的打算。按计划我和老疙瘩过上三个月，完全取得人们的信任后独自去一趟县城，然后和早已等在那里的六叔一同消失。哪知半路出了个杏九，把计划全给打乱了，现在只有先回家。我想了想觉得还是先给六叔打个电话，让他来北京接我，然后再直接物色下一个猎物。还省下了回老家来回的车票钱。

电话很快打通了，六叔对这边的事态发展也是始料不及，电话里总是唉唉唉乱叫。我知道他不是急我打乱他的计划，而是急我第一次动了感情，竟然有半夜一天的时间。那还了得！这是他最担心的事情。最后他说，我在甘肃呢，公司的其他姐妹也得照顾不是？你先到北京的老根据地等我吧。接着又嘱咐我不要上街，说现在骗子多，小心受骗。这是一个老骗子对小骗子的忠告。我满口答应。我也体谅他，全公司十五个姐妹都得他一人找主家，搞接送，也难为他了。

出了候车室，我正寻找出租车时，一个时尚女人向我走来，说小妹子要打车吗，去哪里我送你。说着指了指不远处一堆出租车里的一辆红色车子。我点点头。出门在外还是坐女人的车安全些。这是六叔的话。六叔打的总找女司机，我说他好色，他就说上面的话。

女司机一松离合器就问我，小妹妹是出来打工的吧？我说是。她又问就你自己？我说我六叔一会儿来。女司机哦了一声就分出一只手抓起挂在胸口的手机一顿乱摁。我说你开车摆弄手机不怕出事？她说习惯了。我说你咋不问我要去哪里？她说客人都是自己说的呀！我说我去北郊。她说好，说着拿起一罐饮料喝起来，并说还有一瓶你自己拿着喝吧。和杏九捉了一中午的迷藏，我也是真渴了，就拿起来打开喝了。只喝了一半的时候，阳光就变得昏暗起来。

六

我怎么也没想到林子会这么大胆，竟敢用手摸我的奶，我吃惊地望着他。要在平日，我看他的时间长一些，他的双手都会没处放，而今天的这双曾经胆怯的手，在我严厉的目光下不但摸我的奶子，还用力捏。我疼得大叫起来。

你醒了？有人说话，但不是林子。这一下我真醒了，感觉到刚才的一切都是梦，可我的奶子上真有一只手。我终于睁开了眼，离我眼睛二寸的地方也是一双眼，一双堆满眼屎的眼。我惊叫着滚开，才发现我和这个堆满眼屎的老男人光身躺在一个被窝里。我顾不上多想，找了自己的裤子先穿上。

老男人也不急，躺在那里对着我傻笑。我说你个流氓，我要让警察来抓你。老男人愣了愣，又开始傻笑。说，我忘了，你还什么都不知道呢，我是花了六千块钱从人贩子手里买的你。临走时他们说给你补过一针麻醉药。我已经和你睡了五个多钟头了，我正担心你醒不过来呢！

我的心一下被丢到冰窖，想不到玩儿鹰的让鹰抠了眼。这个老男人好对付吗？我能逃得了吗？我一边慢慢穿衣服，一边回想整个过程。想来想去只想到那个妖里妖气的女出租车司机和那罐饮料。

老男人见我不说话，就说你趁早死了逃跑的心吧。我们村连你已经买回三个女人了，没一个能跑得了的。上次公安局来要人，我们用石头把警车都砸了。

我依旧没话说。我想大不了和你过三个月，我就不信对付不了你个“老眼屎”。我顺嘴就给我的第九任丈夫起了个外号。我坐在炕上说，我渴了，给我弄点水。这时我才发现这里依然是火炕。对我女主人一样的态度，老眼屎愣了愣，就光着身子下地给我倒了一杯水。正好此时天上一块乌云走开，阳光一下明亮了许多，也就是下午的光景。我开始打量这间屋子。这是一间窑洞，后墙摆了一组不大的家具，还挺新。炕边也有一个锅台，还有水缸和面缸。

老眼屎端来一个铁茶缸，脏乎乎的积满了污垢。我太渴了，一闭眼把一茶缸水灌进肚子。把茶缸递出去，等接走了才睁开眼。又说，我饿了。老眼屎说有三个馒头，是人贩子吃剩下的，要不热一热？我说不用，我先吃一个。一个馒头下了肚，我稍稍缓过一些。也许是药物的作用，我的头有些发晕，我慢慢地下地往外走。老眼屎问干吗去？我说上厕所。老眼屎没理我。我走到外窑才发现门是朝里锁着的，用一根铁链和一把拳头大的黑铁锁。我抓起铁链抻了抻，很结实。这时老眼屎穿了内裤和背心走出来，手里攥了把钥匙。

院子挺小，却拴着一条好大的狼狗，看到我猛地立了起来，竟和我一般高。老眼屎喊了一声丫头，大狼狗一下温顺了，讨好地扭动着身子。老眼屎大概是想女人想疯了，才给大狼狗起了个丫头的名字。

厕所就在紧挨院墙的地方，也是露天的那种，老眼屎也跟我进去撒了一泡尿。这时街上过来俩男人，看见我们就和老眼屎耍笑：“秃锁子，可别让这个再跑了，不然六千块钱那得睡多少小姐啊。”老眼屎嘿嘿笑，有我家丫头伺候着她跑不了。

老眼屎和老疙瘩的岁数差不多，他自己说是四十二岁，只是浑身上下瘦得没有二两肉，像刚从旧社会的收租院里逃出来的。他不让我知道这里是什么地方，连哪个省都不告诉我。

我躺在土炕上。炕上有两卷行李，比老疙瘩多一卷。老眼屎说要去挑水，我说你不怕我跑了。他只是怪怪地笑笑。

和水一同挑回的还有二斤熟牛肉和一瓶白酒。我以为是给我买的，哪知他没用半小时就把二斤牛肉和一瓶白酒全装进肚子里。他变得很兴奋，他说他四十多岁了只睡过三个女人，还都是大女人，有一次还被人打断了腿。我悄悄摸了摸口袋，还好，避孕药还在，一千多元钱让人贩子抢跑了。我说我感冒了，一直在吃药。他说吃吧，我下了炕用碗在水缸里盛水喝药，我觉得碗比那个茶缸要干净些。

见我喝药，老眼屎从柜子里拿出一个小药瓶嚷嚷着也要喝。我担心是壮阳一类的东西，他说他心脏不好，是治心脏病的。

老眼屎的酒量也很大，一瓶白酒下肚也不觉得醉。他让我给他脱衣服，然后非要给我脱。我躺在炕上不动，他扑上来掐我的脖子，恨恨地说，脱不脱？我闭上眼。咣咣，他使劲扇了我两个耳光，这是我从来没受过的。往日，老男人们都是求着我和他们睡觉，一股怒火紧接着又一股怒火，我一脚把他踹下了炕。老眼屎被摔得半天没爬起来。我冲出里屋，看到的依旧是铁链和铁锁。一回头，老眼屎手提一根木棍立在我的身后。我想无论如何不能让他把我打伤，那真就别想跑啦。我立马回身跳到炕上。

他随后急切地往炕上爬。由于费力，加上一斤白酒的作用，我发现老眼屎的眼屎更多了，喘息着像快死的老牛。我想了想问他，你的心脏病重吗？别把你累死吧。他呼呼喘息着说，医生说挺重，累死拉倒。我摸了摸还在疼的脸，心说那我就成全你吧。我立起身说你抓住我就如你愿，老眼屎说行啊，抓你还不像鹞鹰抓小鸡？

我观察屋里让他费劲的动作只有上炕和下炕，于是就炕上地下地跳上跳下，只几个来回老眼屎就趴在炕沿上只有喘息的力气了。我立在炕头说你再喝点酒吧，提神的。他说是啊，就真的去找了酒一口一口地喝起来。歇息片刻又爬上炕头抓我。就这样半个小时下来，他喝了五次酒，趴在地上休息的时间一次比一次长，最后一次就再没爬起来。我过去翻过他一看，一丝口水顺着嘴角流到地上。我感觉不对，用手试了试他的鼻息，死了……

七

我一个人跑在山路上，我真的逃了出来。我知道我应该往南跑，我确信这是中国的大西北。铁锁容易搞定，我找到了钥匙。至于老眼屎的“丫头”，他家还有我吃剩下的两个馒头。我把“丫头”反锁到窑里。

半夜一天之后，极度饥饿的我拦住了一辆警车。我对车上的老警察说是出来打工的，工资被骗了。老警察问我的家，我说了老疙瘩的地址，一是六叔去北京找不见我肯定又走了，二是我忽然想杳九了。老警察说还好不太远，正好我们去你们那里，顺便把你捎回去吧。

老疙瘩看到我灰头灰脑地钻出警车时，惊呆了。他没想到我能回来，更没想到的是我会坐警车回来。警察因公务忙没有下车，我说老疙瘩是我的父亲。

等我蹒跚着走进屋子，老疙瘩哭了，拉起我的手哭着说，我的一万块呀！

我说我饿了。他说自你走了我就没生过火。我说你先和张二婶要点，我实在饿得心慌。他把我扶上炕，拉过那卷破行李让我靠着，还给我倒了一碗水。不定是多少天的水了，早成了凉水。我一口气喝个精光。

张二婶和老疙瘩一同进了屋，张二婶手里端着一个大碗，里面是一团莜面窝窝。二婶没问别的，只是说，果子，快吃吧，还热乎着呢。我接过碗，还没觉得怎么吃，大碗就已经底儿朝天了。二婶问饱了吗？我说饱了。熬土豆香吗？熬土豆？我一愣。的确窝窝下面有菜，但我根本没注意，我说香。二婶想问我什么，见我疲惫不堪，就把话和唾沫一起咽回肚里。

老疙瘩说你就先躺一会儿吧，我去给你弄点好吃的。我知道他也就是这么一说，他身上哪来的钱！上哪去弄吃的？说弄好吃的总得出门吧，于是他就出去了。

这时杏九满头大汗地冲进屋来，立在炕沿下望着我喘着粗气。我哭了，杏九也哭了。我躺在炕上，他立在地上，我们就这么相互望着，哭着。也不知过了多长时间，老疙瘩的脚步声传进屋子，我们才擦净泪水。杏九退得远了些。

老疙瘩进屋见杏九在就说，知信儿了？也该咱爷俩不记仇。虽然人是你弄丢的，现在回来了，这一万块钱就不用你赔了。你就给你婶子弄点好吃的吧。看来，这半天工夫他也没弄来半点好吃的。杏九说我去弄几个罐头吧。老疙瘩说最好有一瓶白酒，咱也庆贺庆贺。走到院子里的杏九说行。

杏九走后，老疙瘩问我好点了吗？我说好多了。他又问咋和杏九走散了？是不是想回娘家了？你是不是想离开我？

回来的路上我什么也没干，就想这个问题了。我说，我是想着跑来着，半路上又觉得你是真的对我好，花了一万块钱给我妈治病，我一跑就太对不起你了。想到这儿，我就回来了。老疙瘩听了就信，嘿嘿傻笑着说，回来就好，回来就好。有你这份心我往后再不赌了，一心一意过好日子。我看着他想着杏九，点了点头。那天晚上老疙瘩和杏九都喝醉了，我和老疙瘩送杏九出门的时候，杏九在我的脸上亲了一口，老疙瘩没看见。

我的逃跑又返回，惊动了十里八村。我的逃跑大家都理解，我的回返大多数人都表示怀疑。甚至有人说，可能是我觉得老疙瘩的油水还没有榨干，想多捞一把再走不迟。这是老疙瘩亲口告诉我的。我问他，你信吗？老疙瘩避开我的眼睛说有可能，以后我真得提防你一点。我说你现在就把我锁起来吧。老疙瘩说那倒没必要。

老疙瘩真的不赌了。我知道他是怕我一个人半夜跑了，每天晚上把门朝里锁好，然后悄悄地藏好钥匙上炕睡觉。白天则带我下地干活。到了田里，至于我干不干他都不勉强，只要我在他的视线之内就行。

正是庄稼锄二遍的季节，莜麦、谷子半腿高。锄地得用长把的大锄，老疙瘩也给我借了一把。锄把比我还高，我锄在老疙瘩的身后，他锄得飞快，每次都是他锄了一遭返回来时，我才锄了一半。就这，老疙瘩还一直劲地夸我，不错不错。瞧那意思我能跟他下地就实在是不错。我知道他坚持不了多久。赌和抽大烟一样，上了瘾就别想戒，这是六叔和我说的。

一天吃过晚饭，我发现老疙瘩有些没着没落的，在院子里转了几圈又回到屋里转。我假装没发现，低头刷锅洗碗。他想和我说什么，最后什么也没说，转身出去了。我以为他很快会回来，结果一夜未回。一直到第二天的半夜，才鬼一样的站到炕沿下。

他见我睁开眼就说，你咋不跑？我说明天我就跑。他立马就蔫儿了。

正如我所料，第二天他就把杏九唤来了。他说杏九你就看着她吧，也算是你将功补过。这次你再让她跑了，一万块钱你一个子儿都不能少。

杏九嘴里老大的不愿意，可他眼底的喜悦我是看得真真切切。

八

一辆警车开到我们面前。这次我和老疙瘩调了个儿，他没什么，我隐隐有些不安。果然，警察是找我的。虽然他们问的是刘十六这个我从没听过的名字，但我知道他们问的是老眼屎。我在全村的窃窃私语中被带上了警车。我扫了一眼人群，没有发现杏九。只听老疙瘩一直劲地和警察说，不关我的事，她是我买来的，我不要了。他觉得损失一万块钱要比沾上我这个杀人犯强得多得多。

杏九是在警车开动的一刹那出现的。他扳住车门对我说，别害怕，我就在车后跟着。这时我才看清他的身后支着一辆破旧的自行车。显然车里的警察也听到了杏九的话，也看到了他身后的自行车，有两个竟然笑出了声。随后，像电影里一样，警车呜呜的拉着警笛冲下了高坡，荡起一股又高又长的黄土。杏九眯着眼跨上自行车在这股黄尘中狠蹬猛追。由于是下坡，竟然一直紧跟在警车后面，当然也紧跟在最浓的尘土中。等到了平地就没有那么幸运了，眼见着杏九在黄尘中一截截地变小，一点点地消失……

五天以后，主审我的老警察说，你走吧，那个傻小子一直在门口等你呢。我走出老眼屎他们县的看守所，阳光温暖而亲切。

杏九迎上来，他哭了，我笑了。

杏九说，我送你回家吧！

我说，我们回家吧！

紫桦林

白野猪拼命逃进一片紫桦林。

回头望望没有山民追来，立在紫桦林里呼哧呼哧地大喘气。好在身强体壮，很快就把气喘匀了，哼哼叽叽地又来了自信。

进入秋季，庄稼们相互比着成熟。夜晚，豆荚爆裂、土豆裂土的声音与山野蚊虫的清唱一起浅吟。偶尔一声蛙鸣，让山民们睡得更香。每当这个时候，白野猪就会流着哈喇子走上“餐桌”。上个星期天，也就是立秋那天，白野猪在山下的庙梁发现一块土豆地。立秋的土豆已经长成，它长长的红嘴一咧，雪白的獠牙一晃，顿顿吃撑为止。土地成了它家的一张褐色大饭桌，吃土豆时呱唧呱唧的声音是山野最不和谐的声调。这吃货疯狂的吃相，远远超越它祖上猪八戒吃西瓜的嘴脸。

白野猪昨晚想“翠花儿”整夜失眠，老早就觉得肚子饥饿，哼哼着高老庄高小姐教它祖上的小曲儿散步到庙梁，庙梁是它的“食堂”。

午夜的风有一点儿凉，白野猪却吃得满身冒汗。忽觉前边有人影一闪，虽然它知道山民们手里的猎枪早被派出所没收了，但体内对猎人恐惧的基因还在，它含着一个茄子大的土豆刚一抬头。咣——一个炮仗在耳边爆炸。白野猪夺路而逃。“吱——”的惨叫声，更像是它蹿飞时摩擦空气的声音。镜头一闪，白野猪便立于二里外的一个山丘，睁圆毛嘟嘟的猪眼，才发现方向不对，观察了一下，向一片紫桦林逃去。

紫桦林里有它的家。

白野猪现在算是“单身白富美”。上个月从东北下来一头黑公猪，长得高，也帅，可高和帅中间缺个富字，连房子都没有。它闻都没让它闻一下，一膀子将它撞飞了，现在家里没有别的猪。

没别的猪不假，但此时它的闺房里却躺着两个人，一男一女两个年轻人。男的叫强强，女的叫艳艳。他俩的名字都名副其实，强强壮美，艳艳娇艳。他们的家在后山王家沟。强强自幼聪明，学习优秀，到了三年级村里没了学校，只能到几十里外小镇的寄宿制小学读书。小镇地方不大，却有两处很现代的去处，一家网吧，一家游戏厅。强强偶然成了那里的常客，小学毕业也就自然没能考上初中。辍学回家的强强白天和猪比睡懒觉，晚上坐在水塘边的那块玄武岩上和青蛙吵架。那时村里只剩下一些老人和小孩，强强懒得和他们在一起。憋闷的强强正准备随父母到北京打工，在外地打工的艳艳突然回村了，隐约听说公安局在找她。强强不管这些，乐得每天去找艳艳玩儿。

一天，艳艳父亲连夜从外地赶回，把强强摁在被窝里一顿暴打，威胁说你再缠着艳艳就劁猪一样劁了你。强强说我要娶艳艳。艳艳父亲嘴一撇说就凭你？文盲一个，进城只能捡点破烂儿偷个井盖儿。说完扬长而去。

艳艳父亲下手狠，强强村里不敢待，养好伤就到京城投奔父母。父亲让他立正站在脚手架上，说总得有人留在村里照顾你奶奶吧！强强死活不回去，说回去可以，我从这上面往下跳着回。父亲骂，这是回了真老家了。父亲让步，托朋友在离家比较近的市里给找点儿活。不想朋友挺有本事，给强强找了个在市政府当保安的差事。

强强挺着一身“警服”回村，虽然他没学过“衣锦还乡”这个成语，但脸色比他智商会解释。他进村没去看奶奶而是直奔艳艳家，艳艳正在炕上睡懒觉，强强就把手伸进被窝里。艳艳的爷爷看到这身“警服”没往外撵强强。艳艳起来做饭，强强就在她家吃了。艳艳的爷爷给艳艳的父亲打电话，说宰相家奴三品官，在市政府做保安是大出息了吧！电话那头说那就看看再说吧。

强强拉着艳艳到野外玩儿，野地里随处可以看到能吃的野菜。一丛红杆儿绿叶儿的酸柳柳，瞅见立时满口酸水，可惜长在一围野玫瑰里，野玫瑰刚结果，村里人给果取名油苹苹。油苹苹圆溜溜红彤彤的，看着也香。强强摘了几个油苹苹，捏开果皮，捻出里边的籽儿，籽儿上敷着一层绒芒，这层绒芒如果吃在嘴里会痒痒，在嗓子里更是痒得难受，强强心疼艳艳，不让艳艳吃带籽儿的油苹苹。艳艳看到一棵臭葱，强强说臭葱这玩意儿很神奇，只要看到一棵，附近一定有另一棵，像牛郎织女一样有感情。艳艳就说我们今天就找臭葱情人吧，看能找到多少对儿。于是俩人一路寻着臭葱上了野猪岭。阳光毒热，艳艳大张着嘴说口渴，强强抹一把遮住眼睛的汗水，四处观望，看到一片紫桦林，咱先到树林里歇歇，然后去找山泉。俩人钻进一座山崖下的紫桦林，不想意外获得了一个用树枝和茅草围成的窝。窝看上去很柔软也很舒服，俩人躺进去发现感觉不错。

最先听到异样的是艳艳，她探出头循声寻找，竟然和远处的白野猪目光对视。白野猪瞪着血红的双眼，龇着瘆人的獠牙。

艳艳拉起强强朝着山顶逃。一口气爬了很高，才敢回头去看，白野猪没有追来，俩人瘫倒在草丛里。

俩人在野猪窝里睡觉时，艳艳害怕蚂蚁，强强就把自己的大盖帽戴在艳艳的头上。这样，远远望去，就是两个警察在往山上跑。这可吓坏了山顶的一个人。他叫侯八，侯家乡人，去年卖给粮贩子郑一刚几百斤蚕豆。郑一刚去年在全乡收了30万斤蚕豆，都是赊账。可他不看山民对他的信任，更不看山民们收入可怜，一狠心再没露面。乡长替他们报了案，刑警队抓了他半年也没抓着。今天他想回家看看老母亲再次出逃，刚进村就和侯八走了个脸对脸，侯八揪着郑一刚衣领和他要被骗的蚕豆钱。郑一刚想摆脱侯八，于是两人就扭打在一起。气急之下，侯八捡起一块石头砸在郑一刚的头上，郑一刚倒地不动了。

郑一刚是找见了，可是个死的。侯八接过郑一刚的命运，开始逃亡。山民的损失只有抓住侯八才清楚。这样，侯八又成了案子的关键。这天，巡山的警察发现了侯八，侯八吓得拔腿就往后山跑。翻过一道梁，爬上一座山峰，就见眼前两个警察飞速地向自己跑来。侯八心一凉掉头就往回跑！慌不择路，刚跑到山下，就被几个警察摁住了。

侯八的被抓，乐坏了当地派出所的所长黄三锤。黄三锤因此还得了一张半尺大的奖状。他坐在办公室里望着这张奖状发愣。郑一刚的诈骗案是县长亲自督办的，要求一定要为山民把损失找回来。县长发怒，局长就害怕，黄三锤就有压力。毕竟案子发生在他的辖区，追逃的重点又放在了他的辖区。派出所算上他一共有两名警察，每天必须有一名留守吧，这样就只有他自己日夜追逃了。他在郑一刚家蹲守了三天三夜一无所获，就把这项任务交给了村主任。自己按照刑警队的安排做外围查访。百日追逃行动一晃过去80日，郑一刚音讯皆无，黄三锤成黄三泥了。妻子怕他自杀就说要不去问问仙家吧，南沟有一家神婆婆，都说挺灵验。黄三锤说亏你想得出，我一个堂堂派出所长抓不住逃犯，去问一个跳大神的，这要是传出去，我这身警服还怎么穿？

妻子说你现在不是就穿不舒服了吗？咱悄悄地去不就行了？黄三锤又扛

了三天，第四天在自己的头上用拳头捶了三锤，跟着妻子去找神婆婆了。妻子一起去能有个回旋余地，不巧遇到熟人就说来喊妻子的，不让她信这些跳大神的。

黄三锤带着妻子半夜出发，天刚鱼肚白，就把神婆婆堵在炕头上。神婆婆单身，三十多岁，长得很好看。她点着香就不说人话了，确切地说是不说本地话了。好在黄三锤勉强听得懂。她说了八个字：天网恢恢，疏而不漏！就再不说话。

天网果然不漏，侯八被逮住了。很快县局批了他连打三年的请求调回县局工作的报告，他的理由是妻子漂亮，不宜两地分居！

他拨通妻子的手机，把这个幸福的消息在第一时间告诉妻子。妻子此时躺在她们董局长的怀里撒娇，看到老公的电话，为了表示对董局长的专情，就开启了手机的扩音功能：老婆，支棱起耳朵听着，我调回县局了，明天就回去办手续，这次能每天晚上收拾你了！嘿嘿！

董局长听完电话，从她身上下来，就没再上去，起身穿衣服拂袖而去。她觉得不对劲儿，就说你还吃他的醋啊？这三年我每天都在陪着你啊！

董局长说，到头了。

她说你放心，我永远是你的，和以前一样，随叫随到。

董局长没搭腔，穿好衣服走了。

半月飞逝，董局长再没找过她，她就主动找董局长，董局长总说忙！三年来，咋就没忙过？老公回来就忙了？哦！董局长是个谨慎的人，不安全的事他是不会做的。乌纱帽才是第一位，咱女人算啥？哼！

又一月晃过，董局长从乡下又调回一个女教师。这地方教师转行进机关难比登天，可见董局长费了力，女教师的男人还在乡下。黄三锤妻子明白，这是找人替换她了。她提出再见最后一面，董局长犹豫了一下答应了。

董局长离开她刚进自己的家门，手机有彩信，是他们刚才做爱的照片，上面还说限你一个星期把女教师撵走，不然这一系列照片很快就会飞到检察长的手机上。

董局长说给你 10 万咱好离好散。

她说我不要钱。

董局长问要啥？

她说要你的乌纱帽。

董局长说明天一上班我把钱打过去。

董局长没失言，他在第二天早上，成为银行的第一位顾客，把 10 万元打到她账号上。董局长从银行出来沿着县城的主街道往单位走。走在他前面的是一位长相和身材都很美的年轻女子，这名女子是从旁边一家商厦出来的，走路的频率正好和董局长的差不多，看上去像是一块相跟着走的。董局长觉得不妥，想快走几步，可女子走得飞快，董局长紧走几步没有超过去，想慢下来，可单位有一位领导在等他。这样一纠结，俩人就相跟着走了有 100 多米。就在这个当口，突然从背后冲上来一个人，上去揪住那个女子的头发就扇耳光。董局长一看打人的竟然是自己的妻子，急忙上前拉开说你疯了，咋打人家？妻子更是暴怒，好哇！你还护着这个狐狸精！我连你一块揍。说着手抓着女子的头发不放，用脚去踹董局长的裆部。董局长疼得躺在地上打滚。妻子这才慌了神，女子乘机逃脱。妻子蹲下身子急切地问没事吧没事吧？董局长总算缓过神来，骂妻子，你要断我命根子呀？妻子见他没事了，甩手在他脸上一个耳光，打断了也就省心了。

这时一辆警车停在身边，下来几个警察拉开董妻问她为啥打人。董妻说我打老公和他的狐狸精。车上下来一个女子，正是刚才被打的那位，骂谁是他的狐狸精了，你不长眼呀！董妻说你还敢来呀，来就还揍你，说着又往上扑，女子吓得就逃，董妻脱下鞋子就砸了过去。

警察拉住董妻说你还来劲了，她是县长的女儿，刚从美国回来，咋会认识你老公？画外音是：咋会看上你土鳖老公？

董妻这才蔫了。

再说那只鞋，董妻气大力猛，把鞋子给扔高了，鞋子在车流和人流上空飞出一条美丽的弧线，有好事的小青年仰脸转脖，用口哨为飞鞋配着同期声。

嗞——

咣！小青年的声音惹得大街上的眼睛都循声寻找，只见飞鞋落下的时候正好砸在一台摄像机上。

拿摄像机的手一哆嗦，那手快速提起摄像机，没有过来要求赔偿，而是跳上一辆路虎车，车门关闭的瞬间，车已绝尘而去。

驾驶路虎车的人叫二牛，名字和《水浒传》里的牛二掉了个儿，俩人性格却一样。二牛原是电视台一名扛摄像机的临时工，一干就是5年。原想着能订个合同入个财政编，可身边的人一个个地都入了编，唯独没他的份儿。而那些入编的都是啥也不会、会也不干却特牛的那种，还常常和台长顶嘴。而自己老黄牛一样地吃苦耐劳。他一次喝醉酒把台长堵在屋里要个说法，台长嘴一撇骂你是真傻还是假傻呀！那些都是我的大爷，上面让我给谁入编我就给谁入编，我小舅子都没轮上。二牛那天还说了一句至今觉得很清醒的话：一个单位，总得有几个干工作的吧！台长被他气乐了，倒了一杯水递给他说，看在你傻到底的份上喝杯水吧。

他酒醒后就找台长辞职了，台长说你想干我不会撵你走，你走我觉得也对，这里没机会。你有啥要求？他说借给我一台摄像机！

台长说借个屁！你会还？我送你了。

二牛消失了！

一年后，二牛开着一辆路虎回来了。回来的第一件事就是去还台长的摄像机，外加一万感谢费。台长请教发财门道。他说很简单，就是跟踪那些偷腥的官员，拍了谁就卖给谁。

台长说那你继续啊！还我摄像机干啥？二牛说不小心惹烦了黑老大，被人追打，逃回来了。

二牛从台长屋里出来，刚上大街，就看到董局长的闹剧。“职业”的习惯使他快速地拿出自己新买的摄像机，不想一只鞋子飞来，引来大街上的目光，只好落荒而逃。

其实二牛早改了行，他发现了网络这家伙比渔网厉害，网到的大鱼可都是真大鱼。他自己买的这台摄像机，二十几万的，然后到处转悠找那些违规违法的事，然后拍上，再然后就放到当地的贴吧上，大肆渲染一番对人民对国家的危害。被曝光的单位就会找他用钱封口。

他一路狂飙，不觉出了县城。前面一条岔道，他随性地扎了进去，漫无目的地往前冲。正跑得心宽，一股泥浆拦住了去路。

他下车顺着泥浆往前看，泥浆从一条深沟流出，半沟有一条大坝，再低头看看顺沟流出的泥浆，闻闻刺鼻的怪味，二牛乐了！

第二天，在当地的贴吧里，二牛就爆料一家金矿的尾矿库渗漏，严重污染下游的庄稼地和村庄的人畜饮水。

帖子发出不到 1 小时，有陌生的电话打进来，是那个金矿的矿长，说请他到矿上做客。矿长见面也没顾得上客气，单刀直入拿出一张卡说这里面有 2 万元，请你把帖子删掉吧！二牛说尾矿库下游有 10 个村子，1 万多亩耕地，1 万多人畜，那得是多少生命财产啊！我的良心就值 2 万？矿长没说话，笑着打了个电话，一会儿会计又送来 10 万现金。二牛拿起钱说，一个小时后就撤下帖子了。矿长说能再快点吗？这要让省里知道还了得？二牛说原来市里县里早知道啊！这可是大新闻！说完又坐回原来的椅子上。矿长扇了自己一个嘴巴，从抽屉里拿出一沓钱说就这些了，您就将就着吧！我们以后还要相处是不是？

二牛接钱扬长而去。矿长背后骂，屁良心，也没多值多少嘛！臭狗屎！

矿长随后开车往市里赶，一路上手机就不停地打。到市中心的一个十字路口，突然从侧面钻出一辆摩托车，两车同时急刹车，但还是撞了。

摩托车上是两个人。于是，三个人住进了同一个病房。矿长这时才有时间询问这两个人的情况。他们是从郊县来的小两口，是到市里找一位老乡帮忙，让孩子到市里的小学读书，县里的教学质量差。矿长说，这世上的事就是奇妙，你说咱们离得这么远，咋就能碰到一起了呢？你在中午吃饭的时候多吃一口饭或少喝一口水，迟或早一点出门，要不骑车到半路尿一泡，咱也不会在那一秒撞到一起吧！三个人都笑！

更有意思的是，医院查出女的有 4 个月的身孕，并随口说出是一对男孩。

得到这个消息，小两口愁眉紧锁。矿长说没啥愁的，别管谁的责任，你们的医药费我全出，最后给你再买一辆新车。男的低头不语。矿长说，是担心孩子不能到市里上学？这件事我也包了，有个小学的校长是我的亲戚。男的叹了一口气，说两个儿子啊！也只有你这样的人还能养得起。矿长说不会吧！这年头还能饿着孩子？

女的扬起泪脸，给矿长扳指头，孩子读书从小学到大学毕业，怎么也得 10 万吧！找个工作至少也得 20 万，娶媳妇没楼不行吧？怎么又得 80 万。一个孩子 110 万，两个不就是 220 万？

矿长说只能做生意了！男的说就凭我们？除了抢银行，别的没办法。女的苦笑着对矿长说，还有一个办法。矿长问，啥？女的说就是被你连续撞 100 次，不死就够了！矿长也苦笑！说那咋办？女的一咬牙说能咋办！做掉呗！男的看了女的一眼，暗暗舒了一口气！矿长看到了，有落泪的感觉！一个男人的无助，是最伤感的事。

矿长每天的电话还是没完没了，夫妻俩每天的哀叹也是一个接着一个。男的说矿长你就是因为打电话才撞的车，咋还不长记性？矿长说总比听你们叹气舒服。

几天后，三个人的伤都好了。矿长急着办理出院，女的要转到妇科流产。

接矿长出院的是个美女。

于是，美女粉墨登场。

美女听说了这对夫妇的事后没吱声儿，临走时，随口说了一句，医院明文规定不让医生告诉胎儿性别，说的都是假话，可能胎儿是女的。

于是两个人决定回家生孩子。

回到家几个月后，孩子在乡卫生院生下了，果然是一对双胞胎，还果然是一对儿男孩。据说，两个孩子，老大是头先出来的，小家伙探出头瞄了一眼，立马狂嚎着往里缩，医生赶忙抓住往外拽，慌乱之中大拇指伸进老大的嘴里，被老大狠狠地咬了一口。老二是双腿先出来，一招少林连环腿踢准医生的眼，当医生用剪刀剪脐带时，老二双手抱着剪刀是连哭带抢……

老二和医生抢剪刀的事儿，是真是假谁也不知道！

造成这一切的白野猪也不知道。

此刻，白野猪在自己的窝里刚睡醒，正哼哼着高老庄高小姐教它祖上的小曲儿……

我是一颗大头蒜

1990 年春天，奶奶说：“你娘生你那夜，咱家门前的沟里飞起一条火龙，从树梢一绕就飞向西山了。”

赵春就爬上自家窑洞后的黄土崖去遥望西山，心立时嗵嗵地跳，那正是去北京的方向呀。北京虽在南边，可被长城挡着，公路便往西绕一圈。

奶奶讲这话，是让他还去读书，说没钱咱去借高利贷，咱赵家还指望你光耀门庭哩。

赵春说我既然是火龙，那也是有星象呀！还在乎读不读书？你不是整天讲刘邦是个无赖，朱元璋还讨吃要饭哩！

奶奶就颤着没牙的嘴，举起拐杖敲他的头。

一

1990 年秋天，奶奶驾鹤归西了，赵春竟然到一个大金矿作矿办文书了。

刚才那辆崭新的小车呜呜地驶进村子将他赵春接走时，他看见背后那些瞠目结舌的乡亲。奶奶若活着，一定逢人便讲，我家的火龙真的飞了！

赵春知道了什么叫一步登天。他对“天上”的气候还不适应，而“天上”却突然有他一个位置。他站在办公室光滑的地板砖上茫然无措，怀疑自己土里土气的屁股，是不是真能坐在那把包着皮革的木椅上。好在办公室主任胖胖的像个善人，脸上始终堆着笑。他说，你先随便转转，熟悉一下单位，缺啥，你说话。

办公室还有一个打字员，她自我介绍说叫黄小敏。黄小敏个头不高，脸上有几颗不细看发现不了的雀斑。人却就是一只山雀，叽叽喳喳地在赵春耳边指点着选矿车间、机修车间、供销科、保卫科等，就是不说厕所的位置，赵春便四处寻找。

黄小敏问：“你找什么？”

赵春低声说：“厕所。”

黄小敏说我领你去。

赵春就发窘，远远地跟着走。隐在西南角的厕所很大也很简陋，赵春进去刚松开腰带，听见那边哗哗的声音，他便不敢往坑里撒，那样那边也会听到。他往墙上撒，声音很小。

这时，进来一个人，蹲在那里两眼盯着他，突然问：“你是谁的亲戚？”

赵春听得发懵，那人又说：“谁介绍你来的？”

赵春说：“黄林。”

那人低头呈思索状，叨叨着黄林、黄林，始终想不起来的样子。

赵春溜出来，向黄小敏讲了厕所里的问话。黄小敏说这很平常，矿上的工人大多是走后门来的。

我也是？

你以为自己是个人才？

赵春一皱眉说:“那我会被人瞧不起的。”

黄小敏嘴一撇:“瞧你吓的，这里不比工作只比后台，懂吗？不过你的担心也有道理，你的那个黄林只是个股级。”

赵春说若是这样管他呢，走吧！

黄小敏带他满矿疯了一个星期。这座初建的金矿叫阳坡金矿，八科一室、四个采区、三个车间，现有干部职工八百多人。赵春陶醉了，他做了一个梦，梦见自己像唐僧一样坐上了无底船，船边漂走的东西是自己的肉体凡胎。

主任交给他的第一个任务就是把黄小敏的微机搬进主任一人办公的里屋。主任笑眯眯地对赵春说:“写材料需要一个清静的环境不是？打字的声音吵得很，黄小敏整日不说即笑，疯疯癫癫的，会影响你的构思。”

赵春说:“主任你真好。”

黄小敏听了，背着主任狠狠地瞪了他一眼。

下班时，主任不知从哪儿给里屋的门玻璃上弄来一块布帘。布帘湖蓝色，上面有翠绿的荷叶，粉红的荷花，还有一对野鸳鸯。野鸳鸯是主任说的，赵春端详不出野在哪里，就夸主任有诗意的想象力。黄小敏伏在赵春耳畔悄声说了个马屁精。主任看见脸上有些发灰。

赵春每天提前一个小时到办公室，打水、拖地、烧废纸、倒脏水。来人说话提热情，接打电话加小心。

黄小敏嘲笑他，赵春，是不是年底想同主任争先进？

赵春不理她，继续拖地。

主任总是最后出场，今天的开场白竟然是:“小赵啊，今天就我矿三季度生产写个简报稿，下午交我。”

赵春就激动，想去吻主任的胖脑袋。上班月余，这是第一个与本职相符的任务，他知道主任开始遛他了。

黄小敏发现他的傻样，说你有什么可激动的，主任是想鉴别一下你是骡子是马还是其他的牲口！

赵春高兴就没理她，去生产科索要一些数据。当他写到洞探工程这个词时犯了疑惑。是洞？还是硐？问主任吧，怕给他一个不好的第一印象，往后还怎么工作。还是上街买字典吧。

他起身敲里屋的门，开门的是黄小敏。他说："主任，我上街买本字典。"

主任头也不抬说："去吧。"

赵春刚走到门口，主任哎哎地喊他，便返身问主任，还有事儿？

主任说给我捎着买一包香烟，说着就去左上衣口袋里掏钱。一掏两掏没掏出来，还在掏……

赵春急忙说我有，掉头就走。背后主任又哎哎地喊。

买了字典一数钱，只剩五块。而这里最便宜的香烟价格是七块。这点钱还是临来时黄林塞给他三十块，买了脸盆等物品剩下的。

赵春咽了口唾沫，四处瞅瞅不见一个熟人。又折回商店拨电话。他知道办公室接电话的肯定是黄小敏。

赵春说："黄小敏你别说是我，你出来一下，我在商店门口等你。"

黄小敏电话里高声说你不就是赵冬吗？赵春吓出一身冷汗。

片刻，黄小敏跑来，老远就骂："赵春呀赵春，你还是个汉子呢，都是凭工作挣钱，你又不欠他什么，凭什么给他贴钱买烟？"

赵春说："发工资还你。"

黄小敏又嘻嘻笑："你那点小工资还不够你一月吃哩。"

赵春鼓起眼："你管我盗古墓还是砸银行，反正月底还你。"

黄小敏没再说话，掏出十块钱塞在他手上。

赵春说有两块就够了。

黄小敏白了他一眼扭头走了。

赵春把烟递给主任。主任又去掏那个左上衣口袋。赵春心里骂，那会儿你掏了八掏也没掏出个屁来。

二

赵春没想到爹会来！他把爹让进办公室。爹捧着那杯冒气的热茶，欣喜地转动着昏花的泪眼。这是有生以来第一次有人给他递上一杯茶水吧！他摸摸桌上的一摞书，摸摸黑滑滑的桌面，咧着缺牙的嘴哽咽着说：“春儿，真的出息了，村里人都眼红咱呢。”

赵春说，那我就羞得慌。

爹喝了一口茶说：“春儿，你三叔家的害根儿都快把你三叔三婶儿给淘死了。那几年他留着女人一样的长发在街上逛，这会儿又天天晃着颗秃头，明晃晃地横行霸道。村里的鸡、邻村的狗都快让他吃遍了。前天偷狗被派出所逮住了，他还打警察！哎，险些出了大事，险些呀！”说着，手紧张得直抖。

爹平静了一下又说，“乡派出所把他送到县上拘留了。你三叔去央求所长，把害根儿关上一辈子算了。所长说得依法办事，再有十天，害根儿就出来了。你三叔三婶愁得满地转，一急，起了两嘴血泡。最后求到我，让我找你给害根儿寻个工作。春儿啊，害根儿最怕你，就把他留在你们矿上吧。”

爹祈求的眼睛盯着赵春。他承受不起爹可怜巴巴的眼神，就转过头。心说，我算老几呀，我老几都不算，我这条奶奶心中的火龙，在这里不过是毛毛虫的八辈孙子。他转过头，又撞上父亲的目光，话到嘴边又改了口。

爹先别急，我想办法。

就剩十天了，跟爹说行。

赵春心说，矿长也不敢说想几时安排人就安排人，但嘴里却说：“行！”

爹就笑。

赵春送爹返回的路上，心里直蹿火。爹的任务是无论如何也完不成的，他这颗大头蒜该怎样往下装？前边一片白杨林，树叶泛着白光，哗哗的响声让人烦心。忽见黄小敏手里拿着几片杨树叶走出树林，一直盯着他看，突然问：“家里给你说对象了？”

赵春说没有的事儿。

黄小敏转身，低声背诵起来：

雪花迷蒙中的山脊线

蜿蜒着我悠长无尽的思念

柔柔缝补我破碎的心

用轻唤你的声音做补丁

赵春说这是写给我娘的，她去世一年了。

黄小敏惊愕地张了张嘴，接着一咬牙，说我要和你处对象！

赵春呆愣，说我只是一颗大头蒜，还是装的。

黄小敏逼前一步小眼一瞪：“我管你是不是大头蒜！回答我。”

赵春就一本正经地点了点头。

那好，从现在起我就是你的未婚妻了，我喊你的时候你必须到我跟前，听到没有？

赵春又笑，说听到。两人往回走，黄小敏竟一路无语。

一天下班时主任接了个电话，放下电话就喊赵春，说明天矿长要到市里参加一个重要的会议，你赶快准备材料，晚上必须弄出来。黄小敏也加班，打印五份。

晚上八点，赵春总算完成任务。主任一直候在他的身旁，还给他倒了杯水。

赵春心里好感动。主任拿稿进里屋审阅，不一会儿，里屋响起了敲打键盘的声音。赵春松了一口气，说明主任满意，但他还不能回宿舍，还得帮黄小敏校对、复印、装订，他就翻看一本小说。

忽然，里屋打字声骤停，接着黄小敏喊赵春。赵春答应着站起身，就听里屋主任说，小赵啊，小黄让你去她宿舍给她拿件衣服，天凉。

赵春答应着抬腿又往外走。黄小敏又喊赵春，这次比上次声音大，他听出了愤怒。

赵春毅然推开里屋的门，只见主任坐在他的办公桌旁，黄小敏坐在屋角的微机旁，两人对他均是怒目而视。

主任忽地面色一缓，立起身说等会儿小赵就校对把关吧，我家里有点事先回了。说着已走到门口。

黄小敏掉头去打字，她膀子一耸一耸，将键盘摁得啪啪响。赵春望着她的后背，什么也不敢问。

俩人一直忙到午夜，黄小敏愣没向他抬过一次眼皮。临走她说："关键的时候你下软蛋，从现在起我不是你的未婚妻了。"

第二天，主任不阴不阳地通知赵春："矿长让你下午四点到他办公室。"赵春抬头瞧墙上的钟，是十一点。心想，这五个小时不把自己熬煎死才怪哩。就骂，冤有头，债有主，事是因你而起，你黄小敏不能站在一旁看热闹。

赵春就喊："黄小敏！"里屋没动静。

赵春又喊："黄小敏！"主任开门出来，瞪了他一眼出去了。

赵春望着主任的背影接着喊："黄小敏！"

黄小敏出来，眼望着屋顶也出去了。

下午四点，赵春准时推开矿长办公室尿黄色的门。迎面一张黑漆漆的老板桌棺木一样横在当屋。矿长倒仰在椅子里，小白脸上鼓起几条横肉，眼睛在镜片后闪着愠怒。工人们曾议论矿长生了一双色狼眼，赵春曾仔细看过。心想，这条大色狼今天要吃我这条小色狼了。他肯定相信先告状的主任。

矿长说黄林送你来上班，作为同学，我给了他天大的面子，给了你一个人人羡慕的岗位。可你却利用工作之便整夜乱搞……嗯，嗯，还写爱情诗。我的意见是，有则改之，无则加勉。根据工作需要，当然也是为你好，决定调你到保卫科工作。去吧！

赵春心里骂，老色狼竟不给小色狼留一丝解释的机会。他想起《动物世界》里讲的一头公畜牲总要霸占所有母畜牲的故事。

三

金矿保卫科的重头工作，是同偷窃金矿石的不法分子做斗争。赵春也算投笔从戎了。矿长还真给黄林面子，给他一个经警小队长的头衔。

警车在崎岖的山路上颠簸着。今天科长给他的任务是去抓什么八大金刚。昨天一场大雨，山洪冲断了山路。大伙说队长咱们回去吧。赵春想了想说你们回吧，我自己熟悉一下采区。

赵春一个人沿着山路往山腰的采区走。沿途一面是陡峭的山崖或浓密的树林，一面是百丈深沟。转过一个死弯儿，路边坐着一堆人，他们身上背着的编织袋里是沉重的矿石。赵春数着一共八个人。

赵春说你们就是私自在我们矿区开洞挖金的那八兄弟八大金刚吧？听说你们每天下班还要到我们的洞里偷采高品位的矿石，看来是真的了？

老子几时不承认了？八个人从脱开肩膀上的绳子到站立到冲过来到抬手到落下那是一气呵成！赵春没半点准备，他也就是刚问一句，血就顺着头皮淌下来。

赵春气极，他从激愤跳动的十几条腿中间爬出来，等八个人再次找到这个欠揍的经警时，一块块大石头准确地砸向他们，八个人被砸倒六个，余下的两个撒腿就逃。

赵春抹开糊住眼睛的血，看着两个兔子一样窜上半山的人，心说，这就是传说中的打仗亲兄弟！这八个人是四个亲兄弟，四个表兄弟，在这一带飞扬跋扈，不可一世。

第二天，科长把满头绷带的赵春喊到保卫科，关紧门才说："你昨晚打伤的那些人说要去法院告你。那些人是有来头的，不然怎么敢在我们的采区私自开洞采金呢？"

赵春的头就疼，他分不清是伤口疼还是脑仁儿疼。

一天，黄小敏在半道截住赵春："赵春，就你能耐，别人管不了的你都管，你要吃亏的！"

赵春说八大金刚也没告倒我呀。

黄小敏气得一撇小嘴。赵春说："你已不是我的未婚妻了，还是离我远点儿，免得我将来受牵连。"

黄小敏一甩头走了，用后脑勺说，好言难劝该死鬼，有你哭的时候。

一月后，赵春接到一张名单，名单上第一个就是赵春，那是辞退名单。

科长惋惜地说："全科属你敢管事儿。"

主任叹息着说："属你材料写得好。"

黄小敏没有说话。

半年后的一个清晨，一个经济警察直进了女工宿舍，对着床上的黄小敏"啪"地行了个礼。黄小敏惊得第三眼才看清是赵春。后来矿上都喊他"第三眼警察"。

后来赵春临走时，矿长塞给他一个大信封，里面是写给市公安局经济民警培训班的介绍信。

寻　刀

荒僻的长城岭竟然出了抢劫案！

这个挂在半坡的村落，依旧保持着一种远古的朴实。自打当年闹土匪以来，就没人抢过东西。如果串门时顺手捎人家一个鸡蛋，下地时随手掰邻地一棒玉米也算偷的话，那么偷盗是时有发生的。都知道是谁偷的，但谁也不去讨回，只是留着扯闲话。

在长城岭随便偷的还有一种东西，那就是男人。

长城岭耕地贫瘠不说，总是一条一块地爬在立陡的山腰，并且离村庄又远，最远的竟有二十里。每年春种秋收只能靠人背马驮，那种辛苦自不必说。繁重的劳动使得每家都需要一个拉边套的。久而久之，如果谁家女人拉不住一个男帮手，会遭全村人的笑话。吵架时会被人骂：瞧你那苦瓜样，一个相好的都没有！

三梅由于寡妇和漂亮两大优势，相好的自然就多。也因此，刑警一时半会儿就找不到罪犯。警察问三梅，那天夜里为啥不插门？三梅说是给相好的留着哩。周围的警察就笑。

警察又问，你看清歹徒手里拿的是一把刺刀？三梅说是。于是，警察决定从刺刀查起。

其实早在两个月前，小学生公孙饱就开始秘密寻找一把刺刀了！

一

那天公孙饱一端起饭碗，爷爷公孙雨就像当年看俘虏一样盯着他。看到公孙饱想放下碗，爷爷说棒子面再难吃，咋也比过去的树皮好咽！现在能吃饱了为啥不吃饱？你不吃饱，公孙饱这个名字不就白起了！临了又说，别忘了教你的秘诀，今天去找那把刺刀。

谁都知道公孙雨老汉有三件宝：绣鞋、烟袋、弯刺刀。公孙饱只对刺刀感兴趣，可爷爷从来不提。没想到昨天爷爷拉住他讲了半夜刺刀的故事。

公孙饱一路玉米嗝打上了荒草丛生的古长城。齐腰深的灌木丛挂满了大粒露珠，他找了一根木棍不停地抽打，枝叶上露珠四溅，在清晨的阳光里闪烁着七彩华光。虽然累得手腕酸痛，但露珠还是打湿了裤腿。一个很大的书包在他的左胯一磕一荡地甩。爷爷没钱给他买书包，就用一个旧尿素袋做。说是做其实也很简单，找一个尿素编织袋翻卷一半，等齐了，然后找两颗小石子，对等地塞在袋口的两边，用一根绳子将两头的小石子扎紧。这样不会因塑料袋柔软而使绳结滑脱。装了书，想当然就是书包了。

公孙饱的家离中心小学很远，上了山再下山才能到。山势原本陡立，可长城又蛮横地挡在山顶。村里人砍倒大树做成简易木梯，长城一边放一架，好让村里的娃们上学。公孙饱一窜一蹦走得猴急。昨天校长黑溜棍儿说今天要宣布资助对象，他想应该是自己。这个天大的希望就在学校等着他，走得越快，离希望就越近。在下木梯的时候，一条大白花蛇带着一条小白花蛇，也急着赶路的样子，顺着长梯飞速下滑，落地的瞬间消失在密匝匝的草丛里。

下山的时候，他干脆飞跑起来。绕过一块巨石，追上了同班同学秦小六。秦小六是村支书秦刚的儿子，看着比自己高一头阔一背的公孙饱几步就撵上自己，秦小六龇牙就乐，说公孙饱你真没白背这个化肥袋儿，底肥就是足，咱俩都十四岁，你说你被尿素养得都长成大人了！公孙饱说你从明天开始吃尿素吧。秦小六说了什么公孙饱没听清，他早已把他抛在身后的一片紫桦林。

校长黑溜棍儿戳讲台上，本地东山不烧炭，西山不挖煤，都是父母惹的祸，听说他一出生貌似一只黑胶鞋。立在讲台上小脸黑瘦，卡一副宽大的白框眼镜就显得滑稽。

学生们专注着校长白牙在黑脸上一张一合。此时此刻，他的声音就是上帝的声音：同学们！告诉大家一个好消息。我们学校有一个助学指标，这位资助学费的好人是一名美籍华人，他曾在我们这一带打游击。他决定资助一名贫困学生一直到大学毕业。下面，我宣布受资助同学的姓名。说要宣布，黑唇却兜住白牙不动。

公孙饱忽然想起儿时做游戏的一首儿歌：一是不许动，二是不许笑，三是不许露出大白牙。公孙饱一边默念着上帝保佑，一边在心里摆着助学金铁定归他的几条理由。第一，全校头数自己家最穷。爷爷已经八十岁，只靠政府的优抚金维持爷俩的生活，现在爷爷又病倒在炕上；第二，自己学习成绩全年级第一，应属特优特困生；第三，爷爷是参加过游击战和抗美援朝的功臣。公孙饱死盯着黑溜棍儿黑脸上的白眼仁儿，并故意挺了挺干瘦的胸，以引起校长的注意。

秦小六。

到！

秦小六应声站起，嘴角浮起自得的微笑。教室变得死静，惊异的目光刺刀一样投向富家子弟秦小六。一只大肚子苍蝇落在秦小六后背的左肩，又一溜小跑去了他的右肩。爬在那里开始噌噌地磨它那两条修长的前腿。苍蝇磨腿的声音让同学们心烦意乱。

开始上课了，愤懑的公孙饱从尿素袋里掏出一个旱烟袋。同桌的秦红果把身子趔开老远，一手捂鼻，一手指着旱烟袋嚷：公孙饱，你咋用烟袋装笔？呛死人了！失落的公孙饱不干了，他说呛呛呛就知道呛，它是上甘岭战役一个朝鲜人民军送给我爷爷的，我爷爷救了他的命。秦红果眨眨眼睛喊：你蒙谁你蒙谁，朝鲜军官也抽咱旱烟？公孙饱把旱烟袋杵到秦红果眼前说，看清了看清了，上面绣着一对鸳鸯，这是地道的中国货。是人民军军官在火线上背下一个志愿军战士，战士在牺牲前交给他的，里边还有一个不知道多美的故事呢。呛你又咋啦？这是打仗的味道，烈士的味道！公孙饱从烟袋里抽出一支铅笔，而后又小心翼翼地把它放回尿素袋里，看得秦红果直皱眉。

这个烟袋铅笔盒，是公孙饱唯一可以炫耀的东西。他没有铅笔盒没有书包没有校服，爷爷用烟袋解决了铅笔盒，尿素袋代替了书包。

一天，爷爷背过脸说，爷爷实在想不出啥能替代校服。

公孙饱说，爷爷别哭，我一定会有校服！

谁哭了？给老子滚！

放学了，秦小六第一个跑出教室，一口气跑上长城。高大的城墙在他眼前晃动，似天塌下的一角，使他有些窒息。清凉的山风吹过，他从得到助学金的得意中清醒过来。他知道学校出现了敌人，敌人只有一个，就是他秦小六。

这时，公孙饱背着大尿素袋呼哧呼哧地上来了。走过秦小六身边时眼皮都没抬一下，顺着这边的木梯上了长城，又顺着那边的木梯下了长城。

秦小六急慌慌溜下长城，追上公孙饱，从后面拉住他的尿素袋苦着脸说，公孙饱，这不是我的错，可也不能怪黑溜棍儿，他能教书，能当校长都是我爹的功劳。他能不报恩吗？你说他能不报恩吗？

秦小六又说，这钱真该你拿，你爷爷一病三年，欠的外债比你爷爷的咳嗽都多。我是想着让给你，可我不要估计也轮不到你。公孙饱你知道的，全村一百多户除了你和你爷爷可都姓秦。

公孙饱终于蹦出一句：秦桧也姓秦！

二

三梅被抢的那天下午，她脱下那双黑色的长筒袜时，着实犹豫了一下，最后还是扔到门前的粪坑里。她看了一眼胡乱卷成一团的长筒袜，猜想着捡破烂的捡到后会不会剪短了穿。

那天晚上月光灰暗，三梅被一阵轻微的脚步声惊醒。爬起身细听，忽然有开门的声音，紧接着里屋的门也被轻轻推开，陌生的喘息声让她一惊，伸手去拉电灯。一个声音低声喝道：停手，再动我捅死你！三梅从渗进的星光里看到一个蒙面人立在跟前，并用一截不甚明亮的三棱刀直指她的眼窝。

三梅忙说：我不喊，我不动，别杀我，别杀我。说着缩成一团。

蒙面人又低喝，给大爷拿钱。声音闷且粗，感觉是在故意变声调。

一听蒙面人要钱，三梅稍稍放心，泪水立马涌出眼眶说，哎哟，大哥，你肯定是外地人吧，这十里八村的谁不知道我穷得叮当响。

蒙面人用刀在她眼前晃了晃！

三梅说，大哥你听我说。

蒙面人有些不耐烦，三棱刀往前一刺，正好顶到她的奶子上。一软一弹，蒙面人下意识地缩了一下手，顿了顿，才又重新把刀尖顶在她的脖子上。

这微小的举动没能逃过三梅的眼睛，她转了转眼珠子，抬手噌噌几下把泪水擦个干净，理了理头发，又往脸上堆满了媚笑，开始一件一件地脱衣服。

蒙面人不说话，直盯盯地看着她一件一件地脱，直到看她脱掉裤子。忽然问道，钱在哪？

三梅一愣，心说今儿真遇上傻二了，就问，大哥你打算要多少？

八十吧。

三梅说在县城找小姐睡一觉要一百，我没有钱，就跟你睡一觉咋样？

蒙面人退后一步，半天才说，我不会。

三梅乐了，我教你呀！来，上炕来呀！

蒙面人忽地怒了，一举三棱刀跳前一步狠声喝道，快拿钱！

三梅只得拿出五十块钱，同时又泪流满面。蒙面人返身就走。三梅哭着说，大哥，我就这五十块钱了，给我女儿留点下学期学费吧！蒙面人停了一下，又走。三梅急了，跪在炕上说，大哥，你能不能给我留点出去借钱的路费？

蒙面人停住，愣怔着，随后在身上摸索了一阵儿，转身把一团东西扔在炕上。

蒙面人走了很久，三梅才敢拉亮电灯。拾起炕上的一团，发现是揉得皱巴巴的一团零钱，她气愤地丢在炕角。

三

由于找刺刀找得辛苦，公孙饱今天回来得晚些。爷爷早就饿坏了，他风风火火地跑进屋，爷爷正躺在炕上等他回来。见他满头大汗，爷爷心疼得直喊跑啥跑啥。公孙饱问爷爷饿不饿，爷爷张着干瘪的嘴连说不饿不饿。公孙饱提起暖水瓶晃了晃，还好有点儿水，忙倒在碗里跳上炕扶起爷爷喝药。又跳下炕蹲在灶坑瞧了瞧，灶里昨天的灰还堆着。他一溜小跑地掏灰、添水、找柴。生火时由于昨天下了一场透雨，他又忘了备柴火，湿柴点着就冒大烟。把门窗全部打开，屋里还是堵满了黑烟。黑烟里传出爷爷阵阵咳嗽。公孙饱擦去一把熏出的泪，又立马涌出伤心的泪。他跳上炕，把昨天下雨接的半盆漏房水倒掉。他家面盆、脸盆是一个盆，一个让钉碗匠钉了三次的盆，至今还欠钉碗匠两次钉盆的工钱。公孙饱用清水把盆里洗净，撩开当作柜盖的尿黄色旧报纸，探进身子，从柜底揪出一个灰灰的脏面袋。翻卷了袋子，看看也不过十斤玉米面。爷爷的优抚金还有一个月才能发下来，就是说这个月又要断顿了。公孙饱暗骂自己最近偷懒，没能起五更去捡破烂。

折腾一个多小时总算把饭做熟。不用问，晚上饭肯定是“瞪眼儿稀”。公孙饱给自家的饭编了顺口溜：早上顶心盔，中午黄一堆，晚上瞪眼儿稀。就是早上用锅烙玉米饼，硬如鬼子的钢盔难下咽；中午用笼屉蒸玉米饼，黄黄的一堆像狗屎；晚上用玉米面熬稀粥，让人瞪着眼不想喝。玉米面虽然是粮食，但架不住长年累月吃这一种，想想都反胃。

照顾爷爷吃上饭，公孙饱问爷爷，刺刀非得找吗？爷爷擦着嘴角的玉米糊糊说找吧，爷爷就这么个想情。

秦小六一蹦一跳地跑回家，见爹爹秦刚正黑着个驴脸，就没敢喊饿。秦刚问他疯哪儿去了，咋不按时回家，秦小六说没干啥。接着又说，爹给我买支仿真枪吧，我们长城岭游击队成立一个月，就欠枪了。秦刚说你是欠揍！秦小六吓得一步跳到娘背后说，你别舍不得钱，我告你个秘密，包你发大财。秦刚哼了一鼻子不再理他。秦小六从娘背后跳出来说，你爹当年在长城岭救过一个延安的干部？秦刚愣了，他掐灭手里的烟问，咋回事快说。秦小六说那个干部在找救他的游击队员，说要让他到美国住，这是我们校长给你的信。

信是从美国寄来的，写信的人叫郑长城，就是资助秦小六的人。郑长城信里说除了资助一名贫困生外，还有一个请求，就是让长城岭人帮助寻找一名游击组长。这名游击组长很可能就是长城岭村人。1942 年秋，这名游击组长从鬼子的刺刀下救过郑长城的命，因为是长城岭给了他第二次生命，他改名郑长城。信上还说他留给游击组长半把刺刀，并在信里一再表示，若找到恩人一定邀请他去美国安度晚年。如果恩人有后代，一定帮助他到美国上学甚至定居。

秦刚看完信，驴拉磨一样低头转了几圈，再抬头已是满脸笑容。这把秦小六又吓了一跳。秦刚说小六啊，爹明天就去县城给你买枪，把你们游击队都武装起来。不过你得帮爹找到那半截刺刀。

秦小六一听，一跳多高，但马上又蔫了。哎！是不是公孙饱他爷爷常叨叨的那把呀？你让我到哪儿去找啊？傻瓜，公孙饱不是知道他爷爷的秘诀吗？问他呀！

四

公孙雨感觉自己去日无多，但坚持没告诉公孙饱刺刀的找法。公孙雨只是想把刺刀带进棺材去。他很怀念那一段弹雨纷飞的岁月。他觉得还能支撑几天，想再看看孙子的智力。他死了不打紧，把一个小孩丢在世上，咋想也不放心。

公孙雨担心自己死后公孙饱能不能继续念书。他说公孙饱你以后吃饱吃不饱都要念书，公孙饱说我吃都吃不饱还念狗屁的书。公孙雨急了，说你都十四岁了，就不会想办法？公孙雨一急就喘，脸憋成黑紫色，全身起伏着、抽搐着，都为喘气服务，躺在炕上像昨天被公孙饱扔上河岸的泥鳅，呼嗒呼嗒的喘息声能淹没他家锅台上的破风箱。

天街清冷，寥落三两小星，风懒洋洋地吹拂着，偶尔几声疲惫的鸡鸣更让公孙饱浑身酸软。他打着哈欠走在黎明前的大街上。公孙饱有两个对手，一个是同学秦小六，一个是邻居古墓。古墓是爷爷在朝鲜战场的战友，也是村里唯一和他抢破烂儿的人。

半路赶上古墓，古墓说小崽子咋半月没捡破烂儿？你爷爷往墓里那么一钻，你连个拖累都没有了。这将来的房子、老婆你不靠破烂儿你靠谁。

公孙饱说我靠公孙饱。

俩人同时看见一个躺在狗屎堆里的发动机缸套，他们颤抖着手出了三次布、剪子、锤，古墓三次都输。古墓要来第四次，公孙饱不干。古墓一把推开公孙饱，快速捡起粘满狗屎的缸套装进自己的袋子。

公孙饱说古墓你不讲信誉，古墓就问他几斤信誉能买一个缸套。俩人正吵吵着，忽然发现身边多了一个人。公孙饱首先看清是秦小六，不觉微微脸红。

秦小六双手叉腰冲着古墓怒喝：古墓你输了三次凭甚先捡？古墓说谁先捡那是我俩儿的事，你号的哪门子丧。

秦小六绕过几堆牛粪跨前一步说，粪坑是我家的，破烂儿是粪坑里的。他用右手食指指着自己的鼻尖，又一指古墓装了缸套的袋子，接着又一指公孙饱，一字一顿地说：我要把我家粪坑里的缸套送给我的同学公孙饱。

公孙饱见秦小六用手指他就觉得浑身不舒服。他说我忘了这是你家的破烂儿了，说完掉头就走。

秦小六在背后喊了一串哎哎哎，又喊公孙饱，罢了又喊兄弟。

公孙饱离开秦小六本想回家，又觉得现在回去对不住起的这个大早，就拐了个胡同到另一个垃圾堆。快到地方时看见秦小六的破爹秦刚正走出大队部。看着秦刚嘴上叼着香烟，双手插在裤兜里，肚子一挺一挺地带着身子走，一股怒火从公孙饱的心头一燃而起。你秦刚是支书，那么这大队部门口的破烂儿也是你秦刚家的，我公孙饱决不用捡你家破烂换的钱买书包。他甚至痛恨自己以前没有想到这些。他一路上骂了自己七七四十九遍软骨头。

黑溜棍儿兼着语文课，这几天总喊公孙饱起来回答问题，答不上来就罚站。公孙饱知道这是校长通过关心他学习，补偿他应得未得的助学金。但在公孙饱看来，是又多了一桩烦心事。罚站的时候他就想爷爷的病情总不好转，想现在不能去捡破烂儿了，咋能买一个和秦小六一样的仿真皮书包，还有爷爷说的那两句让人头疼的秘诀。想得头疼了就去数墙角那条蜈蚣密密麻麻的细腿。

快放学了，黑溜棍儿又问了公孙饱一遍问题。公孙饱压根就没思考过，当然答不上来。黑溜棍儿就让他继续站着，然后宣布同学们明天必须穿校服，县教育局的领导要来检查工作。

一个小时后，黑溜棍儿回到空荡荡的教室，问依旧立在墙根的公孙饱想出答案没有，公孙饱说没有。

你这么长时间都想啥了。

公孙饱说想校服的颜色。

五

公孙饱今天依旧起得很早，却没有像往常一样去捡破烂儿，而是背上尿素袋径直上了长城。他对爷爷的两句谜语，好像悟出点门道，他要再上敌台沟烽火台。

长城蜿蜒到敌台沟险峻的峰顶，出现了四个烽火台。公孙饱觉得那里是埋刺刀的地方。那边山势陡立，不然八路军当初也不会选择往那里撤。公孙饱想还是走上学的路，上了长城再顺着长城往西走，比走敌台沟的高山要省力得多。听爷爷讲，当初鬼子地形不熟，硬是从沟底往上攻，结果被我们两名八路军战士一气打死十多个。

星光下的山野朦胧而阴森，一些失眠的昆虫在讲鬼故事吧？公孙饱虽然听不懂，后背的凉气却嗖嗖地冒。路边远远近近的嶙峋怪石，在公孙饱的想象里面目狰狞，一群一群地向他逼近。他睁眼也怕闭眼也惊，放开嗓子一声长吼。原本是为自己壮胆的，不承想让自己的吼声吓得蹲在地上。他想放弃，他要往回跑，可一转脸发现离家比离学校都远。没办法，只好把壮胆的木棍像枪一样举在胸前，一步一步地往前摸。

黎明清冷，公孙饱大汗淋漓。

公孙饱走上长城时天刚麻麻亮，突然看见烽火台上有黑影时隐时现。他立住，爷爷说过烽火台上一次就死去六个人，别是鬼吧！公孙饱把身子隐在一丛桃花后面，头皮一阵阵发紧。

公孙饱正怕得要命，忽听烽火台那边有人喊队长，说刚才好像顺长城过来一个人，又不见了，别是鬼吧。

我们五个人的游击队还怕一个鬼？我爹说他要能捉住鬼，保准让鬼挑三担水。

公孙饱听出是秦小六的声音，直起身往前走。一看是秦小六和班里的几个同学。

你来干甚？公孙饱和秦小六同时问对方。公孙饱说我发现这边有人就过来看看。想了想又问，你们来这么早就不害怕？几个同学相互一笑，各自很帅气地一抬手从后腰抽出一支手枪，又一齐将枪口对准公孙饱说，我们长城岭游击队早就全副武装到牙齿了。

公孙饱举起木棍，几把破塑料枪吓唬谁？

秦小六放下玩具枪说你来得正好，就好好接受一次爱国主义教育吧。然后胸一挺，摆出讲演的架势：那是在抗战最艰苦的 1942 年，就在这儿，秦小六猛然一指公孙饱的脚下，一个鬼子兵被一个游击组长一刀砍死。公孙饱下意识地跳了起来，同学们一阵哄笑。

公孙饱定神暗自观察，这儿不是爷爷秘诀里说的埋刺刀地方，想必秦小六更是不得要领，才略放心。他一指脚下沟壑纵横的敌台沟问：你说鬼子是从哪条沟上来的？当时是几个八路军护送几个地方干部？地方干部是延安来的吗？到我们平北根据地来做甚？

秦小六说你别诈唬，你也不清楚，但我知道鬼子正向最后一名干部猛刺时，游击组长一刀磕开鬼子的刺刀，反手一刀劈开鬼子的脑袋。鬼子由于用力过猛，刺刀刺在青砖上，当时就弯成了月牙。那位干部为作纪念，便把鬼子的刺刀折成两截，送给游击组长一截，自己留一截。你知道这位游击组长是谁吗？

我爷爷！

公孙饱和秦小六同时喊。

公孙饱说你爷爷没说干部拿走刺刀的是前半截还是后半截？

秦小六说你爷爷没说鬼子脸上的刀疤在左脸还是右脸？

公孙饱说你爷爷咋不把刺刀拿出来，让我们受受教育？

秦小六说我爷爷当时把刺刀埋在这烽火台附近了。由于年代久了，他忘记了地方。你爷爷那两句寻刀的破秘诀，不过是糊弄人罢了，他要知道不早就取走了？

公孙饱，你在找刺刀？

秦小六，难道你不是？

公孙饱说是，我爷爷想把刺刀带进棺材去。

秦小六说我爷爷也是这么说的。

于是几个人分头在砖缝和砖缝的草丛中寻找。很快就有了收获，秦小六找到了一窝山雀，都快出窝了正好玩儿，总共五只，也正好没有公孙饱的。公孙饱看看如火的阳光刚好厚厚地堆在长城上，就说自己也能找到一窝，便独自一人转向烽火台南边。

公孙饱琢磨爷爷的两句秘诀，那刺刀可能和阳光有关。他一个想法一个想法地都找一遍。绕到烽火台南边时，发现南边的长城早已坍塌成一堆砖块。砖缝里荒草丛生，最大的一株山杏树已有丈高。清晨第一缕阳光，给这片荒凉镀上一层远古的光。

不知谁喊了一嗓子，要误早自习了。秦小六有些不甘心，但又怕误课，只得作罢。又担心刺刀被公孙饱找到，就拉住公孙饱的尿素袋儿说，公孙饱你该换个好书包了。

公孙饱没有答话，一脚踢飞半块青砖。青砖在空中旋转着飞落山涧，很久才传上轰隆隆的回声。秦小六说我没别的意思，如果你找到那半截刺刀，让你爷爷看一眼就卖给我吧。让我也尽一把孝心不是。我出一百块钱，你不但能买一个仿真皮书包，还可以买一套校服。

公孙饱这才意识到，自己不但差一个和秦小六一样的仿真皮书包，还差一套校服呢。一个铅笔盒都是奢望，一个书包更是一个遥远的梦想，校服还轮不到想，连一个想的条件都不具备。

公孙饱一脚踹向旁边的长城垛口，不动。又踹，还是不动。只得再一次把愤怒发泄给半块大青砖，只是这一次那半块青砖飞上了天。

惊起一只山鹰，一声唳叫射向云空。

忽地，公孙饱想嚎几嗓子。嚎什么呢？对了，就嚎“打倒土豪”吧。这是爷爷公孙雨教他的，爷爷是革命功臣，哼！

打倒土豪，打倒土豪，分田地，分田地……

太阳轰然一下跳上山峰，瞬间把无边的光热溢满敌台沟。于是就起了雾，那雾一开始是一丝一缕，从山下的沟沟岔岔，片片丛林里悄然升起，像泉水，像溪流。渐渐地溪汇成了河，河流成了海，一直向山顶翻腾上来，在阳光下涌动翻滚着，白茫茫一片。

公孙饱虽然没见过大海，但他坚信这就是大海的模样。这“海水”一直把目光所及的群山峻岭，淹没得只剩下几个孤岛似的山峰。蜿蜒的长城在流动的雾海里时隐时现。恍然间，立在长城上的公孙饱就有了身跨巨龙遨游云天的感觉。

爷爷说那天多亏敌台沟起了雾，他背着受伤的干部才脱身。后边上来的鬼子只是胡乱放了一阵枪。除了雾，他们什么也看不到。

这说明爷爷就是在那个时候埋的刺刀。公孙饱不由地看了看此时的朝霞，他略有所悟。

六

那天，警车是在晌午开上长城岭的。穿过黄土街道，荡起漫漫尘土，惊得那些少见汽车的鸡狗乱飞乱叫。人们纷纷跑出家门，惊慌地尾随着警车。警车径直停在三梅家门口，随后下来三个警察，相跟着进了三梅家。

三梅早已从被抢的恐惧中摆脱出来。一想到自己脱衣服的行为和打算教那人的盘算，就又害臊又好笑。她猜不透抢钱的是个什么人，但总归不算太坏。

又有三名警察加入寻刀的行列。

秦刚带着三名警察在村里转了一圈，竟然收了五把刺刀，真不愧是革命老区。

秦刚的老爹也是当年的游击队员，他说两把圆棱的是762步枪的刺刀，两把宽板的是半自动步枪的刺刀，这把黑些的是老套皮“七九”步枪的刺刀。

警察把三梅叫到秦刚家，让三梅辨认刺刀。三梅看了看说都不是，那人虽然拿的是刺刀，却很短。秦刚很不解，问三梅甚枪刺刀短？三梅说，就不可以是半截的？

秦刚一头冷汗。

秦小六一进家门，秦刚一把将他拉进里屋，把门关严实了，操起灶坑的火铲指着秦小六说，今天你不说实话我就打断你的腿。

秦小六吓得蹲在地上浑身发抖。

秦刚一脸凶相，你找到那半截刺刀没有。

秦小六说，没找到，不过公孙饱也找过。

秦刚一惊，你说啥？公孙饱知道了郑长城的事儿？

秦小六说，他不知道，是他爷爷想把刺刀带进棺材。

秦刚说，往后跟谁也别提半截刺刀的事儿。

秦小六眨着眼说，是！

刺刀这条线索就这么没了踪影。几个警察就又询问三梅，让她详细讲讲那天晚上的事儿。三梅没敢说自己脱衣服，还想教蒙面人干那事，就说蒙面人蒙脸的可能是一只长筒袜。警察颠儿颠儿地又查了一天，查来查去又查回到三梅头上。

一个警察歪着头瞅了三梅半天，把三梅瞅得心里敲了锣又打鼓。三梅说，咋的？你们怀疑我瞎说？

警察说全村就你一人穿过这种黑色的长筒袜。三梅说是吗，就跑到门口的粪坑去看。早没了那双长筒袜的踪影。

警察又问她有没有别的线索。三梅想了想就说出蒙面人给她零钱的事。

警察问，钱呢？

三梅从炕席下拿出一堆零钱。

几个警察就拿起来一张一张地看。咦！一个警察说，这些钱上都有名字，并念出——公孙饱。

三梅一下跌坐在地上：一个孩子啊，羞死我了！

公孙饱是背着和秦小六同样的仿真皮书包走进教室的，他没有直接走到自己的课桌旁，而是绕了一大圈从秦小六的身旁经过。

公孙饱慢慢地把书包放在桌子上，假装出去尿，在厕所里转了一圈又返回教室，给同桌秦红果、秦小六和全班同学留下足够的吃惊时间。公孙饱心里美美的。同学们吃惊和羡慕的眼光，极大地安抚了他那颗长久自卑的心。

公孙饱忽然觉得自己走路的姿势和秦小六的破爹——村支书秦刚一模一样，也是一挺一挺地用肚子带动身子前行。看来也怪不得秦刚，感觉幸福的人都这样。

秦小六笑嘻嘻地凑到公孙饱跟前，哟！书包真不错，公孙大侠的本事像夜里的庄稼，太阳一出一个样，看来和你换寻刀秘诀只能用校服喽！

这时，一个同学跑进来喊公孙饱说，校长找你。

公孙饱觉得这是一个挑战黑溜棍儿的机会，于是背起书包走到校长办公室门口。

公孙饱喊：报告。

有人答，进来。

公孙饱一推门，看到的是三个警察。

退 休

晚饭后，我习惯在大街上显摆。

不知是哪位县长把县城的街道建成花园一样，大街自然成了人们饭后消食的地方。一个刚刚学步的幼子，踩着弹簧一样的步履扭摆过来，弯弯的小毛眼儿嬉笑着，嫩红的小红嘴儿轻叫着……不远处，有粉衣妈妈蹲在地上，手臂长伸，疼爱的眼神注视着儿子蹒跚过来；树旁，一紫衣女孩突然立住，一白衣男孩杵在身边，拉她不走，推她晃悠；主体雕塑前，一波一波的笑脸驻足留影……

我溜达不久，老张迎面走来。老张手里依然扯着那条黑狗，我近处见过黑狗几次，头脸儿和老张一模一样，心里笑说老张还真没白喊它孙子。眼看着我们走近，我想好了怎么回应老张的问候。一般老张会问：走到这儿了？我会说，是啊！下话就不能再说了，再说就显不出比老张的官儿大。但也不能“嗯”，一个“嗯”字少且生硬，让人感觉你牛哄哄。今天我却想多说一句，就说你今天出来晚了。

我用眼角的余光瞅着老张的临近。

我们在逐渐靠近，不想快到跟前时，老张突然低头斥责他的“孙子”，跑那么快干嘛，就与我擦肩而过。

我没在意，双手搭在背后继续往前踱步。这种走法很有档次，官方语言叫四方步。一连又遇到三个熟人，他们不是把脸扭到别处，就是和人专注地说话。我忽然感觉自己在时空之外。我确定他们是装的。我在坚信自己判断的同时开始思索：这是咋的了？同时猛然醒悟：哦！我退休了。

我僵立！

虽然一直悠闲地走着，目前只走了往常的一小半路程。我往低拉了拉帽檐，转身低头，撩开长腿往回走。我回忆和刚才几个不理我的人所打过的交道。老张和我是乡政府工作的同事。当时我是乡长，他是民政助理。一次他给一个不算贫困的亲戚发了三百元救助款，被人告到县里。主管县长狠狠地批评了我，我就狠狠加狠狠地批评了他。他的错，也记仇？还有那个小李，是个转业军人。我当局长时，半夜敲开我家的门，从怀里掏出一张卡，卡上贴一块创可贴，上有黑色小字（金额加密码），苦苦求我要到局里上班。当时局里只有三个指标。一个给了市里一个领导的侄子，一个给了主管领导的外甥。好容易求着给自己留个指标，我把指标给了一个女孩的弟弟。女孩当时躺我身边哭着说我娘死得早，我就这么一个弟弟。为此，我的亲姐带着外甥堵到家里把我骂个半死，还是老婆跳出来说，姐你现在骂他没良心，当时他娶我没钱你借给他了吗？姐姐这才哭着走了。你说你小李喊我舅舅吗？你记啥仇？再有就是小王，你虽然也在公安局上班，可你不就是个小警察吗？你姨夫盗伐了十棵桦树，被林业分局抓住，你应该找你们局长向林业分局求情啊？咋能找我呢？我让人家林业分局去查案的，临了我再去找林业分局说算了，放过他吧？你还记仇？

这三位记仇也就记了，毕竟没帮过人家，没给人家办成事。可你老胡咋也假装没看到我呢？你女儿找我，想承包工程，我一下分给你2000亩，和领导的亲戚一个数啊！还有你小赵，你开车缺手续，车被交警扣住，每耽搁一天，你就少收入1000块，你当时都快给我跪下了，是谁给你要出的车？还免了罚款？

我逃回了家！

进门就跌坐在沙发上发呆。老婆的爱猫一跃跳上我的大腿，看到我呼呼地喘气，吓得拖着尾巴逃进老婆的卧室。

发呆久了也无聊，我起身找出一瓶茅台，一袋榨菜，给自己灌酒。老婆闻到酒味儿冲出来，一见就骂，你不要命了？医生是咋跟你说的？再喝随时会出现脑溢血。为工作喝了一辈子酒，现在咱退休了，活一天就赚一天。没有应酬你还自己往死里灌？傻到家了你，一辈子没让人省心过……

上帝也看不下去我的狼狈，喊来了门铃声，老婆这才停嘴。开门进来的是老婆的三弟。我像见了救星，忙喊他坐下喝酒。一来三弟总帮我说他姐姐，二来三弟也是见酒就走不动的主。他陪我喝酒老婆没法说，这样自己的心情会好点。哪知三杯酒下肚，三弟哭了，眼泪啪啦啪啦地掉进酒杯，砸得酒花四溅，端着酒杯的手微微颤抖，嘴唇哆嗦着半天说不出话。我起身慢慢拍着他的肩头，好一会儿，他才说你前些时给我说好的工程泡汤了，送出去的钱人家给退回了。我儿子的对象决定跟他结婚，就是听说今年这点工程干完了就能买楼。这下没了指望，这几天正闹分手。

我知道这也是因为我退休的原因，但还是顺口溜达出一句，咋会这样呢？你送的钱少是吧？他说不少了，我打听过，再多就没挣头了。你在局里的时候就不该给他弄副科，你看现在，当了局长，立马变成白眼狼。我说来喝酒，没有他咱还不赚钱了？正说着，门铃又响，是自己的侄女。手里提着一箱酒，她说快过年了，我给叔叔拜个早年。我让老婆拿罐饮料，让她也坐下。她不坐，也不离开，低着头看地板，两脚来回地挪动。我说有事就说吧，没外人。她苦着脸说，你和人事局说好的给我办合同，他们一直拖着没给我办，今天我去问，人家说刚办了一批，名单上没我。

我感觉一阵眩晕……

醒来发现不是自己的家，仔细辨认，是医院。这时侄女领着医生进来。医生见我醒了，就说醒来就没事了，头还疼吗？我说有些闷。她说你是轻微的脑溢血，多亏送来及时，往后可要戒酒了。我说谢谢。医生说谢谢你侄女吧，她一直照顾你。侄女朝我微笑，说叔叔我再也不给你添麻烦了，过了年我就去外面闯荡。也就我们这里还把公务员当回事，人家别处谁还稀罕挣这几个有数的钱？

我点头。侄女接着说，再就是那些势利小人，更没必要生气，官场都这样。我点头。想来别人也这么生过自己的气吧！想着也就释然了。

想开了，病也恢复得很快。准备出院时，我突然接到老干部局的电话，问我家的详细住址，说明天书记、县长要来慰问我。我刚刚还溢血的脑子马上一转，就说我在医院，最近还不能出院，我这里就免了吧。放下电话，我喊来医生说今天感觉头又发闷，出院会不会有危险？最好是再观察几天，你看行吗？医生笑了，说我们不敢欢迎您住院，可也不会撵您走啊！

我失眠。早上慢慢回忆失眠的夜里似乎还有一个梦，但痕迹模糊，想不出一点清晰的片段。活动四肢，转动脑袋，嗨！精神状态还不错。我住院以来第一次照镜子，老婆骂我，老花猫，这是又看上哪个护士了？我不理她的话茬，问她，咋没把我的刮胡刀带来？老婆一撇嘴出去了。

吃饭的时候，我吃了三个包子，两碗稀粥，外加一颗鸡蛋，还捎带一杯羊奶。老婆说羊奶暖胃，一直给我喝羊奶。

吃过饭，我在房间转了一小会儿，杵在窗前。窗外是一条河，河水有些淡绿。这个淡绿可不是青山绿水中的绿，水上有带色儿的漂浮物。隔着窗，并且也有一段距离，可我还是闻到了腥臭，确切地说是想象中的腥臭。人这东西真是奇妙，感觉这东西更是神奇。我想着，就使劲地想着书记县长的模样，想感觉一下他们身上散发出的味道，从中捕捉一丝关于自己的信息。

几只大鸟在河边飞落，跳走了几步又飞走了，可能是没找到可口的虫子。一只大头蚊子嗡嗡地振动翅膀，在窗玻璃外面窥探我。我听得心烦就回到床上。躺下又觉得无聊，想找本书翻翻，可床头只有一本老伴儿送饭时被塞进车筐的广告杂志《男子汉》。翻了两页，全是治男性病的广告。想到自己雄风也早已不在，随手将书弃于床脚。如果不是担心护士笑话，扔在地上才是我的真实想法。我下了床，地上瞎转，走廊瞎溜。这样，在忐忑中度过了一天。期间有几次想去外边转转，都没敢动，生怕就在那一刻书记、县长来了，看不见我转身又走了。

第三天，我对自己说，再坚持一天，明天出院。上午十点，我感觉屋里实在闷得慌，就到后院转了转。刚在长凳上坐下，护士急急忙忙地跑来说书记、县长来看您了，这会儿在病房等着您呢。

书记、县长满脸都是真诚的问候，书记先问了医生我的病情，嘱咐随后赶来的院长，要尽快让我恢复健康。县长笑着说，你得赶快好起来啊，书记还要请你出山呢！

我一定是一脸诧异。

书记说现在和你说也无妨。林业局长你也熟悉，他，他出了点事。我们常委会研究了一下，让你先到林业局主持一段工作。考虑你在林业局干了有十年吧，是最合适的人选。后来书记、县长又说些什么，我不大记得了。

第二天，我出院。

我又能满怀自信地去晨走，饭后去遛弯儿了！书记、县长为我强壮了胆，为我加粗了钢缆一样的神经。那些和自己一样的势利小人（现在我把自己也划入这个行列），打不打招呼都无所谓了，在人们还不知道我将“回炉”重新负责林业局工作时，这些人的脸色只是我检测他们人格的晴雨表而已。

我悠闲地欣赏着大街的风景，一围人群草坪闲坐，三两闲人漫步绿荫，几枚顽童姗姗跑动，几粒小鸟在人们脚边欢快鸣叫、蹿跳踱步……

两只花蝴蝶挨肩碰肘地飘过来，在花草林间几度轻点，又相伴荡远……

我在大街上转了三天，只有一位是和以前一样的态度。偌大的县城，就这么一个高尚的人，这人就是林业局的小萧。我原先在林业局当局长时，小萧大学毕业刚分到局里。他本身就是学林业的，很快成了局里的技术骨干，每次有晋升的机会，我总是先想到他，但每次都轮不到他，因为每次都有领导的电话给我定了人选。我觉得在林业局那些年，最对不起的就是小萧了。我发誓，这次一定帮帮这个高尚的人，以弥补我的过失。

我在大街上转到第四天，迎面又遇到老张领着和他长得一样的黑狗。看到他们“爷孙”俩走过来，我正要低头过去，不想老张老远就喊，哎呀大主任，好久没看到你了，忙啥了？到林业局上任了？

消息传得可真快！我脚下没停，说你哪来的消息？没有的事。老张笑着用手指点着我，说你真能装啊！怕我找你讨喜酒喝是吧！我憨憨地笑着，擦肩走过了。和上次见到老张一样，我立马拉低帽檐返回家中。既然大家都知道了，也就没必要试验险恶的人心了。

我到林业局上任了，组织部长亲自去送的。在全局大会上，我打着官腔表完态，长脸糊满笑容说，我回来了，但不是胡汉三啊！

台下一片笑声，我看不出哪张脸是假笑。

春节临近，老母亲病了，我赶过去一看，母亲不在家里，一直在县城最大的广场上才找到。远远地看到她站在一棵榆树下面，旁边还立着一个老头。我走近时，那个老头很随意地转到榆树的另一侧，弯腰伸腿扩胸去了。我看看母亲的气色，也就是普通的感冒，这才放心。我瞅了一眼树后的老头，发现还有些“范儿”，起码比父亲要帅。晚上，在陪母亲吃饭的时候，看着母亲想了很多。一起吃饭的兄妹几个一定认为我在想母亲一生的辛苦吧。

我想让母亲去住院。

母亲的住院手续很快办好，一个八十多岁的老人，随便得一种病都是需要住院治疗的。我给林业局办公室打了个电话，说我母亲住院了，我这些天需要陪母亲。工作上需要及时办理的，就电话沟通吧。

至此，母亲的病房开始成了我的办公室，纷至沓来的人们都是先说点无关紧要的工作，然后给母亲留下点买营养品的钱走人。可气的是，一天到晚总有人来探视或汇报工作，午夜后那些从麻将桌上或是从小姐肚子上下来的“半夜鬼”，顺便也会进来探视。估计他们觉得赢的钱要赶快花了，破财的想赶快把剩下的钱花到正经处吧。不想可苦了老太太了，一连几天休息不好。八十多岁的人，哪能经得起这么折腾？第四天病情加重，第七天竟然驾鹤西去了。

我后悔得要死。

那些来探视过母亲的人，再一次跑来看望老太太了，他们跪在那里为母亲烧纸钱，一个个哭丧着脸。我知道这悲痛里还有着再次花钱的心痛。我恨恨地想，活该！多少钱能买回母亲的命？想想这也是在骂自己。

出了正月，人们才慢慢进入工作状态。我开始做每年的重头工作，往下承包造林工程。今年一共是七万亩。市县各路领导电话要走五万亩，自己只有两万亩的权力。整理一下母亲住院和办丧事收的礼金，至少有二十个人需要给工程。每人平均只有 1 000 亩，相对他们送的钱有点亏他们。我又把这二十个人从头捋了一遍，发现有六个是在我退休后就没把我当回事的人。哼！钱是送给老太太的，有本事你去阴曹地府找她要去。不是能送礼吗？给阎王爷送点，或许阎王爷给老太太定个腐败的罪，还能和老太太要回这些钱呢。

下面我想办的就是帮帮小萧了。如果把这些中层领导调一下，会腾出一个副科长。我想直接给他个科长，又不能把哪个科长免掉让小萧当，那样太露骨，会伤了大多数人的心，对工作不利。看来只有再给他成立一个新的科室了，成立个什么科呢？

我在单位想了一整天也没有想好，回家翻看这段时间送礼的名单时，突然发现没有小萧的名字。我的心凉了半截。这个小萧也不过是个伪君子罢了，就知道用嘴尊重人，没有从心里敬重我。同时，心里一动，又让自己的这个看法吓了一跳。在遭人白眼的时候不是说要帮这个高尚的人吗？现在不给你送礼就又虚伪了？我在地上转了几圈，头有些晕，就倒在沙发上，竭力不去想这件事。

第二天，一进单位大门，恰好就遇到了小萧。他急慌慌地往外走，见到我冲我点头笑了一下，解释说去县委取个文件。我反倒有些不自在，还在纠结提拔他的事儿。要不折中一下，给他个副科长？我望了望小萧远去的背影，终于下了决心。正要打电话让办公室通知下午开局务会研究这事，电话铃响了。接通是老局长，他说听说你又回林业局上班了？我毕恭毕敬地说是。这才想起今年春节忙母亲的事，竟然忘了去市里看望老局长了。他是我的恩人，是他第一个提拔的我，后来的仕途都有他的心血。我忙说春节前后母亲先是住院，后来过世，一直忙这事，忘了去看望您了，我明天就去看望您。老局长责怪我，说这么大的事咋不通知我一声啊，我连声说对不起。老局长又问了我一些工作上的事，最后说，我有个孙子两个月前分配到你们林业局了，你认识吗？哦！是有个刚分来的大学生。你能照顾多少就照顾多少，别让他像你当年一样，没人看得上。我冷汗下来了，当年若不是老局长，真的没人提拔自己。

我说您放心吧，我一定会照顾好孩子的。

放下电话，我自言自语，小萧啊！对不起了，就差一晚上啊！你的命咋这么赖呢？唉——

晚上，躺在床上睡不着，老局长让我回想起很多往事，自己的仕途走得也是磕磕绊绊的。后来没的想了，还是睡不着，就翻看手机的信息。发现春节期间那些拜年的信息由于忙，大多还没顾得看，就翻看一条删除一条。我最烦那些转发过来，诗词一样的短信了。转发这些信息也就是敷衍一下，礼貌一下，不是对你真心的祝愿和问候，有些假心假意的感觉。那些自己编写的，哪怕是一个字，也觉得真诚、亲切。

一串陌生的手机号进入我的眼帘，打开信息读得我满身冒凉气。不妨把信息的全文告诉大家：你敢再回林业局，我就敢与你新账旧账一起算！

我下意识地关掉手机。旧账？林业局的旧账？那是一定有了，没有旧账能有“实力”升到副处？到县人大当副主任，有了这么一个权威的过渡，本想就会平安着陆，安度晚年了，哪知会再次出山啊？想来自己这几天真是被那些不和自己打招呼的势利小人气昏头了，上任后还沾沾自喜，准备快意恩仇呢，自己也太幼稚了，竟然没发现这次出山潜伏的巨大危机。

我连续三夜的失眠终于有了结果，决定提拔局里那个胖猪一样的懒惰女人，他妹妹刚被反贪局长看上眼。老局长那里只能往后拖拖了。咋和老局长说呢？唉！管他呢，反正他早退休了，更不是找我算账的人。

只是这个和自己算账的人是谁呢？

之后的一个月赶时髦，我差点儿把自己修练成福尔摩斯，看谁都像是要跟我算账的人。渐渐地，人人都在背后说我是神经病。

一天，接到组织部找我谈话的通知，我一下子轻松了。我知道，再也不会有人找我算账了。

小花蛇椭圆头

一

一只狐狸跳跃成一条极好看的弧线，飘然落在三炮的枕边，媚眼甩给他的一瞬，恍然变成一个美丽少女。少女媚笑着伸手撩开三炮的破被子，他看清是铁匠铺李铁匠家的杏花。三炮尿急，杏花不见了。三炮嘴里骂着不该尿醒这场好梦，光着屁股跳下土炕，出门站在门口，一脚门里一脚门外就撒尿。

撒这憋了一夜的尿是一件极其舒服的事，昨天为省吃的，三炮喝了一天的泉水。他仰着头闭着眼，享受完这泡尿。一睁眼，眼前一片白光晃得他把眼一闭，再睁开发现是满山白花花的杏花。

杏花！杏花？

三炮想起梦里的杏花，感觉到某种预示，心里荡漾起一种又想尿的感觉。他转身回屋扯上破烂的衣裤，顺手在门后抄起一支土枪。枪把像一块乌黑的朽木，靠肩膀的面还掉了一块；固定枪管的两道铁箍有一道磨掉了，用一块尿黄色的布条缠裹着。他把枪往肋下一夹，弓着腰出了家门。

三炮钻进村对面的杏树林，白色、粉色、紫色的杏花冲着他笑，在阳光下耀眼地灿烂着。

突然，杏花丛中伸出两支黑色的木棍。是枪，只有日本人使的那种长枪。顺着刺刀的方向，是一颗人头，确切地说是后脑勺。枪把攥在一个警察手里，旁边还立着三个警察。

三炮躲在一株杏树后，把枪口瞄准那些警察。他认得其中一个是警察署长。

署长转到“后脑勺”前面，为那人整了整衣领，说，可惜了，我没读过书，当这个署长人都说是天大的委屈。你读过书啊，将来咱蒙疆的主席说不定等你接任呢！咋样？说出同伙我保你到蒙疆政府当差。那人打量着左边的杏花。署长又转到那人身后，捏住他的一根手指抻了抻，瞧这手指，面条似的，会杀皇军？那人又欣赏着右边的杏花。署长正了正自己的大盖帽，好吧！你好汉！我一枪就消灭了察哈尔游击队，也算交差了！

三炮瞄准四个警察，扣动扳机。忽然又想尿，只是他发现这次和早上想尿的感觉不一样，他的四肢在持续地哆嗦。

署长退开几步，有枪栓拉动的声音。

三炮不再哆嗦，猎枪丢到一边，小心翼翼地站起来，开始慢慢地解腰带，随后一点一点地往下脱裤子。裤子退到膝盖时，一条小花蛇从裤裆里探出头。三炮眼疾手快，一下掐住蛇的七寸，一甩手扔到后边的杏树林。

砰——

一声枪响。三炮光着屁股扭身看到那人已经倒在青石上。署长带人沿着山路往山下跑，帽子都甩掉了，像那人的鬼魂儿在后边追赶。

三炮提着破裤、烂枪，几步跳到青石上，看到子弹打在那人头上。他一咬牙，返身冲进杏树林，寻到那条毒蛇。毒蛇因为冬眠刚出洞不久，加上摔得重，还在一片草地上来回地扭动。三炮土枪口抵住蛇头，嗵——蛇头不见了！

三炮呆呆地看着没头的毒蛇，突然觉得应该感谢它。毒蛇钻到谁的裤裆里谁都会先抓毒蛇。那是毒蛇啊，只要轻轻一小口，人就会去见阎王。可是在抓蛇的时候警察已经开枪了，所以，不是他害怕警察，不是他害怕日本人。如果不是毒蛇，他一定会开枪救下那个杀日本人的年轻人。

三炮祷告一样反复叨叨，心里渐渐好受些。他想离开这里，就一脚踹在蛇身上，嘴里骂，都是你，烂毒蛇！转身的一瞬，忽然回想起小花蛇从裤裆里探出头的那一刻，蛇头似乎是椭圆的。那么，这就是一条无毒蛇。他返身急忙拿起那蛇，蛇头早已不在。他心里再次陷入痛苦的自责中。他又在地上寻找，一枪的火药对着一个小小的蛇头开火，哪里去找蛇头？

三炮把土枪狠摔地上，又骂枪：都是你，把证据都毁掉了，说不清楚了，我还咋做人？他一脚又踹在近处的一棵杏树上，杏花纷纷飘落，像一朵朵出殡的纸花。一跺脚，捡起土枪又来到那个年轻人身旁。

年轻人脸朝下趴在青石上。正午的阳光把岩石晒得暖暖的，如果不是有鲜红的血从头下流出，顺着岩石的褶处流进草丛，真像自己喜欢的睡觉姿势。

三炮一声叹息。发现年轻人的衣服明亮水滑，不是土布。啥布料呢？他颤抖着手触摸那件深蓝色的上衣，那感觉从手指尖舒服到心里。他停顿了一下，擦了一把汗，一咬牙把年轻人翻过来。一看，竟然是“二状元”，村里李铁匠的儿子。

三炮说，反正你穿啥几年也沤成土了，这衣服还不如借给我穿。等我死了就穿着这件衣服，到了那边再还你。你要不借就卖给我，反正你也不花银圆，烧点纸钱我还是有能力的。说着脱下二状元的上衣穿在自己身上，又说，一会儿李铁匠会来把你拉回去。说着转身离开了。

傍晚，三炮回到村里，远远地看到杏花独自一人站在村口瞭望。他走近杏花时，看到杏花蓬头垢面，满脸泪痕，盯着他的上衣往死里看。突然上前一把扯住他的衣领，确切地说是二状元的衣领，瞪着失神的大眼急促地说，你是我哥，你是我哥，你是察哈尔游击队，你一个人敢进警察署杀鬼子，你能保护你妹妹。

三炮僵立，淋漓的冷汗迷了双眼。心说我哪配做你哥啊！偷你哥一件衣服就成你哥了？更不配做男人了。

这时，李铁匠一拐一拐地走过来，看一眼三炮身上的上衣，拉开杏花的手说，三炮，别怪杏花，她去找鬼子拼命被鬼子强奸了。说完，搀扶着杏花往村里走。杏花一步一回头。燥热的风持续地往他的耳朵里灌着杏花的声音：你是我哥，你是察哈尔游击队，你一个人敢进据点杀鬼子，你是男人，你能保护你妹妹。

这声音越来越大，最后是滚滚的雷声。

三炮捂着耳朵在天上寻找，恍惚中有一条白龙从空中飞下，到了近前突然成了那条无头的小花蛇，瞬间又长出一颗椭圆形的蛇头，大嘴张开，吐着红红的信子直冲而下。

三炮一屁股跌坐在地上，冲着天上喊：你没有证据，你没有证据，你就是毒蛇，你就是毒蛇，我先抓你是应该的，我不是孬种。

一切又归于平静，三炮瘫在地上喘息着，把手里的猎枪攥得噼啪响。

二

自从日军指导官松田被二状元用锄头劈死，警察署才像个警察署了。晚上有四个警察站岗，还从张家口牵回一条狼狗，每天在院子里溜达。以前的警察署几乎像百姓家一样，他们认为这地方全是顺民。《蒙疆日报》还吹牛，“察哈尔地区一片顺民”。识几个字的二状元恰好看到了这张报纸。以前，据点里晚上门都不插，这也是二状元得手的直接原因。

警察署有三排房，没炮楼也没岗楼。三炮在警察署连续守了四晚，除了惹起狼狗的低吼和站岗警察的乱骂，啥也没捞到。

一天半夜，他刚回到家睡下，嘣嘣嘣地有人砸门。他起来开门，想骂，却是两个警察。三炮心里一凉，天哪，知道了？他想返身拿枪，警察问，你明天做啥？

种地！

别种地了。警察说着用拳头砸了一下三炮的胸口，这么壮的身子明天去修岗楼。

三炮摸了摸嘭嘭惊跳的心脏。警察说不会吧，这么不经打？说着又是一拳挥过来。三炮抬手接住，说，行了，打坏了谁给你修岗楼？一天多少工钱？

工钱？这年月儿没征你老婆用就是老天爷抬举你了，还工钱。有本事找日本天皇要去。两个警察骂骂咧咧地走了，走出老远又回头喊，明天四更天就来。

三炮也喊，两位慢走，别再碰上游击队。

你小子吓唬谁，游击队不就二状元一个人吗？早变鬼了！

那就注意鬼吧，这大半夜的。

嗨，你小子找死啊！接着是哗啦哗啦拉动枪栓的声音。

三炮掉头跑回家，提起土枪冲出院门。发现枪里没有火药，撒腿又往回跑。

第二天，三炮去了警察署。修岗楼的有三十多人，看来最多三天就会把岗楼修好，那时再杀鬼子就更难了，今晚必须动手。三炮暗暗观察着院子，记住了鬼子的办公室，用眼睛丈量最近的院墙到那里的距离。

晚上，三炮找出仅有的二斤莜面，摆在缺少苇席的土炕上，像母亲端详自己的婴孩，粗大的手指在莜面上轻柔地抚摸。莜面啊，半年没舍得吃你了，正是青黄不接的节令，我想把你都贴了锅饼，狠狠地吃上一顿。饿了半辈子，临了还能闹上个饱死鬼，也划算！

他烧开水正要和面，又一想，这要是不死，不是白浪费两次进山打猎的干粮了？还是算了吧。如果被鬼子抓住，戏里说临死前不是有一顿断头饭吗？可以狠劲地吃啊！他着实为自己有这点看懂戏的文化高兴。哎呀，吃断头饭时要是有杏花那丫头陪着，咦咦咦——比上做神仙了。杏花那丫头咋就长得那么俊呢？比莜面还馋人嘞！可惜被鬼子……

他拿起土枪，瞇了瞇枪管，里边没有火药和铁砂。想来打死小花蛇是做了件蠢事，那是最后一管火药了。院里的墙上只剩一张野兔皮，也换不了多少火药。

他擂了自己一拳，嘿嘿地笑，你这察哈尔游击队长当得也太寒碜了。

三炮走出家门才发现月亮还没跑出来，是二状元保佑。他悄悄摸到警察署，来到白天看好的北院墙下。这边离山也近，事情办不利索可以往山上跑。

院里有来回走动的脚步声，猎人的耳朵听得出是两个人。他猫在墙根下打盹。渐渐地，里边的对话越来越少，脚步的节奏在放慢，后来没了声音。三炮紧了紧腰里的麻绳，顺着墙根走了一段。发现墙头上有一块石头是活动的，是曾经掉下过又被浮搁上去的。他找了块石头垫脚，上去轻轻地把那块石头取下来，然后把自己的头探到那个缺口。嘿，还正好填满那个缺口！他偷偷一乐溜下来。

三炮在墙根定了定神，然后转到院子另一边，在地上寻到一块手感合适的石块。噌地一下窜上墙头，对着院里大喊，警狗们醒醒，老子是察哈尔游击队第二任队长三炮，今天来为我们原来的队长报仇。

最先反应的是那条狼狗，它吼叫着往墙上飞扑，可惜嘴红牙尖却够不着三炮。两个站岗的警察从屋檐下站起来，拉开枪栓骂，你个烂三炮，半夜不睡找死啊？

老子真是游击队。

两个警察看清三炮手里没有猎枪，就把枪背在肩上。快滚家去吧，打扰老子睡觉。惹烦了老子真定你个游击队，到时灭你九族。

三炮又急又气，他们竟然不相信他是游击队。他一撩腿坐在墙头，说你小子要是不信大爷就是游击队，把枪给大爷，看大爷敢不敢一枪崩了你。其中一个笑得哈哈的，呀！忘了你会打猎枪哦！不过这三八大盖儿跟你那破火筒长得可是不一样，打不响你还咋在猎人中间混？山林里那些狐狸、山兔也瞧不上你！

三炮急出一头汗。你不敢就说你不敢，哪来这么多废话！其中一个走过来，用刺刀捅在三炮的裆里，是不是这里憋疯了，这条狼狗可是母的，你看她叫你呢，哈哈！三炮一把抓住刺刀就夺枪。警察慌了，猛地往下一拽，三炮的手出了血。这时，陆续出来很多警察，拿着枪骂骂咧咧地

向这边围上来。有几个举枪瞄准三炮，喊，下来，不下来就开枪。三炮觉得鬼子新来的指导官也快出来了，手里的石头砸过去，就照着用枪瞄他的警察的脑袋。随着一声惨叫，警察倒在地上。啪啪——警察开枪了，可墙上早没了人影。

三炮溜下墙头，飞快地跑回对面的院墙，悄悄把头探到先前取下石头的地方，正好把那个墙的豁口补满。院里的警察只顾着忙乱那个受伤的警察，没注意墙豁口的一双眼睛。

这时，鬼子指导官提着手枪跑出来，骂了一句。嗖——一块石头就飞向鬼子的后脑勺。那是三炮左挑右选的石头，准头自然不差，至于劲道三炮更

有把握，当年他一石头打死过一头土豹子。

三炮连夜带着自己的全部家当，一张生羊皮、一张兔皮、一支没了火药的土枪和二斤没舍得贴锅饼的莜面，上山了。

三

山腰一座山神庙，三炮把山神的泥像抱起来放到一边，说，老兄，你不打鬼子就只能让位！然后盘腿坐上山神的宝座——一块青石板。三炮找了一天才找到这个理想的“司令部”，累得趴在青石板上睡着了，忘了关那扇破败的庙门。半夜山风袭来，他一个冷战惊醒。睡眼迷离中，一个高大的判官立在眼前，鞋底大的红眼放着凶光。三炮一身冷汗，这是在阴曹地府了？自己咋死的？没被鬼子抓住啊？他摇摇脑袋，才看清那判官是被自己请到一边的山神。

三炮站起身，把山神扛到肩上说，老兄你也太吓人了，扔到沟里吧。走出门口，山神身上的土窸窸窣窣地从领口掉进他的前胸后背，凉凉的，他一下醒得利落了。转身又把山神放回庙里，用柴草把山神身上的浮土掸掉。说，还是把你留着吧，咱的队伍加上你才两个人。如果我是军长，扔掉你等于扔掉一个师。我先封你个一师长？不行，还没定咱是啥队伍呢。就叫抗日猎人团，我当团长。不行，起就起得大点儿。不是有红军？咱叫黑军，我当司令。

山神瞪眼不说话，三炮挠挠脑袋，挠下雪片一样的头屑和尘土。他在山神的嘴上敲了一指头继续说，嘿嘿，逗你呢，咱别说就两人，将来闹腾大，还是叫察哈尔游击队，二状元喊响的就是这个名儿。鬼子敢说察哈尔都是顺民，咱就把察哈尔游击队这杆大旗一直举着。山神老兄你看行不行？三炮一巴掌拍在山神的肩上，山神晃了晃差点摔倒，身上的泥皮唰唰地掉。

游击队里有司令吧？还是当司令响亮。可是山神老兄啊，不行啦，我在警察署都喊出去了，我是察哈尔游击队第二任队长。看来委屈你了，只能闹个连长干干。

三炮摸着山神脏兮兮的泥脸接着说，我可要发展自己的兄弟连，你老兄可永远是个光杆儿连长，嘿嘿！山神用掉了一块眼皮的大眼瞪着他。三炮笑着说，别生气啊老兄，你如果真能指挥那些瞎黄鼠狼、臭狐狸、拐兔子精们打鬼子，也算你有本事。

三炮说行了，咱们现在正式开会，我们察哈尔游击队开始杀鬼子了。下面我下令，立正！望着没有反应的山神，三炮憋不住笑，别闹这些正规的事儿了，你老兄做出立正稍息来，也不知道对不对。你待着，我去干活了。

三炮去门口用镰刀割了一些柳条，绑了一把扫帚，把山神庙里里外外打扫一遍，然后把那张山羊皮往青石板上一铺，就算是个司令部了。他数了数目前的家当，一支土枪，一把镰刀，一把铁锹，还有行李、粮食和炊具。这都是他用三个晚上倒腾上来的。一切就绪，只剩杀鬼子了。

附近每个村都有四五家猎人，个个身手不凡。当年有个南蛮子来这一带开了一家武馆，教授大洪拳。这些猎人多是三炮在武馆的师兄弟，也是与三炮多年来合伙在山林打大野兽的生死弟兄，他们的家也自然成了三炮下山的落脚地。

一天晚上，在前村得到消息，明天新上任的鬼子指挥官板二，要到前村视察，还说警察署只留一个班。三炮回到山神庙问山神连长，敢不敢干他一票？有啥不敢的？他替山神回答。

现在的据点不比从前。板二到任后，新提拔了一个署长叫蔡舍。蔡舍怕死，开始在村口设岗，严查过往及进山村的人。

路上，三炮拍了拍麻袋里的土枪问自己：

你这枪里没有火药吧？

没火药也是枪！

没火药的枪有屁用？

谁说用枪了，拿枪是壮胆的！

很远就看到村口的岗哨，他下了山路钻进一片玉米地，耐着性子在各种庄稼地里慢慢往前移动。好在前面有一段河槽很深，就沿着河槽向村口靠近。

两个警察也是新招的，三炮看着面生。他们不堪正午阳光的毒热，离开路口靠在一棵杨树下乘凉，耷拉着脑袋打着盹。一个把枪抱在怀里，一个坐在屁股下面。三炮站到两个警察面前，他们还在梦乡游玩。三炮猛然把两支枪抢在手里。警察惊醒的瞬间，看到枪口指在眼窝。

想活不？

想！想！

把身上的钱掏出来。

警察一听乐了，我说土匪大爷，警察的钱也敢抢啊！我给你钱，你把枪还给我们。我们找这份差事也不易，我爹托人送来一只整羊才当上这个警察。还没挣回来就丢了差事，这也太亏了吧！

三炮一脚踹过去，长一张破嘴。你说啥？老子是察哈尔游击队。

游击队还抢钱？

老子要钱买枪。警察不再说话。

据点里还有多少警察？

两个。

三炮想了想骂道，老子看到有一个班，你小子咋瞎说？

警察低下头。不是想害你，是想他们也被打，我们也就没多大罪。

警察署的那条狼狗还在？

在！

三炮把他们的子弹都拿上，又问，想活不？

想！想！

今天晚上往对面的山上送一条枪，100发子弹。两个警察苦着脸说，这还真办不到。三炮把土枪口捅到一个家伙的嘴里，吓得警察用鼻子哼哼着，举着双手跪在地上眼泪直涌。另一个也赶忙跪下说我们想办法，我们想办法！

三炮说看你们真是为难，那就宽限你们几天，七天之后老子到对面的山上去取。见不到东西，下次一定打烂你们的头。把脸转过去！

两个警察转过脸，三炮把他们绑了。

三炮绑好警察，把自己的土枪背在背上，就开始玩弄缴来的两支步枪。拉着枪栓玩不转，就喊警察，嗨，教老子咋使这步枪。

一个警察忙说，好啊！拿枪来我给你做示范。三炮又一脚踹过去，你小子耍鬼心眼子啊！枪到你手里想造反是不？就用你的臭嘴，老子听得懂。警察疼得龇牙咧嘴地坐起来，一个步骤一个步骤地说，三炮一下一下地操作，很快就熟习了拉枪栓、上子弹、子弹上膛、击发、退弹壳等。三炮觉得差不多了，想用子弹练习一下，就掏出一颗子弹按照刚才学会的，拉枪栓、上子弹、子弹上膛、击发。

啪——枪响了。

啊——子弹打在一个警察的肩上。

三炮吓得哐的一声把枪扔到地上，冲着喊叫的警察说，你喊吧，老子撒丫子了。

三炮几步越过公路，还好路边就是山坡。他刚爬山没几步，呼呼啪啪枪声四起，子弹嗖嗖地在耳边飞，噗噗地往脚下钻。三炮回头一看，只见路上跑来大批的警察，他知道，自己逃不掉了。三炮骂，命赖到家了！这些兔崽子咋回来得这么凑巧。

他一屁股坐在地上，看着手里的没有火药的土枪咧嘴傻笑。

七天后，三炮被押上刑场，也站在打死二状元的那块大青石上。板二对他说：杏花是个疯子，疯子的话你也听？她哥就是她的疯话害死的，一个烂山民，提一把大锄，叫嚷啥狗屁“察哈尔游击队”。

三炮说：老子就喜欢听疯话！说着又傻笑。

板二问，你笑啥？高兴自己死吗？

三炮望着打死小花蛇的方向说，你真是椭圆头，老子也无愧了。

三炮被枪杀了，尸体是村里的几家猎户帮着埋掉的。

在三炮死后不久的一个晚上，杏花一个人来到三炮被杀的地方。突然杏树后跳出一个人。杏花呆呆地问：你是谁？

我是你哥，我是察哈尔游击队……

串门儿

一

半夜鸡叫！

郭海不敢起床，儿子儿媳在巴喷梦香，吵醒了又得看儿媳的脸色。记得儿媳有天说，爹啊，你比周扒皮还能整，这大上海咋会有公鸡叫你起床呢？

可他确确实实听到了鸡叫，一连几天都在半夜听到了。他翻个身，趴在床上，把头埋进松软的枕头里发呆。

郭海到上海已经五年了，头一年差点晃瞎看惯青山绿水的老眼。儿子对保姆说，带着我爹浦东浦西往疯里转吧。郭海转着转着突然想起自己到上海是来串门儿的，虽然每天逛街，却是一门儿未串。保姆倒是诚心邀请他到遥远的安徽老家串门儿，他眨巴眨巴老眼说，还是算了吧。

当年在村里，郭海每天乐呵呵地串门儿，串着串着年岁就大了。他忘记了从哪一年开始，村里人整家整家地跑到城里，能串的门儿越来越少。村子少了那种乡村特有的味道，那是牛粪、麦秸、河水、泥鳅、炊烟、旱烟、香包、菊花、桦树混合的味道……

他逐渐淡了串门儿的心情。日久抑郁成疾，最终卧床不起。儿子闻讯从上海急飞老家，把他连夜送到县医院。郭海在病床上趴了一个月，几乎不说话。儿子一急，决定把他弄到上海治疗。

郭海说好啊，咱就去上海，大城市人多，好串门儿。

上了儿子的车，郭海又说用你那卫星导航，一路咱住有大通铺的车马大店，到上海我要住那种有十几家住户的大通院。

……

憋闷是从到上海第二年开始的。郭海在某个五更天突然听到了鸡叫，那公鸡声音悠长如歌，高音沙哑，低音浑厚，同他家养的大红公鸡一个腔调。

郭海仰躺在床上。天花板上有刻花，不过现在屋里黑看不到，那是一朵祥云。他想和孙悟空一样，站在祥云上，一个筋斗云便回到自己的家乡。

想着想着，郭海就真的立在一朵祥云上，朝着老家的方向飘……

街上迎面过来两个小孩，两个小家伙一栽一歪走得很夸张。郭海问孩子家里谁在？我娘。你娘和你爹夜里咋睡的？不知道，醒来爹不在，娘做饭。嘿嘿，今儿黑夜盯着点。

郭海走进小孩家，小孩娘端着一盆猪食出来，看到郭海也不打招呼，径直走向猪圈。两头黑猪抬着抬不高的头哼哼着。郭海走进里屋，看到饭盆里堆着莜面贴饼，抓起一张咬了一口，咸菜碗里拿起一截腌萝卜，一边吃一边走出去。这媳妇的茶饭在村里最好。

村里没有关门的习惯，如果哪家大门关着，郭海开门就得小心，院里一定圈着家畜。四旺和媳妇拿着镰刀走出院门，看见郭海，四旺媳妇苦着脸说郭海你知道不，我家夜个儿丢了一颗鸡蛋。郭海一听来了精神，夜个儿都谁来你家串门儿了？就你一个人来过。是吗？这案子就难判了。

就说嘛！一个鸡蛋不算啥，就是心里不得劲儿。你说我俩从来没拿过别人一针一线，都快成当年老红军了，招谁惹谁了？难受啥，我到大宝家给你偷一颗，他家的芦花鸡每天十点准下一颗蛋。四旺媳妇走出老远了，立住，面露喜色：真的？这有啥？大宝整天自己嚷嚷，他这支书要为人民服务嘛。眼看着人民丢了鸡蛋，弄不好还要出冤案，他不服务谁服务？

那，那就麻烦你了。多大点儿事，欢欢儿割莜麦去吧。路过五娥子家谷子地，给地头的兔笼子里扔几把草。她今天进老虎沟拔豌豆，夜个儿告诉我，碰到去那边的人搭照一声。郭海想着和五娥子说一声，有人给兔子添草了，就抱着膀子走进五娥子家。五娥子和他男人坐在炕上吃饭，郭海靠在窗台上，两只手操在袖筒内，隔着玻璃有一搭没一搭地和她们闲聊：今儿去庙梁割莜麦？男人说去四十亩地拔蚕豆。郭海用脚在跑过来的小狗头上抚摸着，前天我路过你的蚕豆地，根儿上的豆荚刚调过黄脸儿，梢上的豆荚还嫩着呢。急啥？听不到回答，郭海从小狗头上拿下脚，转脸往屋里看，五娥子和他男人都低头吃饭，男人腮帮子用力地嚼着，像是要嚼了谁。五娥子虽然坐在男人对面，却不正对着男人，侧身向窗低着头慢嚼细咽。郭海抬手敲了敲窗玻璃，嗨嗨，咋了这是？

男人依旧不抬头，她，她要和我离婚。五娥子抬头看着郭海，不离也行，那我要给你家换籽儿。郭海笑，啥？换籽儿？五娥子不笑，他和他爹心眼儿太坏了，这么下去，我儿子也不是什么好东西。我得给他家换籽儿。

郭海说好啊，你打算换谁的籽儿？换谁的也比他家的种强。郭海一拍大腿喊，是吗，那就换我的籽吧。我虽然老了点，可我是三代贫农。

五娥子和他男人都笑。

二

“叭叭”，儿子在门外敲门，爸，起床吧，去公园转转，窝在家里憋坏了身子。

郭海被吵醒，冲着屋外的儿子挥挥拳头。哼，多好的梦，公园早都去腻了，还去自找腻歪？

郭海抹擦了一把脸，走出单元门。正逢上班时间，不断有人行色匆匆地闪过。郭海觉得这些邻居只是一个个飘忽不定的影子，和他不在一个世界。

公园里稀稀拉拉地散落着一些老人。他们在干什么他不清楚，也不想清楚，他只清楚他们和自己不是一个道上的人。他走着，仅仅是走着，不走咋叫逛公园呢？

他突然发现自己总是往垃圾桶边靠。这里的垃圾桶都做成熊猫、企鹅的形状，一个个憨憨的，和郭海打招呼。他抚摸企鹅头，心里说，你们这些假鸟比那些遛弯儿的活人亲。他在一个“熊猫”旁停下来，熊猫张着嘴，嘴里含着一些破纸盒，嘴角有半截香烟。一只麻雀立在熊猫的下嘴唇上，淘气地歪着头向里窥望，又低头啄了一口半截香烟。郭海的心竟然颤了一下。老伴生前以离婚相逼，让他戒烟。已经十多年了。他伸手去抓麻雀，麻雀扑棱一下惊叫着飞走了。郭海观察一下四周，突然从“熊猫”嘴里拿出半截香烟，快速装进裤兜里。

郭海僵尸一样移回居所。一开门，膨胀的空旷挤得他喘不过气。他在门框上靠了片刻，换了鞋，蹒跚几步，蜷缩到沙发上，像菜筐里扔在一角的半根烂黄瓜。

缓了一会儿，起身打开电视机，胡乱地换着频道。没有一个频道能让他满意。翻找第二遍时，农村的画面映入眼帘，他人眼瞪成牛眼。屏幕出现广告，时间很长，他没在意，两眼盯着广告安静地等待着……

夜半，郭海又失眠了。他盯着天花板胡思乱想，想城市想农村，第一次感觉农村也有农村的好。如果把大型商场、医院、大学搬到农村该有多好。又一想，那样农村也就是城市了。城市绿化做得也不错，可这在农村的串门儿城里人想都不敢想。我能不能在城里串个门？他被自己的想法惊得弹起，随后又被自己感动着，我要在城市掀起一场轰轰烈烈的串门儿革命。

天亮时，他左手握握右手，下了决心。但是一穿上衣服，串门儿贼胆被戴上了“手铐”，那些计划瞬间一无是处。当郭海洗漱完收拾停当，走到门口时，两腿忽然就没了迈出的力气。去谁家串门儿呢？对门儿？算了吧。最后能干的，就是继续在沙发一角蜷缩着。

就这么憋闷死？他问了自己三遍后，陡然生出凛然浩气：咱不就串个门儿吗？最多人家不给开门，还能咋地？自己也不给生人开门呀？哦！是不是应该先从自己做起？别管谁敲门都只管开？这，这，不行吧？……就这样，郭海在屋里与自己斗争了三天。

他的勇气鼓到第四天才勉强鼓足，决定先敲对面的门。手刚触到自家门的把手，便遭电击一样缩了回来。要不先从猫眼儿观察观察？记得对门儿是一对中年夫妇，去年搬来的，没见到过孩子，他们出门、回家没有规律。

他趴在猫眼窥望，始终不见动静。对门儿是古铜色防盗门，门边春节贴的对联还在：一帆风顺吉星到，万事如意福临门。门上四个铁艺蝴蝶组成图案，四只铁蝴蝶头朝外，向上下左右四个方向飞着。左边那只铁蝴蝶的眉有点翘起。这个懒惰的主人，也不懂往下摁一摁。图案中间的猫眼比自家的稍微小了点，发着暗黄的光。

他瞅得腿软眼涩，踉跄到沙发上。挂钟指向上午 9 点 10 分，过了上班时间，只得等中午再继续观察。

郭海苦挨到上午 11 点，觉得该早点去观察，以免人家提早回来错过了。

他撅着屁股向外偷窥，累了就立起身歇歇腰，耳朵却支棱起来，捕捉着楼道里的动静。歇一会儿，再去猫眼儿观察。一直到下午 1 点，来往的人不少，但对门不见动静。他咬牙苦守晚饭时间段，还是一无所获。郭海一头栽倒在床上，想哭。

第二天，郭海依旧和猫眼死磕。有胆量你去敲门啊！他在猫眼守候三天后，半夜在心里大声怂恿自己。

敲就敲！谁怕谁？做完问答，上床睡觉，竟然睡得很香。醒来回想一下，真的没有失眠。高兴得一个驴打滚，滚下了床。抹拉一把脸就往外走，他要趁着好兆头，去敲对面的门。推开自家门的一刻，他突然想到还没想好敲开门说什么，忙不迭地退回来。他需要做个计划，最好的理由是借东西。借书？不行。人家一看就知道咱不是读书的人。借盐、油、醋？也不行。总不能去借菜吧？干脆还是去借盐吧，做饭时才发现没了盐，急着借点能说得过去。于是，他拢拢头发，立到人家门前，一咬牙，一闭眼，敲响了防盗门。砰，砰，砰，他拿捏好力道，轻轻敲了三下，然后放下手，立正姿势，紧张地听着屋里响起脚步声。可是没有。他又敲了三下，这次声音略有提高。等了许久，只有自己的喘息。这时，楼梯传来脚步声，上来一个女孩，疑惑地看他一眼，从身边上楼了。

他连敲三天，并错开时间，在人家可能在屋的时间段都敲过了，依旧没有任何发现。他有些绝望，又没有勇气去敲楼上或楼下的门，感觉有敲门的理由，仅仅局限于对门儿。

郭海又失眠了。

第二天上午，住户们发现单元门口坐着一个老汉。有知道郭海在这个单元住的，但大多都不认识。除了眼里向他扫描着 X 光，就是躲着他走，生怕他一个跟头栽到人家身上。一个中年妇女对着电话说，你今天别回来了，单元门口坐着一个老头，像是碰瓷的。

郭海轰轰烈烈的串门儿革命，就这样夭折了。

他枕头压在头上睡了三天三夜。这天早上儿子非要带他到医院检查身体，他才勉强装着没事人一样，起床吃饭，端端正正坐在沙发上看电视。儿子放心上班去了，他看电视，也就是看电视机，节目内容进不了他的“法”眼。

“叭叭叭”，有人敲门。

嗯？有人来串门儿？郭海激动地一跳而起，几步跑到门前，也不从猫眼儿观察。管他谁呢，和强盗聊聊天也蛮有意思嘛。防盗门打开，哈，一来还是两个人。仔细一看，一个是警察，另一个也是警察。

同志，你们查户口？来来，快进来，慢慢查。警察不说话，仔细地盯着他走进屋子。他跑着给警察倒了两杯水。一个警察说别忙了，有些问题我们需要你配合调查。说着掏出工作证递过来。郭海打开一看，是刑警，心里有些发怵，说问吧，知道的我一定好好说。

你在这里住了多久了，看一下你的身份证。

五年。并找到身份证。

你和对门的人认识吗？

不认识，前几天想去串门儿，人家不开门。

你去串了几次门儿？确切地说，你敲门几次？

几次记不住，好像连着敲了三四天吧？

你敲门就为串门儿？

那你说偷东西用敲门儿吗？

警察相对一笑，觉得场面不合适，立马僵起脸说对门儿的老太太昨天死了！“啊！被人杀了？我，我可没敲开门儿。”

……

这时，走进来两个人，郭海认得正是对门儿的中年夫妇，警察介绍是死去老太太的女儿女婿。女儿长得小巧，她听说郭海敲门只是为了串门儿，就哭出了声儿。早知道这样我就让我妈开门了，我妈告诉我说对门儿的老头天天敲咱家门，我说别给他开，谁知道他想干啥呢？呜呜呜呜……

女婿是个文化人，他讲岳母是个纯粹的上海人，她很满足自己是个上海人。咱上海是国际大都市，银河系不敢说，太阳系的地图上应该有标注。这话她生前经常和幼儿园的外孙说。可如今外孙到外地上学了，她上个月退休了，每天早早起身，梳洗打扮完毕，挎着小包扭出家门。可双脚站在小区的院里，望着熟悉的假山和绿地，突然不知道自己要到哪里去。

女儿哭着接过话说她想串门儿，她想到当年插队的乡下串门儿，我们不让她去。妈妈是抑郁死的呀！呜呜呜呜……

郭海脸憋得紫青。

三

下午，百无聊赖的郭海浑身上下乱摸，摸到裤兜时，触碰到一截细小的软体。伸进手去，手一哆嗦，心也随之一个猛颤。他后悔刚才的鲁莽动作。全身不动，轻轻地用食指和中指，把那截儿东西夹出来，又小心地送到嘴边。他抽了两下鼻子，闭眼感受着，而后伸出舌头舔了舔，有一丝甜甜的余味。他咽了一口唾沫，睁开眼，去看这半截香烟的牌子，是中华。

他把烟屁股再次插到自己的嘴上。

这时他才明白，自己为嘛在公园变态一般把烟头装进裤兜——戒烟十年的自己想抽烟了。

郭海再次往兜里乱摸，这次目的性很强，他要找火，能点着烟的火。他去厨房找，进去才想到，这里的炊具全部使用电能。转身打开屋里所有能打开的门儿或抽屉。还真有收获，他找到一个老式的打火机，还有一盒火柴。他把老式火机攥在手里把玩着。去年，儿子给他买了几个把件儿，还有一对保健球，他看着直撇嘴，觉得整天拿在手上是累赘。更看不惯现在人把珠珠串串的挂在身上。儿子说那是品位，他说屁品位，过去那些好吃懒做的大爷们，整天闲得蛋疼，才把玩一些物件儿，哪个正经人有这闲心？

他攥着老式打火机不舍得松手。打火机是白色的，黑色的小砂轮齿口锋利，只是有些尘垢。他揪了一块卫生纸，沾着唾沫轻轻地擦拭着。打火机的捻子还在，他扳动砂轮，嚓——火星飞溅，竟然还有火石。他把烟重新叼在嘴上，嚓，嚓——一连扳动几次砂轮，捻子始终没有燃起火苗。没有汽油了，他在自己头上砸了一拳。儿子不可能使用这些东西，都放成文物了，汽油早挥发干净。他把打火机的后盖儿拔开，里边储存汽油的棉花还在，只是有些发黄。他取出一些，左手把棉花放在捻子上，右手大拇指扳动砂轮，嚓，嚓嚓，嚓嚓嚓——

他一下比一下用力，火星飞到棉花上，却留不下半点火花。他把打火机扔在茶几上，想把嘴里的半截烟取下来，疼得他哼了一声。那烟已经干在嘴唇上了。索性就依了它，让它在嘴上斜斜地吊着。

抬眼看到茶几一角的火柴盒。推开盒子，里边有七根火柴。抽出一根在磷面上擦。噗！冒了一股白烟，细看磷面，早已被擦得泛白。但在两条棱上，还有一丝黑色磷面，他把希望寄托在这两丝黑色上。左手牢牢地攥住火柴盒，右手拿稳火柴棍儿，在磷面上比画了几下，觉得擦下去准头没把握，就把火柴头先抵在那一丝黑色的上边沿，然后使匀了劲儿往下摩擦。噗，又一股白烟，只是比上次烟大了一些。他把牺牲的火柴恨恨地丢在茶几上，眨巴眨巴眼，又抽出一根火柴。这次他把火柴头抵在磷面的下边沿，往上拉着摩擦。抵稳之后，一闭眼，往上一拉，噗，这次的白烟竟然没有上次的大。他瞬间塌倒直起的腰身。三根火柴先后牺牲了，盒子里只剩下四根，忧忧愁愁地趴在那里。

他记得儿子小时候，能在衣服上擦着火柴。他撩起自己的衣襟，上身这件T恤衫，是儿子上个月在“太平洋百货”为自己买的，花了一千多块。裤子是半年前在“新世界百货”买的，花掉两千多块。他摸摸裤子，又摸摸T恤衫，从火柴盒里抽出一根火柴，斜眼歪嘴地在衣角比画了一下，又在大腿上比画了一下，没敢下手。他攥着火柴在房间里转了一圈，地板、墙壁、吊灯，都镜子一样光滑。窗帘可以一试，可是它同自己这身衣服一样，如果擦着的瞬间烧个窟窿，那还不被儿媳骂死？

他驴一样在房间里打转，突然灵光闪耀，想到一个好地方。虽然家里没人，他还是放轻脚步，悄悄地溜回自己的房间，抬手把门锁上，转身的一刻又转回来，检查了一下门锁，确定锁好了，才坐到床上脱裤子，把裤子退到膝盖，左手揪起一块内裤，右手拿起火柴，在内裤上摩擦。

嚓——，嚓——，嚓——

三次摩擦，没见起火，也不见了火柴头。

嚓——，嚓——，嚓——

又一根火柴牺牲了。

看着躺在火柴盒里最后的两根火柴，他停了手。窝在沙发一角，再不想睁开眼睛。

就这么死了该多好啊。他不知道自己死了多久，走出房间时，看到火机和火柴堆在茶几的两头，像两具尸体一动不动。火机死翘翘了，火柴死翘翘了。它们俩合作一下？他噌地站起，伸手去抓火机和火柴，在火机的肚子里又掏出一些棉花，从火柴盒里拿出一根火柴，抠下半个火柴头，嵌在棉花里，左手拿着棉花抵在捻子的位置上，右手拇指扳动砂轮，嚓——，没着，一连几下，还是照样。他停下手想了想，然后把剩下的一根半火柴放在茶几上，用手把火柴头捻碎了，把碎末敷在棉花上。再次把掺着火柴碎末的棉花抵在捻子的位置，右手再次扳动砂轮。

嚓——

嘭——

棉花着了！一小簇火苗油然蹿起……

他急忙点燃吊在嘴唇上的半截烟屁股，当第一口烟吸进肚子的时候，公鸡，又叫了……

郭海以死相逼，儿子终于在儿媳的骂骂咧咧中，把郭海送上了飞机。

下了飞机换了客车，郭海没想到飞机场能修到老家。大客车走了大约三个小时，司机说，土沟村到了。郭海往车窗外一看，只见高楼林立，街道宽展。郭海问这是土沟村？司机说是！郭海说是个屁！我的家我能不认得？司机回头看他一眼没再说话。郭海下车，路边牌子赫然写着：土沟村。

他疑惑地走进村子，像电影里特务进村，一路贼眉鼠眼四处观察。簇新的高楼和宽阔的街道里，寻不到一丝老家的痕迹。路过一个高大的门楼，门牌写着某某农业开发公司，门口走出一个保安。郭海上前问这是土沟村吗？保安回答是。

咋都盖成楼房了？

这里开发旅游，又是北京的蔬菜基地，没几年就变成这样了。

你到这里工作几年了？三年。

你认识大宝吗？不认识。大宝就是这个村村主任，你待了三年会不认识？原先的村民大都进了城，留下的不多。我，我能进你们公司串个门儿吗？

串门儿？保安迟疑了一下，又说你可以到保卫室坐一会儿。

郭海没有进保卫室，他在村里转了很久，冷灰色的夕阳里，孤零零地像一个流浪的幽灵……

郭海回到自己的家，儿子在村里给他买了楼房。他每天吃过饭只有一样活可干，那就是蒙头瞎转。如今不用拾柴拾粪，不用锄地割麦。没了串门儿的人家，没了露天的戏院。

这天，郭海走到旷野，突然发现一处坟地，坟头有一棵胳膊粗的杨树。他找人一问，是大宝的坟。他立在墓门好一阵数落：大宝，你个兔崽子，咋也走了呢？

他又在野地里寻到了二臭、三顺、四旺的坟。郭海笑了，我说咋没处串门儿呢，原来咱这代串门儿的人都在这里了，可算有处串门儿了！嘿嘿……

在村里开公司的儿子的朋友在微信上说，他爹老郭海每天带着干粮和水，往乱坟滩里跑，在那里又说又笑的一闹就是一天，问他儿子要不要送到精神病院去……

紫·桦·林

03

小小说

俺叫卢长岭

——重温英雄系列之董存瑞

俺叫卢长岭，是四蛋子的老婆！

笑啥？俺家四蛋子名儿是土得掉渣，可俺家四蛋子打小鬼子那会儿就是个团长！嘿嘿！他们村的团长，儿童团长！

当时俺 14 岁，四蛋子 11 岁，俺们头二营村离他们村儿不远，俺没事儿的时候就跑到他们村看他当团长。一次真的遇到他，他正带着几个光屁股孩子骑在村口的树杈上向俺撒尿。俺骂他们，他们就瞪起眼查俺路条，盘问俺好半天，俺把名字和村子都告诉他了。可在新婚夜里他却说没记得这码事，气得俺好几天没理他。

俺家四蛋子 13 岁那年，哦，嘿嘿！ 13 岁那年的四蛋子还不是俺家的四蛋子。那年鬼子追捕一个区长，被四蛋子把人给救了。人们听说鬼子斗不过一个小孩儿，都夸他呢！说他是抗日小英雄哩。

那时俺咋也想不到有能耐的小四蛋子会是俺男人，俺也曾在心里瞎想过好多种自家男人的模样，没有一个是他这样的。俺是他爹相中的，他爹看俺一根大辫子和俺的身条儿一样粗壮，就认定俺庄稼活和生孩子都是好手。更让他爹觉得大赚一把的是俺比四蛋子大三岁。妻大三抱金砖，他爹说俺厚厚实实的，活脱脱就是一块金砖。结婚那年四蛋子十五，俺十八。那是 1944 年的秋天，那天从早到晚天上没有飘来一点云彩，那个蓝啊……

婚后刚刚过了一个大年，四蛋子就不安分了。每天是黑夜清醒白天糊涂，嘴里中邪一样叨叨一些打鬼子的话，说小日本很快就要玩儿完了，再不去打，等鬼子滚蛋了就轮不上他打了！

俺知道俺家四蛋子说的是男人话，那晚，俺很认真地给他点了头，俺含泪点了头。他发现给俺擦眼泪是越擦越多，就说等打下了太平日子就回来！四蛋子是在半夜悄悄离家的，怕他娘知道了会掉泪，他会心软！连夜去杨家山参加了区小队。

直到 1945 年 9 月，俺才又看到俺家四蛋子。四蛋子和排长回家乡执行任务顺便回家看俺。四蛋子给俺敬礼：冀热察军区第九旅六连九班战士四蛋子向老婆报告，我是一名正式的八路军战士了！他又笑着说：战士就要打仗，打仗就会战死，战死你就要改嫁。俺捂住四蛋子的嘴，抱着他失声痛哭。随后四蛋子就匆匆走了。这一走，四蛋子就再没回来。

部队来人那天俺正给两位老人洗脚，听到四蛋子牺牲的消息俺们都哭昏了过去。俺家四蛋子死得太惨了，说是用手举着炸药包炸掉一个桥型暗堡。

俺当时不在场，如果在，俺就求连长晚吹 3 分钟冲锋号，那样俺家四蛋子和不远处的战友一定会想出好法子。

俺当时不在场，呜呜——所以这些都是俺瞎想，俺是想俺家四蛋子死得太惨了，俺难过！

后来，听说有人四处瞎传俺家四蛋子在拉响炸药包前喊了这话那话，要俺说他一定是喊俺的小名了……

村里人说俺家四蛋子是真正长蛋的男人，其实你们都认识他。四蛋子是俺叫的名儿，你们还叫他董存瑞吧！

俺给俺家四蛋子守孝三年，后来，俺死了……

戴金项圈的天使

——重温英雄系列之刘胡兰

三把铡刀三条饿狼一样胡乱地卧在大庙前的广场上……

黄褐色的刀床木质很坚硬的样子，不是榆木就是桦木，常年在秸草里磨蹭。秸草的族群里也有硬“人物”，刀床就磨损得粗糙。刀槽两侧固定秸草的两排铁钉呲着恶狼的牙齿，泛起点点惨白的暗光。刀背是一道铁青的冷眉，横扫着周围不安的人群。裸露在刀床外的一条刀刃，映照着后面的观音庙扭曲着身子，像受难的罗汉，痛苦得变了形状。

一坨黑云，在天快亮时罩在村子的头顶上，遮蔽了那颗叫作启明星的光。而这一切村里的人都不知道。他们被兵挨家挨户地骂醒后就被羊一样驱赶到大庙前的广场上，没人顾得上抬头望一眼天空。后来，那坨黑云散开来，一天都是灰蒙蒙的。

古老的观音庙蹲在朦胧的夜幕中，和头顶的那坨黑云一样凝重，依稀的星光照着一群人涌进殿堂。整整一天的对白，没有一句是求菩萨的，菩萨却清晰地记着他们的每一句对白。后来，大庙里这些对白地球人也全知晓！最笨不过庙门的门槛了。又楞又厚的门槛只听到一句，是一个小女孩一脚门里一脚门外时说的：还是自白的事儿？那不用再说了！说完，小女孩甩脸跨出庙门走向广场。

三把铡刀三条饿狼一样胡乱地卧在大庙前的广场上……

灰塌塌的人群中折射出一点光亮，一个万金油小盒从小女孩细嫩的小手里捧到母亲粗糙的手心上。这个小小的万金油小盒承载着她的全部信仰。引领她走进这个信仰的吕大姐前些时通知她也转移到外地去，她却坚持留了下来。

灰塌塌的人群中折射出一丝银光，一枚银戒指从小女孩细嫩的小手里捧到母亲粗糙的手心上。银戒指是奶奶的嫁妆，奶奶颤着还有一颗牙的嘴巴说这戒指是你的了，好日子就也是你的了。

灰塌塌的人群中折射出一团火光，一块手帕从小女孩细嫩的小手里捧到母亲粗糙的手心上。有一种爱叫阶级的爱，有一种爱叫朦胧的爱，或许小女孩还厘不清这些，她的心里只觉得有一种感情需要永远地珍藏起来，这个时候留给母亲最保险了。她相信送她手帕的那个勇敢的英雄连长会带着队伍打回来，会从母亲手里看到这块手帕。

三把铡刀三条饿狼一样胡乱地卧在大庙前的广场上……

太阳用灰白的云霭遮住脸，颤颤巍巍地向西躲去。距离积雪压顶的山峰还有一棍子高时，那些手持木棍的人围住六个五花大绑的庄稼人。木棍挥舞着，砰——砰——地击打在六颗活生生的脑袋上。木棍落处，有的哼一声，有的哼都没来得及哼，身躯就重重地倒在三口铡刀跟前，也摔倒在小女孩脚下。有两个人是面朝她的，四只眼睛盯着她的眼睛，似在说：疼啊！似在问：怕吗？

铡刀抬起，刀刃灰白，显然不是好钢。一条脖子被人拖到刀床上，刀随即落下；又一条脖子被人拖到另一台刀床上……咔嚓一声，刀刃抬起，便增加一个豁口或是一处卷刃！

三把铡刀三条饿狼一样胡乱地卧在大庙前的广场上……

小女孩怒问：我咋个死法？

一把滴血的铡刀抬起翻卷的刀刃！

小女孩从容地走过去，侧躺在刀下。几位妇女冲出人群，捧一把干草铺在刀床的两排铁钉上。草一定是立秋以后割倒的，没淋着雨水就干透了，所以在腊月还是绿汪汪的。里面有细剑似的皮碱草，结着米黄色颗粒的米蒿，茎杆儿有些发硬的胡榛子，带着一个干花骨朵的野芍药……离她眼睛最近的是一朵牛馒头的干花，金灿灿的蚕丝一样的细蕊亮着温馨的光。一股寒风吹过，几丝干花蕊飘进她的嘴里，痒痒的，没有野玫瑰的花香。去年夏天，她曾把一瓣野玫瑰的花瓣包在那块手帕里，半个月后，打开手帕，阴干的花瓣幽幽的香味久久不散……

从此，在天上多了一个脖子上戴一个金项圈的天使，上帝亲昵地唤她胡兰子……

亮　嗓

——重温英雄系列之王二小

黑哥，鬼子来喽！

二哥想让我跑时总是这样唬我！

二哥今年 11 岁，一件土布做的破白褂子一年四季裹着干瘦的身子。春天时，我身上瘦出骨头，他骑我的时候会把那件脏兮兮的小白褂垫在他刀棱似的屁股下。

我！是一头黑犍牛。

鬼子进村是个夏天，随后跟来的就是持续四十天的连阴雨。原本深蓝的天成了后娘狠揍过的屁股，黑青青地嘟噜着。时大时小的雨是一个屈死的女鬼，躲在某条山沟忽而放声号啕忽而嘤嘤低泣，村人的心就惶惶地烦乱！

最近，山上的草明显透出白黄，茎叶少了水嫩，吃在嘴里口感不爽。我找了一片向阳背风的草滩，看准一片柔软的紫苜蓿草，重重地卧下去。歇息片刻，开始把胃里的草弄到嘴里慢慢地咀嚼着。清早刚进山，一丛蓝莹莹的兰香花在山石后偷窥，我几口逮进嘴里。二哥忽然黑哥黑哥的急唤，跳下我的脊背，硬是从我的嘴里抽抢去一支兰香花。哼！一个小子家也爱花？那会儿，我还不顾尖尖的硬刺，吃下一些野刺玫的红果呢，我把这些再次弄到嘴里，细细地品味。

二哥眼红我吃得香，在我屁股上轻轻地踢了一脚，爬到半坡一片山梨树上找野山梨去了。可能早上又没吃饱。唉！做牛官竟然不会像牛一样吃草。

我把胃里的草重新品尝过一遍，二哥也用野果喂饱了肚子，他打着酸涩的野梨嗝靠在我大肚子上揉着他干瘦的肚皮仰脸望天，一群野鸽子哗啦啦飞过头顶，他数着。

暖暖的阳光厚厚地盖在我们身上，暖和得我们眼睛发困，偶尔几声随意的鸟啼，仿佛已在梦中……

呱——呱——突然，两声乌鸦怪异的惊呼！

鬼子进山了……

二哥一个激灵跳起来，机警地爬上一棵挂满喜鹊窝的紫桦树。消息树在东梁倒下的同时，乡亲们赶着我们牛马驴羊，驮着他们的大包小包，呼儿唤娘地慌乱了山路。接着，一支骑兵哗哗地奔向石岭。马队跑进河滩，铁蹄溅起无数的火星。二哥笑了！我也认得那是晋察冀军区一分区独立师老一团的骑兵连。吴连长最怕我二哥了。那次，二哥骑着我去参军，吴连长说骑牛咋打仗？

二哥问，你们是骑兵？

吴连长摸着脑袋说是啊！

你自个儿听听，骑兵骑兵没说是马兵，牛不也能骑吗？牛跑起来比马还快哩！

现在，他们埋伏在石岭上。

鬼子逼近，一百多把刺刀晃着冷光，二哥溜回，趴在我耳边叮嘱我不要出声。我们悄悄地趴在一条浅沟里，几只大头蚊子见我钢鞭一样的尾巴不动，就赶集一样，大声地呼亲唤友扑叮在我身上，品行像汉奸。一条小花蛇晃着尖头溜达过来，我向它吹了一口气，它吓得掉头钻进一片狼毒花丛。小样！蚂蚱大点儿胆子，见到鬼子一准也是汉奸！

这时，一百多把刺刀向西晃去。二哥急躁地用手抠着石上的青苔，一只倒霉的黑蚂蚁恰好跑进他的指下。我知道鬼子去的方向，正是乡亲们藏身的山沟。三百多条人命呢！我急得喘着粗气！

二哥突然立起，对着鬼子的背影亮开嗓子：

放牛小子放牛郎，

山歌好听山岭长。

亮嗓唱来不歇停，

唱到岭头唱过梁。

这首歌是二哥常年唱给我听的，便宜了这群鬼子！

一个牛蛋眼少佐跑来揪着二哥的耳朵，要他带路找人。二哥疼得龇着牙说行！我起身不安地跟在二哥身后。二哥挺胸叠肚，俨然鬼子的长官，指挥着群鬼直奔石岭。

吴连长站在一块岩石上，先喊二哥快跑，后喊开火！

一时枪声从两边的山头骤响，十几个鬼子瞬间做了真鬼。混乱中，二哥急唤我逃。我们刚跑出几十步，一个鬼子就追来。二哥太小了，他跑三步的距离不如鬼子一步的跨度。鬼子嘴里骂着，刺刀捅破那件脏兮兮的破白褂子，扎进二哥搓衣板似的胸脯，接着把二哥高高地挑起来，瞅准一块青石板又狠狠地摔下去。二哥在被挑起时，双手还紧紧地攥着淌血的刺刀！鲜红的血顺着岩石的纹路流进草丛！流淌的血水折射着血红的阳光，我瞬间血灌脑门，一声怒啸，犄角插进那个鬼子的后腰，一甩头扔到一堆狼粪上。一群蚂蚁轰然攻上……

牛儿还在山坡上吃草，

放牛的孩子哪儿去了

……

报　仇

崔一霸出狱后的第一件事就是去报仇！

终于找到了仇人的家。正遇仇人出门，他双手拦腰一叉，脸上黑肉一横，直把仇人堵了个一脚门里一脚门外。牛眼一睁，话像号丧：张老好，我崔一霸大难不死，又回来了！

回来好！回来好！张老好急得在脚下找地缝。

好个屁！不是你，我能蹲大狱？

你拦路抢劫能怪我？

你想想，二十年前我打过你一拳。

打，打过。

知道吗？那是老子第一次打人，你还手我准逃，可你捂着腮走了。那次以后老子的胆儿就肥了，一路老拳就打进监狱。

崔一霸越说越气，照准张老好的腮又是一个直勾拳。张老好依旧捂腮、掉头、逃跑……

崔一霸一见跳着脚骂：好小子，又不还手，又放纵我，又陷害我，又让我再一路打进监狱？人心是铁，国法如炉！我才不上你的当呢。哼！你又不还手，好狠毒！

呸——

无名英雄

老粗终于盼到天黑。行动！他命令自己。

夜黑得怕人，他拉低帽檐，扛起镐头溜出院子。

腊月的北方极冷但今夜无风，上帝保佑，一路上鬼都不见。摸到厕所坑边，侧耳细辨，静得只有自己激动的心跳。他得意地笑。唰！提镐，噌！跳坑，啪！甩掉棉手套，呸！往手心啐唾沫，动作潇洒而敏捷。铁镐一抡，咚！溅起的粪渣渣有一点飞进嘴里。呸！真臭！他觉得该往嘴上围一块围巾，又一想，咱是无名英雄，箍那玩意算啥？

翌日，吊在村口老榆树上的铁犁铧骤然敲响，生产队突然召开全体社员大会，队长老黑一脸革命斗争：全体贫下中农注意了，阶级敌人又有了新动向，昨晚队里的厕所被人偷走一车大粪，这是对公社革委会刚刚发起的争当无名英雄活动的公然破坏。大家要提高警惕、擦亮眼睛……

午夜风起，北风狂啸，像一群被夺去崽子的母兽，呜呜地嚎在门口。老粗硬了硬头皮还是出了门。寒风把冰凉的雪粒吹成钢针在他脸上乱杵，但他心里热乎。队长老黑还没有发现集体庄稼地里的那堆大粪呢！他兴奋地想着，又跳进坑里做他的无名英雄。忽想，老黑干革命这么多年，不可能发现不了新堆在地里的粪。难道真有人往自留地里偷粪？

老怪是村里正宗的贫农，自从公社发起争做无名英雄活动，老怪的心一直蠢蠢欲动。忽然发现队长老黑拉肚子，就半夜起来拉土垫牛圈，正被起夜的老黑撞见，受到表扬。今天听说有人偷集体的大粪，他有一种预感，他又要成为无名大英雄了。

老粗正刨得起劲，忽觉背后异常，一回头，夜黑，只看见一个人影提着一件东西。

俩人同时举起铁镐！

俩人同时喝道：我让你偷大粪！

第二天，有人发现了厕所里老粗和老怪的两具僵尸，均被砸破了头。案情重大，速报公社。公社革委会分析，一定是一个偷粪一个捉贼。那谁是无名英雄呢？经过革命委员会第十次会议研究决定：追认老怪为无名大英雄。理由是老怪半夜垫过牛圈。

人们埋葬老粗那日，抬着他的棺材去往他家的祖坟，到半坡一块集体的庄稼地里歇息，正好把棺材停在一堆冻大粪旁……

红衣飞

司机把没有空调的大巴车开进了太上老君的炼丹炉……

太阳或许是太上老君炼出的第一颗丹，炽热的情感对大巴情有独钟，这份闷热的爱令车上的人窒息得想吐……

车在昏昏沉沉中戛然而止，有人用手帮着脖子费力地抬起头，使劲地张开眼皮，强迫眼睛有视力功能，向前看去……

正好是一段弯路，前面长长的一溜车，死蛇一样蜿蜒到目力所及的尽头……

人们原先心底还模糊地存有一个早日回家的念想，这个念想一直隐藏在潜意识的深处，看到眼前的一幕，这支撑意志的念想消失了，人也随之崩溃……

司机打开唯一的一扇门。一时仿佛车要爆炸，人们逃命似的扑向门口，在门口蚂蚁堆一样纠结着缠拥着，又马粪蛋挤出肛门一样一个一个吧嗒吧嗒地掉在地上。

司机喊着这是高速路，可别乱跑的声音，简直就是一缕马屁，悄声淡化进一片汗臭中。

天空，偶尔一线细细的云自生自灭。绿树的叶子打着卷儿，慵懒地杵在路边。长长的车队僵尸一样躺着，再也不会动了……

人们在毒热中绝望地毒热着，在焦虑中无望地焦虑着……

该死的堵车！

倏然，高速路外的远处，一个红点迅速地向这边移动，给这个闷热的世界点燃一丝兴奋。一个红衣女孩跑近，大约七岁的样子，到了路边的铁网前，把吊在胸前的布兜往背后一甩，瘦猴一样的身子往上一窜，探手抓住顶端，左脚一蹬铁网，身子就跨进里边。身后是一溜村民，一个个矫健地飞奔过来，如当年八路穿过炮楼的铁丝网，眨眼间就穿越了高速路的铁护栏，手上抱着的桶装方便面和纯净水分明就是地雷手榴弹。我们被打劫一样，纷纷哭着喊着抢着用平时几倍的钱去换村民手上的东西。

小姑娘的红衫很脏，下摆没过膝盖，很不合身，满嘴的白牙映照得小脸更黄瘦。她很快把手里的东西换成一包钱，蛮有兴趣地开始看戏一样看着我们这堆“肉票”。蓦然她意识到了什么，爬上客车看了一眼，跳下车转身消失在铁丝网的那边了。当年的游击队也不过如此身手吧。

红衣女孩儿突然回转来，怀里抱着的不是地雷手榴弹，而是一包扇子。很快扇子被哄抢，像前一段在超市抢盐。人们抢过扇子转着脖子让风把脸上的汗水扇得哗哗地淌，嗡嗡的风声简直就是世界末日时天使扇动翅膀的声音。

不同的是，人手一把以后，就不再抢购。红衣女孩捧着最后的两把扇子犯了难。后来，盯着我走过来，说大叔你力气大，一把扇子不经用，再买两把备用吧！刚才一把五块，现在两把七块咋样？

我对这些趁火打劫的山民从心里排斥。我把脸甩向一边，发现前面靠里一线的车开始挪动。红衣女孩显然也看到了，急得挨个儿向人们推销她的最后两把扇子：五毛一把！五毛一把！跳楼价啊！跳楼价啊！

我看着她满脸的汗水，就说你怎么不用扇子扇一扇？她用手在脸上捞了一把汗水甩在地上，说用了不就成旧货了吗？怕是卖不上好价了！

最终红衣女孩失落地走开了，背影里红衫更觉得超大，一件成人的红上衣，上面探出一颗干瘦的头颅，下边露出两只小脚，俨然一个红壳的小龟。

小脚绕到车的拐角消失了……

嘭——

一个红色的物体从车的一侧飞到前面的公路上，着地以后又滚出老远。人们惊呼。我看清是红衣女孩儿……

人们围拢！

快给她父母打电话呀！

他父母在外地打工！

家里还有啥亲人？

一个爷爷，去年也在路上被撞死了……

永远的 99 分

小捷在希望小学上一年级，小捷六岁，六岁的小捷最爱考试，因为考出好成绩会得到妈妈的奖励。而那些奖品又都是自己特别想要而从来没好意思说出口的东西。所以对于小捷来说，考试是他收获快乐的重要途径。

终于盼到考试了，小捷信心十足地走进考场。几十分钟后，又十足信心地走出考场，对等在考场外的妈妈说：你就准备钱给我买我奖品吧。妈妈淡淡地一笑。两日后，考试结果张贴在黑板旁边，小捷的名字排在第一。他一阵兴奋，但向后一瞧，99 分的分数让他心凉了半截。卷子发了下来，小捷看见一个错别字被老师扣去一分。他把买写成了卖。

小捷一声不吭地写了 300 个买字。

期中考试了，小捷没有了上次的兴奋，他按照妈妈的叮嘱答完题后仔细地检查了答卷。很快分数出来了，小捷竟然还是 99 分，这次是因为点错三个标点。小捷哭了，哭得很伤心，他盯着那几个点错的标点，整整哭了一个晚上，眼里淌下无数个标点。妈妈百般劝慰，毫无效果。妈妈为他买回他喜爱了一年的书包，他拒不接受，直到妈妈也心疼得掉下眼泪，小捷才止住悲声。

期末考试的日期一天天临近，小捷没日没夜地埋头复习。妈妈怕累坏小捷，就带他去看了一次大海。小捷没有想到，退潮后的大海竟是那样的平静，妈妈说那是大海为了激浪千尺而在休息。

小捷走进考场前，望见妈妈在偷偷抹泪，他的心里沉甸甸的。

考试结束后，妈妈再次找到小捷的老师，询问小捷的考试成绩。教师微笑着说还是 100 分，并问你还要改成 99 分吗。妈妈犹豫了，她想到小捷那些泪水涟涟的夜晚，真的不忍心孩子再受这份折磨，但让孩子能始终保持一颗追求上进的心，在今后的人生长途中是多么的重要啊。妈妈一咬牙，哆嗦着又在小捷的试卷上制造出点错误。小捷看着依旧是 99 分的成绩号啕大哭。哭毕，把自己关进小屋里，将试卷整个地重做了十遍。

又要考试了，小捷走进考场时，看到妈妈又在那里偷偷地抹眼泪。他返身扑到妈妈怀里擦去妈妈的眼泪说："妈妈你放心，这次我一定拿到一百分。"

妈妈的泪水却夺眶而出……